Gabriele Raspel

Sehnsucht nach den Highlands

Gabriele Raspel

Sehnsucht nach den Highlands

Roman

rosenheimer

2. Auflage

www.rosenheimer.com

Titelfoto: © Klaus G. Förg (oben) und
michaeljung – Fotolia.com (unten)
Lektorat: Christine Weber, Dresden
Satz: SATZstudio Josef Pieper, Bedburg-Hau
Druck und Bindung: GGP Media GmbH, Pößneck
Printed in Germany

ISBN 978-3-54427-9

1

April umfasste mit festem Griff das Steuer ihres Wagens. Wie so oft war überraschend ein heftiger Nordweststurm aufgekommen, der nun über die wellige Insellandschaft Mainlands, der Hauptinsel der Orkneys, hinwegraste. Dennoch hatte April keine Mühe, den Wagen auf der Küstenstraße zu halten. Da war sie schon mit ganz anderen Sachen fertiggeworden, dachte sie lächelnd, und das galt nicht nur für die Orkane auf See.

Den ganzen Tag war sie unterwegs gewesen. Nun freute sie sich auf ein heißes Bad und drosselte nicht wie üblich das Tempo, um den Blick auf die in violett-schwarzes Licht getauchte Landschaft zu genießen. Über saftige Wiesen und ockerfarbene Äcker fegten Wolkenschatten, die ihr jedoch keine Angst einjagten, hier auf Orkney war man schließlich vertraut mit ungemütlichem Wetter. Sturmböen erzeugten kräuselnde Wellen auf den Seen – malerisch blaue Farbflecke inmitten der grünbraunen Landschaft, während scharfe Winde das schieferfarbene Meer zu ihrer Linken zu Wellengebilden auftürmten, geadelt durch gezackte Schaumkronen. Perfekt! Wetter, wie sie es liebte.

Sie spürte, wie sich ihre Muskulatur entkrampfte. Den ganzen Vormittag hatte sie unter der Anspannung gelitten, dass sich ihre Wünsche verflüchtigen könnten, wie sich so vieles verflüchtigt hatte in ihrem bisherigen Leben. Doch jetzt begann ein neuer Abschnitt. Und dafür benötigte sie Wolle. Viel Wolle. Wolle, die sie spinnen und färben und dann zu traumhaften Decken weben würde.

Genau da hatte sich bereits die größte Schwierigkeit aufgetan: Die Schafschur war zwar gerade erst vorüber, doch die Wolle war bereits vergeben.

In aller Herrgottsfrühe hatte sie gestern die Genossenschaft in Kirkwall aufgesucht, um an den Stoff zu kommen, der ihr dieses neue Leben erst ermöglichen sollte. Aber hier hatte man ihr nicht wirklich helfen können, da lediglich eine kleine Restmenge zum Verkauf stand. Die meisten der Schaffarmer waren in der Genossenschaft vereinigt, sodass sie die Zwischenhändler ausschalten konnten und sich ihr Gewinn vergrößerte. April hatte den Entschluss zur Selbstständigkeit zu spät gefasst. Die Restmenge, die sie sich natürlich sofort gesichert hatte, reichte einfach nicht. Damit hätte sie gerade einmal zwei, drei Decken herstellen können – viel zu wenig, wenn sie an einen Internet-Einstieg dachte, von dem sie sich großen Erfolg erhoffte. Demnach blieben lediglich jene Wolllieferanten, die nicht ihre gesamte Wolle an die Genossenschaft geliefert hatten und mit denen sie und ihre Familie seit Jahren befreundet waren. Natürlich hätte sie mit ihnen auch telefonieren können, doch hier ging es nicht um ein Plauderstündchen unter Freunden, sondern um Geschäfte.

So war sie zu den beiden Schaffarmern gefahren, mit denen ihre Familie gut befreundet war. Doch hatten auch die zu ihrem Entsetzen bereits ihr Kontingent für andere Kunden reserviert. Entnervt telefonierte sie daraufhin mit June, bei der sie einen Besuch geplant hatte. Die langjährige Schulfreundin wollte sie in die Geheimnisse des Färbens mit Naturfarben einweihen. April kannte selbst einige der Rezepte, sie hatte sich schließlich längst mit diesem Thema beschäftigt und schon Wolle eingefärbt, doch gab es Tipps, die sie nur von June erfahren würde, der Meisterin ausgefallener Farbrezepturen. Auf sie hatte sie ein ganz besonderes Attentat vor.

»Reg dich ab«, befahl June ungewohnt ruhig, nachdem April ihr am Telefon ihr Leid geklagt hatte.

»Ich glaube, ich habe eine Lösung für dein Problem.«

Als April die Zufriedenheit in ihrer Stimme vernahm, atmete sie hörbar auf. »Ach ja? Und welche?« Auf June war doch immer Verlass!

»Gerade gestern kam unser Nachbar rüber und erzählte uns, sein Kunde sei soeben abgesprungen und er wäre nun auf seiner Wolle sitzen geblieben. Mit ein bisschen Glück ist er die heute Morgen auch noch nicht losgeworden. Wenn du willst, rufe ich ihn gleich an.«

April stieß einen Freudenschrei aus, sodass der kleine Junge neben ihr auf der Bank vor dem

Fähranleger erschrocken zusammenfuhr. Dennoch musste sie sich bis heute, ihrer Ankunft auf North Ronaldsay, gedulden, der Nachbar war natürlich nicht zu erreichen gewesen – er hatte eine seiner Töchter auf einer der abgelegenen Inseln besucht.

Es war bereits halb zwölf, als sie nach dreistündiger Fahrt mit der Fähre endlich die nördlichste der Inseln erreichte, die sechzig Kilometer von Kirkwall entfernt lag. Es war regnerisch und kühl, doch June erwartete sie geduldig am Hafen, eingepackt in ihre Wachsjacke, den Regenhut tief in die Stirn gezogen. Die Fähre fuhr nur einmal in der Woche, und April war froh gewesen, dass sie gleich am nächsten Tag aufbrechen konnte. Es verkehrte auch eine kleine Fluglinie zur Insel, die vor allem die Kinder in die Schule auf Mainland brachte. Die Kleinen wurden täglich geflogen, während die Größeren in der Woche im Internat auf Mainland untergebracht waren. April hasste Flüge, und so hatte sie sich für die Fähre entschieden, die allerdings drei Stunden länger brauchte.

Noch ehe April die Gangway verlassen hatte, erkannte sie, wie June vergnügt den Siegesdaumen in die Höhe reckte. Seit ihrer Schulzeit waren sie in Kontakt zueinander geblieben, selbst als June einen Farmer auf North Ronaldsay geheiratet hatte und die Freundinnen sich nur noch sporadisch sehen konnten. Mittlerweile hatten June und ihr Mann die Farmarbeit an den Nagel gehängt: Peter hatte sich für die gefährliche, aber lukrativere Arbeit auf einer Ölinsel entschieden, und June widmete sich dem Stricken feinster Pullover aus mit Naturfarben gefärbter Wolle, die sie über die Genossenschaft veräußerte.

June hatte sich während der letzten Jahre kaum verändert, fand April und hakte sich glücklich bei der Freundin unter. Sie war genauso groß wie April, und auch sie besaß störrische Locken, die im Gegensatz zu Aprils kastanienbraunem Haar schwarz glänzten. Beide hatten in der Jugend bereits den Versuch aufgegeben, sie zu glätten. Niemals würden sie seidig, glatt und weißblond über die Schultern fallen, wie sie es bei Fiona bewunderten. Alles Färben und Glätten half nicht, es machte die Locken nur krauser und wilder. Die Freundin war ein wenig rundlich und liebte Essen in jeglicher Form. Beide hatten Sport gehasst wie die Pest. Nur hatte June gleich mit ihrem ersten Freund Glück gehabt, ihn mit neunzehn geheiratet und zwei Kinder zur Welt gebracht.

Anfangs war April überzeugt gewesen, dass Junes Wegzug und vor allem ihre neue Aufgabe als Mutter ihrer Freundschaft einen Knick geben würde, doch zu ihrer Erleichterung hatte sie sich darin geirrt. Sie telefonierten mindestens einmal in der Woche miteinander, und June nahm weiterhin Anteil an Aprils Leben wie sie an Junes. So waren sie immer über alle familiären Neuigkeiten der anderen informiert. Als June ihr zweites Kind bekam – ein Mädchen, das sie nach der Patentante April nannten – hatte April kurz vor der Abreise zu ihrer Tante nach Inverness gestanden. Sie hatte ihre Koffer genommen, die Tante vertröstet und June vier Wochen geholfen, indem sie den kleinen Tim beaufsichtigte, sodass June Zeit für das Neugeborene blieb. April hatte gekocht, so gut sie es vermochte, und war für sie da gewesen, um die Depression zu lindern, die sich kurzzeitig bei der Freundin eingestellt hatte.

Aber June war auch für sie da und lieh April ihr Ohr, wenn diese wieder einmal vor dem beruflichen Aus stand oder den Liebeskummer nach Nigels Treuebruch kaum verwand. Auch jetzt hatte sie sofort ihre Hilfe zugesagt, als April sie um die tieferen Geheimnisse des Wollefärbens gebeten hatte. So war es ihr gelungen, April den Sprung in die berufliche Selbstständigkeit tatsächlich zu ermöglichen.

Unter lebhaftem Plaudern eilten sie zum Pickup der Freundin, die Jackenkragen hochgeklappt, um sich ein wenig vor dem ungemütlichen Wind zu schützen, der über die Insel fegte. Sie verstauten die Lebensmittel, die June in der letzten Woche bestellt und die die Fähre geliefert hatte, im Auto.

»Ich werde immer schusseliger«, June seufzte. »In der letzten Woche habe ich die Hälfte vergessen.«

»Machst du dir denn keine Einkaufsliste?«, fragte April erstaunt.

»Natürlich. Aber die hatte ich verlegt«, jammerte June.

»Dann iss Seetang wie eure Schafe. Das macht intelligent«, schlug April grinsend vor.

»Danke, da esse ich lieber die ausgewachsenen Schafe«, lachte June.

Gemeinsam fuhren sie die fast vier Kilometer hinauf zur Nordspitze der Insel, wo der Nachbar von June und Peter einen Hof bewirtschaftete. Beeindruckt betrachtete April wieder einmal die Ruine des Broch von Burrian und die Wälle Matches Dyke und Muckle Gairsty, die sie zwar längst kannte, die diesmal jedoch geheimnisvoll aus den Nebelfetzen auftauchten und ein faszinierendes Bild boten. Diese Feldbegrenzungen aus dem ersten Jahrtausend vor Christus dreiteilten die Insel, wobei ein Teil des Muckle Gairsty immerhin stattliche zwei Meter in der Höhe und zehn Meter in der Breite maß.

Einen Moment lang wurden Aprils romantische Betrachtungen gestört, als sie Höfe passierten, die zum Teil arg verfallen waren. Früher hatte die Insel viel mehr Bewohner gehabt. Die Nachkommen jedoch scheuten sich oft, die unbewohnten Höfe ihrer verstorbenen Ahnen zu verkaufen – zu groß war die Furcht, an den Falschen zu geraten. Die Inselgemeinschaft war klein, da achtete man natürlich darauf, wer zu einem passte.

Sie fuhren auf den Hof ihres potenziellen Woll-lieferanten Ken Darcy. Er war ein kräftiger Mann mit einem blonden Haarschopf, hellen Augen, die tief in ihren Höhlen lagen, und spatenförmigen

Händen. Mit seiner angenehmen Stimme verströmte er die Zuversicht eines Mannes, der wusste, wo sein Platz in der Welt war. Wie sie alle, so übte auch er noch einen weiteren Job aus: Er reparierte die Wälle, die der Sturm zerstört hatte, und das Gehalt erlaubte ihm, von seiner relativ kleinen Schafzucht leben zu können.

Auch die anderen Einwohner North Ronaldsays konnten sich über Arbeitsmangel nicht beklagen: Sie arbeiteten im Fährbetrieb, für den Flughafen oder informierten die Besucher in den kurzen, jedoch hellen Sommermonaten über die Vogelwelt auf der Insel. Außerdem gab es Erzeuger alternativer Energien aus aller Welt, bei denen der eine oder andere Arbeit fand. Diese Firmen nutzten die außerordentliche Lage North Ronaldsays, wo die Brandung stark wie sonst nirgends war. Hier wurden Wellen von neunzehn Metern Höhe gemessen, der Standort war ideal, um Meeres-Kraftwerke, die teils wie überdimensionale Seeschlangen aussahen, zu testen.

Ken begrüßte sie und führte sie ohne großes Aufheben in seine schlichte, kleine Wohnküche, die trotz der niedrigen Decke anheimelnd eingerichtet war. Er sprach in einheimischem Dialekt und benutzte einige der Wörter, die von der altnordischen Sprache »Norn« stammten. Bei ihm wie auch bei den anderen der ungefähr sechzig Einwohner wurde der Inselname noch heute *Rinnalsay* ausgesprochen, man sagte *no* statt not, *ye* statt *you* oder *to be* statt *to have.* Ken lebte genügsam und war mit seinem Leben zufrieden. Nichts und niemand, erzählte er den beiden Frauen, würde ihn dazu bringen, wie sein Nachbar Peter auf einer »seelenlosen Nordsee-Ölinsel« zu schuften.

Sie unterhielten sich über Aprils geplante Selbstständigkeit, über Junes Familie und die Gesundheit im Allgemeinen, und keine halbe Stunde später war April im Besitz der Wolle, die für den Anfang mehr als ausreichen würde.

Eigentlich hatte sie gar nicht so viel erwerben wollen, doch da Ken sie gerettet hatte, fühlte sie sich verpflichtet, auch dem Schaffarmer zu helfen, indem sie ihm alles abkaufte, was sein Kunde übrig gelassen hatte. Schließlich musste auch er knallhart rechnen und war auf Einhaltung der Verträge mit den Kunden angewiesen. In diesem Falle jedoch war der Mann verstorben. Seine Kinder hatten schlicht keinen Bedarf an der Wolle. Daher hatte Ken Darcy zugestimmt, sie von ihren vertraglichen Verpflichtungen zu entbinden, wenn sich ein anderer Käufer fand.

Erleichtert und nun völlig entspannt genoss April die Fahrt mit ihrer Freundin zu deren Hof im Nordosten der Insel, im Gepäck zwei der köstlichen Hammelkeulen, die sie günstig bei Ken hatte erwerben können. Als sie den Leuchtturm im Nebel auftauchen sah, vergrößerte sich ihre Vorfreude auf die kurze Auszeit mit der Freundin noch.

Der alte Leuchtturm, der 1789 errichtet worden war, Dennis Head Beacon, wurde 1854 durch den neuen Leuchtturm, North Ronaldsay Lighthouse, ersetzt, der mit seinen einundvierzig Metern einer der höchsten der Britischen Inseln war und dessen Spitze eine Steinkugel krönte. Er war natürlich längst elektrifiziert, doch der alte Leuchtturmwärter kletterte auch heute noch jeden Tag hinauf, um nach dem Rechten zu sehen.

Sie machten eine kurze Rast, denn aufgrund der wenigen Einwohner gab es keine Tankstellen mehr. Das Benzin musste bei dem Wärter bestellt und abgeholt werden.

»Schade, dass deine Kinder im Internat sind. Seitdem sehe ich sie so selten«, sagte April mit Bedauern in der Stimme.

»Beim nächsten Mal«, vertröstete June sie, »ich freu mich jedenfalls, mit dir in Ruhe alles besprechen zu können.« Dann deutete sie zu ihrer Linken, wo die vierbeinigen Lieferanten ihrer Wolle in einer großen Gruppe am Strand lagerten.

Die Schafe auf North Ronaldsay, die es in allen Farbschattierungen von beige, braun bis schwarz gab, waren berühmt. Der charakteristische schwarze Kopf mit der weißen Blesse zierte die meisten Tiere, die wirklich hübsch anzuschauen waren. Doch das allein war es nicht, was sie bekannt gemacht hatte: Diese zähen kleinen Tiere fraßen nicht wie alle Schafe auf dieser Welt Gras, sondern taten sich am Seetang gütlich – und das seit zweihundert Jahren, wenn auch anfangs nicht ganz freiwillig. Früher hatten sie sich das Inselgrün mit den Rindern teilen müssen. Da die Rinder allerdings viel mehr Geld in die Kasse brachten, verbannte man die Schafe ans Ufer, indem man einen Deich rings um die Insel baute. Und so wurde der sogenannte *Ness* ihre neue Weide, indem man sie zwang, von nun an vom Seetang zu leben, mit Ausnahme der Zeit des Lammens, wenn die Mutterschafe für drei oder vier Monate auf den Grasflächen genährt wurden. Allein zur Schur trieb man sie alle zusammen. Wenn die Strände überflutet waren oder es allzu heftig stürmte, gewährten kegelförmige Steinhügel mit einem kleinen, umwallten Plateau den Tieren Schutz.

Das neue Leben vollzog sich ohne große Probleme, denn der Seetang war den Tierchen ohnehin nicht fremd. Immer einmal wieder hatten sie von den Kelpwäldern gekostet, die, vom Meeresboden abgerissen, auf den Strand gespült wurden; der Tang hatte ihnen augenscheinlich gemundet. Frisch musste er natürlich sein. Und sie hatten sich pünktlich einzufinden – bei Ebbe, während sie bei Flut schlicht wiederkäuten.

Ja, das Glück war April hold. Gerade die Wolle von hier oben war besonders fein und weich, weswegen June mit ihren Strickarbeiten von traumhafter Qualität großen Erfolg hatte, und sie konnte es kaum erwarten, aus der gefärbten Wolle mit der Kleinspinnerei in der Scheune neben ihrem Haus feinste Wollfäden herzustellen und diese dann zu Meisterwerken zu verweben.

Jetzt würde sie versuchen, June ein weiteres Mal für sich zu gewinnen. Sie hatte vor, die

Freundin für einige Zeit nach Mainland zu locken.

Aprils Wunsch hatte Aussicht auf Erfolg: Die Gäste waren abgereist, und neue wurden nicht erwartet. Der Mann schuftete auf seiner Bohrinsel, die Kinder hatten im Herbst eine Woche Ferien, die sie bei ihren Großeltern verbringen würden, sodass June vielleicht ein wenig Zeit abzwacken konnte. Tatsächlich stimmte sie sofort zu, als April ihr den Vorschlag machte. Sie würde bei April zu Hause die Wolle färben und die Freundin dabei in die tiefsten Geheimnisse ihrer Rezepturen einweihen. Die Wolle des Nachbarn, kamen sie überein, würde April allerdings schon vorab selbst färben, damit sie dann sogleich mit dem Spinnen und Weben fortfahren konnte.

Die gemeinsame Zeit verflog wie gewöhnlich im Nu. Um drei stieg April in die letzte Fähre, die sie zurück nach Kirkwall bringen würde.

Sie war nicht nur vollauf zufrieden, sie war schlicht glücklich. Die Stunden auf hoher See und die Übelkeit an Bord hatten sich gelohnt. Obwohl sie hier groß geworden war und ihr Vater sie oft mit seinem Segelboot hinaus aufs Meer genommen hatte, war sie nicht gegen die Seekrankheit gefeit. Doch sie hatte gewusst, dass sie einen klaren Kopf behalten musste, und auf die müde machenden Tabletten, die sie normalerweise bei einer längeren Reise auf rauer See einnahm, verzichtet. Und ein klarer Kopf war notwendig gewesen, denn auch June und die Schaffarmer mussten sehen, wie sie zurechtkamen auf ihren abgelegenen Bauernhöfen, aber alles war in ihrem Sinne abgelaufen.

April freute sich auf den Besuch der Freundin. Von ihr konnte sie viel lernen. Sie war in der Lage, jeweils haargenau den Farbton anzumischen, den April sich wünschte. Sie würde ihr zeigen, welche Pflanzenfarben man für welchen Farbton benötigte. Dies war eine große Ehre, denn das war eigentlich Junes Geheimnis, das sie mit niemandem teilte. Da sie sich jedoch bei ihrer Arbeit nicht in die Quere kommen würden, und weil sie so gut befreundet waren, hatte sie eingewilligt, April zu helfen.

April hatte vor, die Wolle selbst zu spinnen, dann Decken von feinster Qualität zu weben und diese übers Internet zu verkaufen. Das Geld für das Spinnen der Wolle konnte sie sich sparen. Natürlich verfügte die Genossenschaft ebenfalls über eine derartige Maschine. Früher hatte ihre Familie von der eigenen Kleinspinnerei und der Weberei leben müssen, und so hatte Aprils Vater einen Jacquard-Webstuhl und eine solche Maschine in Kanada gekauft, die für ihre Zwecke und die eher bescheidene Wollmenge ideal war.

April lächelte. Alles würde gut werden. Der Gedanke, dass die Erfüllung ihres Traums immer näher rückte, ließ sie das Tempo erhöhen. Sie jagte über die regennasse Landstraße, die von Kirkwall westwärts zu ihr nach Hause führte, und drehte das Radio auf volle Lautstärke.

Plötzlich schrie sie erschrocken auf.

Räder quietschten, es folgte ein metallenes Geräusch. Die Wucht, mit der der Wagen hinter ihr auffuhr, katapultierte sie schmerzhaft in die Gurte ihres schwarzen Fords.

Einen Moment blieb April wie betäubt sitzen. Mit zitternden Händen schob sie sich den Herrenhut ihres Vaters aus der Stirn, der ihr auf die Nase gerutscht war. Ein Unfall! Jetzt! – Das hatte ihr gerade noch gefehlt. Vorsichtig bewegte sie den Kopf hin und her, es gelang ohne Mühe. Sie holte tief Luft, um sich zu beruhigen, schaltete das Radio aus und öffnete die Wagentür.

»Ja, sagen Sie mal! Sind Sie noch ganz gescheit? Mit siebzig Sachen mitten auf der menschenleeren Landstraße ohne jeden Grund in die Eisen zu steigen?«, wurde sie unfreundlich von einem Mann angefaucht, kaum dass sie den Fuß auf die Fahrbahn gesetzt hatte.

Mit zitternden Knien stieg April aus. Ohne den Mann weiter zu beachten, ging sie um ihren Wagen herum. Nicht auszudenken, wenn der Unfall ihren Ford außer Gefecht gesetzt hatte! Der Wagen war wichtig für sie, und sie hatte kein Geld für einen neuen.

»Tut mir leid – ich bremse auch für Tiere«, entgegnete sie bebend. Sie hielt sich den Kopf und musterte noch immer ein wenig benommen den Fahrer, der sie gerammt hatte.

Seiner Sprache nach zu urteilen, war er ein Orcadian. Doch sie kannte ihn nicht, schließlich konnte man nicht alle siebentausend Einwohner Kirkwalls persönlich kennen.

Sie beugte sich hinunter und betrachtete die Vorderfront seines Porsches. »Geringfügige Dellen, kein Problem für Henry«, sagte sie erleichtert. Sie selbst allerdings war nicht so glimpflich davongekommen. Die Rückfront ihres Wagens war derart ruiniert, dass Henry, ihr alter Freund von der Kfz-Werkstatt, diesmal alle Hände voll zu tun haben würde, ihn wieder auf Vordermann zu bringen. Doch außer einem Blechschaden schien nichts Schlimmeres passiert zu sein.

»Außerdem trifft Sie ebenso Schuld, schließlich müssen Sie doch auch den Hund gesehen haben, der die Straße überquert hat. Oder das Schaf – so schnell konnte ich das nicht erkennen.« Ihre Stimme klang immer noch heiser.

»Hier ist weit und breit weder ein Hund noch eine Katze noch sonst ein Tier«, herrschte er sie an. »Und außerdem scheinen Sie eine Brille zu benötigen. Das hier«, er wies auf den in Aprils Augen geringfügigen Schaden seines Wagens, »ist ja wohl mehr als nur eine kleine Delle! Wir befinden uns hier kurz vor einem Totalschaden.«

Sie streckte den Rücken durch, dennoch musste sie den Kopf heben, um dem Mann, der ihre eins achtundsechzig um einige Zentimeter überragte, in die hellen Augen schauen zu können. Zornig schaute er sie an, seine braunen Haare kringelten sich bis auf den Kragen seiner offen stehenden Jacke und waren für ihren Geschmack ein wenig zu lang.

»Es war ein Hund –natürlich ist der jetzt über alle Berge. Und ich bin selbstverständlich bereit, für den wirklich geringfügigen Schaden aufzukommen«, bemerkte sie dann gutmütig mit ruhiger Stimme, wobei sie inständig hoffte, dass Henry die Sache ebenso sah.

Der Fahrer des Porsches schenkte ihr einen genervten Blick. Dann fuhr er mit der Hand finster schweigend über die Stoßstange seines Fahrzeugs.

Ob er seine Frau oder Freundin ebenso liebevoll streichelte? Ihr Blick fiel auf die gepflegten Hände und seine sorgfältig manikürten Fingernägel. Verstohlen steckte sie ihre Hände in die Tiefen ihrer Manteltasche. Auch seine gelackten Werkzeuge würden durch die Komplettrenovierung eines alten Hauses ramponiert werden, dachte sie dann. Wenngleich er möglicherweise gar nicht gezwungen war, sich diese durch harte körperliche Arbeit zu ruinieren.

April betrachtete ihn verstohlen. Sie schätzte ihn auf Anfang bis Mitte dreißig. Das Leder seiner Jacke war von guter Qualität, ebenso wie die makellos geputzten Schuhe. Vom Porsche ganz zu schweigen, der fabrikneu glänzte und das gleiche Blau aufwies wie die Augen des Mannes, deren Strahlen durch die Bräune seines Gesichts noch unterstrichen wurde. Wenn er nicht so schlechte Laune wie jetzt gehabt hätte, würde er richtig gut aussehen. Unwillkürlich zog sie den Bauch ein, angesichts seiner schlanken Gestalt.

Doch jetzt war keine Zeit für derlei Betrachtungen. »Hätten Sie etwas dagegen, wenn wir die Sache ohne Polizei und Versicherung regeln?«

»Nein, wäre mir recht«, stimmte er brummend zu und sah ihr direkt ins Gesicht, zum ersten Mal seit dem Crash.

Sie blinzelte und zog den Hut tiefer in die Stirn, um sich, wie sie sich einredete, vor dem einsetzenden Regen zu schützen. »Die kleinen Kratzer und Dellen an Ihrem Wagen sind schnell behoben. Wenn Sie wollen, können wir gleich in die Werkstatt fahren … Ich bin mit dem Inhaber befreundet«, schickte sie hinterher. Es war besser, sie fuhr mit ihm zu Henry, das machte die Angelegenheit hoffentlich nicht so teuer.

»Danke. Geben Sie mir einfach seine Adresse. Er kann Ihnen dann die Rechnung schicken.« Er zückte sein Smartphone.

Der Blick aus seinen kühlen Augen gefiel ihr nicht, und in Anbetracht der Vorfreude auf ihre geschäftliche Unabhängigkeit unternahm ihr Selbstbewusstsein auf einmal einen ungeahnten Höhenflug.

»Nein, kommt nicht in Frage. Sie haben Mitschuld an der Karambolage«, sagte sie energisch und straffte sich erneut. »Wie Sie an der Blinkanlage erkennen konnten, sind hier zwanzig Meilen die Stunde vorgeschrieben.«

Die Warnblinkanlage, die Strom von dem Windrad bezog, das auf dem Verkehrsschild angebracht war, wies tatsächlich eindeutig auf das Einhalten dieser Geschwindigkeit hin. »Sie haben diese eindeutig überschritten.« Wie ich selbst, dachte sie und verkniff sich ein Grinsen. »Hätten Sie zudem den Mindestabstand eingehalten, wäre nichts passiert. Also haben Sie selbst für die Reparatur ihres Wagens aufzukommen.«

Einen Moment befürchtete sie, dass er nun doch die Polizei rufen würde, doch dann stieß er nur einen tiefen Seufzer aus.

»Meinetwegen. Wobei ich doch betonen möchte, dass Sie mindestens siebzig Sachen draufhatten –«

»Denen Sie ungezügelt gefolgt sind«, wies sie ihn streng zurecht.

»Von mir aus. Also, geben Sie mir jetzt die Adresse der Werkstatt? Ich möchte heute noch mal nach Hause kommen.«

Nein, dieser Mann verdiente in der Tat nicht ihr Geld. Sie teilte ihm den Namen und die Adresse mit. »Dann also auf Wiedersehen«, verabschiedete sie sich frostig. Als Antwort kam lediglich ein kurzes Nicken, dann drehte er sich um und ging zu seinem Auto.

Erleichtert stieg April ebenfalls in ihren Wagen. Trotz dieses unliebsamen Zwischenfalls konnte heute nichts ihre gute Stimmung ruinieren – selbst nicht die Gewissheit, dass ihr Charme diesmal wohl nicht ausreichen würde, um Henry wieder einmal zu einer kostenlosen Reparatur zu überreden.

Mit schlechtem Gewissen startete sie und setzte dann ihre Fahrt mit gedrosseltem Tempo fort. Der Mann jedoch folgte ihr nicht, sondern wendete seinen Wagen und fuhr erneut Richtung Kirkwall. Er fürchtet sicherlich, mir noch mal aufzufahren, dachte sie belustigt. Doch dann wurde ihr bewusst, dass er wohl zuerst seinen Schaden begutachten lassen wollte.

»Nun, mein Herr, Pech gehabt. Henry wird um diese Uhrzeit keinen Finger mehr krümmen. Schon gar nicht für einen Gelackten wie dich.«, murmelte sie.

Sie gab Gas und wollte gerade den Abzweig nach Hause einschlagen, als ihr knurrender Magen sich meldete. Ach du liebe Güte! Fiona hatte ihr ja aufgetragen, etwas zu essen zu besorgen. Sie schaute auf die Uhr. Mittlerweile war es schon ziemlich spät geworden, und sie verspürte nach der überstandenen Aufregung jetzt keine Lust mehr, zu kochen. Also beschloss sie, dass das Essen von Tim Montague, der eine der drei Fisch-'n-Chips-Imbissstuben Kirkwalls betrieb, ausreichen musste.

Sie parkte den zerbeulten Wagen in der Seitengasse und zog noch schnell ein bisschen Bargeld aus dem Automaten an der Ecke, bevor sie den Imbiss betrat. Die altmodische Türklingel erklang, und sogleich ließ der appetitliche Duft nach Fisch und Chips April das Wasser im Mund zusammenlaufen. Sie schaute nach vorn und verzog die Lippen. Nein, nicht *er* schon wieder!

Der Porschefahrer von vorhin stand an der Theke und wartete darauf, bedient zu werden. April begegnete Tims Blick. Dieser schob seine Schirmmütze zurück, mit der er auf die Welt gekommen zu sein schien, und grinste sie mit seinen vorstehenden Zähnen breit an.

»Das Übliche?«, lispelte er.

Einen Moment war April hin- und hergerissen, ob sie höflich sein sollte oder nicht. »Ähm … ja, wie immer«, erwiderte sie dann aber.

Der Unbekannte wandte den Kopf um. »Typisch!«, blaffte er, als er sie erkannte. »Immer zu schnell unterwegs.«

»Oh, tut mir leid, Sie waren vor mir dran«, sagte sie mit einem um Entschuldigung suchenden Lächeln.

»Aber nein, bitte nach Ihnen. Wer wüsste nicht besser als ich, wie eilig Sie es haben.« Die Luft kühlte sich um mindestens zehn Grad ab, und das Grinsen der Umstehenden, die an der umlaufenden Theke ihre Mahlzeiten einnahmen und dem Gespräch interessiert gefolgt waren, wurde breiter.

Verlegen zahlte April, nahm die Tüte entgegen, die Tim ihr mit einem Augenzwinkern überreichte, und machte sich eilig von dannen.

Die nun etwas verhaltenere Weiterfahrt führte nach Westen, wo sich ihr Anwesen befand. Bei gutem Wetter bot sich dort ein Ausblick bis hinüber zur Insel Cullom und dem vorgelagerten Leuchtturm – ein Anblick, der ihr Herz immer wieder erfreute, der ihr heute jedoch wegen des schlechten Wetters verwehrt blieb.

Sie fuhr in den gepflasterten Hof und parkte das Auto vor der Scheune. Hastig nahm sie die zwei eingepackten Hammelkeulen, die Tüte mit dem Abendessen und ihre Handtasche, in der beides spielend Platz gefunden hätte, vom

Beifahrersitz und stieg aus. Sie ging zum Haus und öffnete die Tür.

»Fiona!« Ihre dunkle Stimme hallte durch das stille Haus.

Die Wucht, mit welcher der Sturm die schwere Haustür wieder hinter ihr zuschlug, ließ das Haus in seinen Grundfesten erzittern. Es war ein typisches Orkney-Haus, gebaut aus den Feldsteinen der Gegend, sodass es mit seiner graubraunen Farbe völlig mit der Landschaft ringsum verschmolz.

April stellte die Tüten ab, hängte die Handtasche an die Hakenleiste, die ihnen als Garderobe diente, und warf die regenfeuchte Jacke aus gewachstem Segeltuch auf den knorrigen Orkney-Stuhl in der Diele. Mit raschen Bewegungen entledigte sie sich der Gummistiefel, die schwungvoll in der Ecke bei den anderen in Reih und Glied geordneten Schuhen landeten. Dann stürmte sie auf Socken in die Küche, aus der ihr der angenehm würzige Duft frisch aufgebrühten Kaffees entgegenströmte.

»Hallo! Ich bin völlig geschafft!« Mit Schwung warf sie ihre Lockenmähne zurück und ließ sich seufzend auf den Stuhl fallen. »Denk dir, ich hab Glück gehabt. Malcolm und Peter hatten zwar keine Wolle mehr übrig, aber ich konnte eine kleine Menge von der Genossenschaft erhalten, und der Nachbar von June versprach mir den Rest. In der nächsten Woche wird alles geliefert. Und mit June hab ich mich auch geeinigt, sie ist sogar noch mit dem Preis für das Färben heruntergegangen.«

»Wie schön für dich«, erklang vom Herd die klare, ein wenig kühle Stimme ihrer Schwester.

»Ist das alles, was dir dazu einfällt?«, rief April entrüstet, die in den Flur zurückgegangen war, um die Tüten hereinzuholen, die sie dort hatte stehen lassen. Das nicht vorhandene Temperament ihrer Schwester nervte sie manchmal ganz gehörig. Außerdem schien sie wieder einmal schlechter Laune zu sein. Nein, sie würde Fiona nichts von ihrem kleinen Unfall erzählen. Sie konnte manchmal schrecklich pingelig sein.

»Du weißt, was ich von der ganzen Sache halte«, antwortete Fiona spröde.

»Ach, hör auf. Wir haben doch alles durchgerechnet.«

»Ist ja gut«, entgegnete Fiona mit müder Stimme. Sie war als Tierärztin mitten in der Nacht einmal wieder zu einem Schaf auf einer der Inseln gerufen worden und entsprechend erschöpft. »Hauptsache, unser Gespartes reicht bis zur nächsten Saison und wir sind immer in der Lage, den Kredit abzubezahlen. Lässt du eigentlich auch beim Schlafen Vaters Hut auf?«, fügte sie ironisch hinzu.

April nahm rasch den Hut vom Kopf, den sie seit dem Tod ihres Vaters ständig trug, wenn sie sich außer Haus befand. Kleine Tropfen regneten aus ihren überschulterlangen, kastanienbraunen Haaren auf den Tisch.

Fiona rollte mit den Augen.

»Ich werde es schaffen. Dieses eine Mal wird es gelingen – ich spüre es ganz genau. Außerdem haben wir ja immer noch den Verkauf vom Nachbarhaus.«

»Das hoffentlich schnell einen Käufer finden wird«, Fiona seufzte.

Das Nebenhaus, das unweit in einer Senke stand, war ihre Sicherheit. Nur wegen dieses Hauses hatten sie den Kredit für die Dacherneuerung ihres Elternhauses von der Bank erhalten. Nachdem April auch die Wände und Türen gestrichen hatte, war es innen hell und freundlich, und auch außen wirkte es noch recht passabel.

Aprils Augen verdunkelten sich, als plötzlich ein Anflug von Sorge ihre Heiterkeit für einen Moment vertreiben wollte. »Es wird schon klappen.«

»Ja, das denke ich auch«, stimmte Fiona zu. »Hast du daran gedacht, einzukaufen? Ich hab dich doch darum gebeten, wir haben nur Eier und Schinken und einen Rest Käse im Haus.«

April hatte Mühe, ihre Enttäuschung im Zaum zu halten. Sie wollte jetzt nicht übers Essen reden, sondern über ihre Pläne, über das Neueste von June und deren Familie. Über das Gespräch mit dem Schaffarmer, der ihr so einiges vom Inselleben erzählt hatte, von den Sorgen der anderen und der sinkenden Einwohnerzahl. Aber ihre Schwester war manchmal eben eine Spaßbremse. Sie schluckte und sagte: »Ich hab uns Fisch und Chips mitgebracht.«

Schließlich stand sie auf, ging ins Bad und wusch sich die Hände. Dann kehrte sie in die Küche zurück, stellte die Tüte auf die Anrichte und begann, sie auszupacken. Während sie den Tisch deckte, beobachtete sie, wie ihre fünf Jahre ältere Halbschwester in der für sie typischen ruhigen Art noch rasch die Spülmaschine ausräumte. Obwohl Fiona schlank und hoch gewachsen war, ließen ihre kräftigen Glieder und die breiten Hände vermuten, dass in ihr eine enorme Kraft steckte. Sie hatte blondes Haar, hellblaue Augen und eine Haut, die selbst im Sommer nicht an Blässe verlor, im Gegensatz zu Aprils, die sich schon beim kleinsten Sonnenstrahl in samtene Bräune verwandelte.

Nein, heute sollte es der Halbschwester, zweifellos der ernsthafteren und strebsameren von ihnen beiden, nicht gelingen, sie zu verunsichern. Fiona, die Besonnene, Gewissenhafte, mit ihrem sorgsam geplanten und organisierten Leben ohne nennenswerte Höhen und Tiefen – früher hatte April ihr nachzueifern versucht und war kläglich gescheitert. Irgendwann hatte sie es aufgegeben und akzeptiert, dass sie niemals sein könnte wie ihre ältere Schwester.

»Komm zu Tisch, sonst wird alles kalt«, rief sie ungeduldig.

Der Schein der Lampe, die den Kieferntisch in der Mitte des Raumes in warmes Licht tauchte, ließ ihr Haar in dunklem Rot-Braun glänzen. Ihre braunen Augen leuchteten, als sie quer über den Tisch langte. »Tims Chips sind einfach die besten«, murmelte sie und schob sich einen Bissen frische Kartoffelstäbchen in den Mund. »Essen ist doch das Allerschönste.«

»Nicht für jeden«, sagte Fiona und legte sich die Serviette auf den Schoß. »Meine kannst du auch noch haben. Im Gegensatz zu dir ist es mir wichtig, nicht wie ein Hefekloß auseinanderzugehen. Die Dinger haben Fette für den Tagesbedarf einer ganzen Stadt.«

April zuckte die Schultern und zog die zweite Schale zu sich heran. »Ich bin nicht dick – ich besitze weibliche Rundungen.«

»Stimmt«, lachte Fiona, »und sie stehen dir.« Obwohl sie von Natur aus ernster veranlagt war als April, ließ ihr strahlendes Lächeln dennoch von einer Sekunde auf die andere ihr sonst oft so sprödes und moralisierendes Wesen vergessen. Ihre Augen leuchteten.

Schweigend machten sie sich über das Essen her. Wie es schon bei ihren Eltern üblich gewesen war, wurde während der Mahlzeit nicht viel gesprochen, doch die Stille störte die beiden nicht. Sie war ihnen wohl vertraut, schließlich waren sie an die Einsamkeit ihres Hauses, die nur in der kurzen Saison von Feriengästen unterbrochen wurde, gewöhnt. Es lag westlich von Kirkwall und war so geräumig, dass sie im Sommer zwei Einzel- und zwei Doppelzimmer an Urlauber vermieten konnten.

In den letzten Wochen allerdings hatten sie nur selten Gäste beherbergt, denn Aprils und zum Teil auch Fionas ganze Kraft und Zeit war von der Renovierung des Nachbarhauses in Anspruch genommen worden. Auch die Arbeiten an ihrem Elternhaus sollten bald folgen – falls die

Einnahmen in der Zukunft dafür reichen würden. Ihr Vater hatte es kurz vor seinem Unfall zu einem günstigen Preis von Anthony Harris, dem Freund und Nachbarn, der nach dem Tode seiner Frau zu seinen Kindern aufs Festland gezogen war, erworben. Zum Glück war das Dach des Hauses in Ordnung gewesen, im Gegensatz zu ihrem, für dessen Erneuerung sie den Kredit hatten aufnehmen müssen. Nun hatten sie sich entschlossen, das Nachbarhaus zu verkaufen, um den Kredit rasch wieder zu tilgen und um April den Kauf des Materials für ihre Decken zu ermöglichen, ohne dabei jeden Penny dreimal umdrehen zu müssen.

April war richtig stolz auf das Haus, das auf der gegenüberliegenden Straße lag und nun zumindest innen in frischem Glanz erstrahlte, da sie die Malerarbeiten alle selbst ausgeführt hatte. Lediglich das Verlegen neuer elektrischer Leitungen hatten sie einem Fachmann überlassen.

»Ich will dich nicht kränken«, nahm Fiona das Gespräch beim abschließenden Kaffee und Sherry im Wohnzimmer am Kamin wieder auf, in dem ein anheimelndes Feuer brannte. Der Blick aus ihren hellen Augen ruhte dabei sanft auf April und nahm ihren Worten die Schärfe: »Aber ich sorge mich, dass diese ganze Aktion nur eine Spielerei von dir ist, dass alles eine Sache von einem halben Jahr ist und du dann die Lust verlierst. Schließlich musst du dann nicht nur mit einer neuen Enttäuschung fertigwerden, sondern dann wäre auch dein Anteil futsch. In dem Fall könnte ich dir schwerlich helfen, du kennst meine Pläne.«

April nickte. Natürlich kannte sie Fionas Vorhaben, sich mit ihrem Anteil aus dem Verkauf des Hauses mit einer eigenen Tierarzt-Praxis selbstständig zu machen. »Ich verstehe deine Sorgen. Aber vertrau mir: Selbst jemand wie ich kann schließlich irgendwann einmal klüger werden.«

Fiona, die aufgestanden war, um das Fenster zu öffnen, ging zu ihr und legte den Arm um die jüngere Schwester. »Ich vertraue dir doch, du Küken.« Lächelnd sah sie auf April hinab. »Und ich wünsche dir wirklich alles Gute, dass es dir diesmal gelingt, etwas Eigenständiges auf die Beine zu stellen.«

April nahm rasch einen Schluck Kaffee. Es kam tatsächlich seit dem Tod ihrer Eltern immer häufiger vor, dass Fiona ihr Mut zusprach. »Ich weiß, dass du mich für dumm hältst und nicht allzu viel Vertrauen in meine Fähigkeiten hast, aber –«

»Wie kannst du so etwas sagen?«, rief Fiona, die sich wieder in den anderen Sessel vor dem Kamin gesetzt hatte, betroffen. »Ich halte dich doch nicht für dumm! Vielleicht warst du in der Vergangenheit ein wenig … träge und zu wenig ausdauernd. Du musst zugeben, dass du früher nicht immer Durchhaltevermögen gezeigt hast. Aber ich glaube, dieses Mal hast du begriffen, wie viel auf dem Spiel steht, und ich bin fest davon überzeugt, dass es dir diesmal tatsächlich ernst ist.«

»Ja, das ist es tatsächlich. Hier geht es schließlich um viel Geld. Die Wolle musste im Voraus bezahlt werden, und das Geld für das Material will erst mal erwirtschaftet werden. Vielleicht hätte ich doch warten sollen, bis das Haus verkauft ist.« April spürte wie schon so oft, dass sie das Selbstvertrauen verließ.

»Unsinn, wir wollen die Sache mit Optimismus angehen – deine Worte«, lächelte Fiona erneut. »Ich merke doch, wie du dich nach dem Tod unserer Eltern verändert hast – zum Guten«, fügte sie leiser hinzu. »Und ich freue mich, dass auch wir beide uns in den letzten Monaten so viel besser verstehen.«

Fionas Stimme, die früher oft einen schulmeisterlichen Klang angenommen hatte, wenn sie mit April sprach, war fast sanft, April wurde ganz warm ums Herz. »Und vergiss nicht das Internet. Damit kommt schnell Geld herein, hier erwachsen uns ganz neue Märkte«, fügte sie eifrig hinzu.

»Nun ja, die Sache mit dem Internet ist auf jeden Fall einen Versuch wert.« Fiona nickte. »Und wie wir beide ausgerechnet haben, ist das Risiko ja wirklich überschaubar.« Sie ergriff ihr Glas: »Slàinte, Schwesterchen. Mögen unsere Träume in Erfüllung gehen.«

»Oh ja, und möge es nicht von Nachteil sein, dass ich bereits meinen Job aufgegeben habe, anstatt den ersten Erfolg abzuwarten«, seufzte April und nahm einen winzigen Schluck vom Sherry.

»Nun«, erwiderte Fiona energisch, »du kannst nur an einer Stelle mit voller Kraft arbeiten. Wenn du in der Spinnerei und der Weberei schuftest, wird kaum Zeit für anderes sein, wie du aus den Jahren mit Vater weißt. Man muss die Spinnerei-Maschine und den Jacquard-Webstuhl im Auge behalten. Da bleibt keine Zeit für eine andere Tätigkeit. Ganz davon abgesehen, dass wir uns auch um unsere Gäste kümmern müssen – was ebenfalls auf deinen Schultern lastet, sollte ich zu irgendeinem Viech gerufen werden, weil es mal wieder zur unpassenden Zeit in Kalamitäten geraten ist. Und die Zimmer putzen sich auch nicht von allein. Aber da sollten wir uns tatsächlich eine Putzhilfe zulegen«, fügte sie hinzu.

April nickte eifrig. Wunderbar! Fiona war auf einem guten Weg!

»Von den täglichen Arbeiten abgesehen«, sprach Fiona weiter, »musst du dich schließlich auch noch um die gesamte Buchhaltung kümmern. Und ehrlich, April, ich glaube, für diese Arbeit musst du auf jeden Fall noch jemanden einstellen. Es reichen ja sicherlich anfangs ein paar Stunden in der Woche.«

»Genau«, rief April erleichtert. Der Papierkram, wie sie die Buchhaltung nannte, bereitete ihr noch ein wenig Sorgen, doch vor der Arbeit in der Spinnerei und der Weberei fürchtete sie sich nicht. Die würde sie beherrschen, schließlich war sie Vaters bester Lehrling gewesen, wie er ihr immer wieder bezeugt hatte. Sie hatte ohnehin lange mit sich gehadert, dass sie nicht gleich nach seinem Unfalltod die kleine Firma weitergeführt hatte. Dazu hatte ihr damals einfach das Selbstvertrauen gefehlt.

»Allerdings«, verpasste ihre Schwester ihr einen kleinen Dämpfer, »finde ich, du hättest dir vielleicht ein wenig Zeit lassen und die Maschinen erst einmal zur Probe laufen lassen sollen, ehe du die ganze Wolle kaufst.«

»Die Maschinen sind voll funktionstüchtig. Die liefen bei ihrem letzten Einsatz wie am Schnürchen«, wandte April rasch ein. Das war natürlich ein wunder Punkt, bei dem sie Fiona insgeheim recht geben musste. Die Maschinen waren alt, und in den Monaten vor seinem Tod hatte ihr Vater mehr als einmal sorgenvoll irgendein Teil reparieren müssen. Aber in der Tat hatten die Maschinen ihre letzten Arbeiten fehlerfrei erledigt, bevor sie für immer abgeschaltet worden waren. Für immer – bis sie, April, sie wieder zu neuem Leben erwecken würde.

»Die Maschinen waren Papas Sorgenkinder«, widersprach Fiona.

April spürte, wie eine Welle der Resignation ihre euphorische Stimmung hinwegspülte. Fiona verstand es manchmal, genau wie ihre Mutter, jemandem einen Kübel Eiswasser übers Hirn zu gießen, justament dann, wenn man bester Laune war.

Sie strich sich über die Stirn, um die unliebsamen Gedanken zu verscheuchen. »Ich denke trotzdem, ich bin auf dem besten Weg. Mein Ziel, mich mit der Spinnerei und der Weberei selbstständig zu machen, ist eine gute Möglichkeit, ein weiteres Standbein neben der Pension zu entwickeln. Ich brauchte eben etwas Zeit. Ich bin nicht so wie du. Du hast es immer einfacher gehabt als ich.«

Fiona stellte ihr Sherryglas hart zurück auf den Tisch. »Tz – einfacher?«, echote sie konsterniert. »Wieso das denn? Wir hatten die gleichen Chancen, und –«

»Ich will damit sagen«, unterbrach April sie schnell, »du hattest es einfacher, weil du auf Anhieb wusstest, was du machen willst. Du hast nie einen anderen Wunsch gehabt als Tierärztin zu werden.«

»Vor allem habe ich schwer dafür gebüffelt, um etwas zu erreichen, was man von dir nicht sagen kann, gib's zu! Du warst teilweise ganz schön faul. Die Noten deines Betriebswirtschaftskurses in Inverness waren nicht besser als die deines miserablen Schulabschlusses. Nach Inverness bist du nur gegangen, um vor deinem Liebeskummer wegen Nigel zu flüchten. Und wenn Tante Isobell nicht darauf bestanden hätte, hättest du selbst den notwendigen Computerkurs für Anfänger nicht besucht.«

»Meine Arbeit bei Alistair hat bewiesen, dass ich nicht so schnell aufgebe. Schließlich hab ich es dort anderthalb Jahren ausgehalten.«

»Weil du dir nach deinen vier – oder waren es fünf? – anderen Jobs eine erneute Kündigung kaum leisten konntest. Der Hauptanteil unserer Haushaltskasse wurde nach dem Tod von Vater ohnehin von mir bestritten, wenn ich dich daran erinnern darf.«

April seufzte. Wieder einmal war es Fiona gelungen, die harmonische Stimmung mit einem Schlag zu zerstören. »Es stimmt nicht, dass ich mich für nichts Besonderes interessiere«, überging sie leise den Vorwurf. »Das, was ich wirklich beherrsche, woran ich Freude habe, ist das Arbeiten mit der Wolle. Außerdem bin ich gut darin, Muster für die Decken zu entwerfen. Ich habe Talent zum Zeichnen und Malen, auch Mutter hat das gesehen. Die Muster für die Decken und die Jacquard-Stoffe zu entwerfen, hat mir immer schon viel Spaß gemacht, und wie du weißt, haben sich die Decken zu Papas Zeiten gut verkauft. Ich bin mir sicher, dass sich das mithilfe der Naturfarben von June sogar noch steigern ließe. Außerdem bin ich handwerklich bewandert, wie selbst du in den letzten Monaten bemerkt haben dürftest.«

»Stimmt«, Fiona lachte. »Es ist nicht alles schlecht, was du anpackst.«

April hatte Mühe, die Tränen zu unterdrücken, die ihr auf einmal in die Augen schossen.

»Nichts für ungut«, sagte Fiona leise und legte eine Hand auf die von April. »Ich war wieder einmal zu hart, entschuldige. Ich habe hierbei tatsächlich Vertrauen in dich. Du hast Papa immer auf die Finger gesehen und alles übers Spinnen und Weben gelernt.«

»Ich kann dir die Maschinen im Schlaf auseinandernehmen und wieder zusammenbauen. Ich kann neue Lochkarten stanzen und die Maschine allein einrichten.«

»Was möglicherweise auch nötig sein wird. Aber ich glaube tatsächlich, dass du mit der Idee, bei dem weiterzumachen, was Vater begonnen hat, auf dem richtigen Weg bist.«

»Danke, Schwesterherz.«

»Dann denk dir schöne Muster für die Decken aus und finde viele Abnehmer. Hast du denn heute bei der Genossenschaft mal angefragt, ob du sie darüber verkaufen kannst?«

»Nein, hab ich nicht«, entgegnete April. »Ich will es erst einmal allein ausprobieren. In die Genossenschaft könnte ich später immer noch eintreten.«

Fiona nickte. »Du hast recht. Du musst wissen, was du machst. Hauptsache, deine neueste Idee macht mich, ich meine, *uns*, nicht bettelarm. Apropos – wie wäre es, wenn du deinen neuen Tatendrang an der Wäsche im Korb ausleben würdest?«

»Zu Befehl, *mon général*«, antwortete April. Was immer Fiona vorbrachte – jetzt, das wusste April, war ihre Zeit gekommen. Jetzt würde sie ihre Sache durchziehen, komme, was wolle! Sie würde es allen zeigen!

Einen Moment hingen die Schwestern ihren Gedanken nach. Ihr Schweigen machte die wohltuende Stille, die an diesem Ort jenseits der Betriebsamkeit Kirkwalls herrschte, überdeutlich.

April schaute beunruhigt aus dem Fenster und beobachtete, wie schwere, violett-schwarze Wolken aufzogen. Sicher würde es gleich ein Gewitter geben. »Ich sollte hinübergehen und nachsehen, ob auch wirklich alle Fenster geschlossen sind«, sagte sie.

»Tu das, ich werde in der Zwischenzeit meine Tasche packen, John wollte in zehn Minuten hier sein – und du weißt, wie pünktlich er immer ist.«

Johns Frau Julie hatte vor vierzehn Tagen ihr drittes Kind entbunden und würde morgen nach Hause kommen. Wie April es mit June gehalten hatte, so half auch Fiona ihrer Freundin in der ersten Zeit nach der Geburt des Kindes, wofür sie sogar ihren Urlaub opferte. »Julie ist sicher sehr aufgeregt oder nicht?«

»Sie weniger, es ist schließlich ihr drittes Kind, aber John ist noch nicht ganz er selbst«, erwiderte Fiona lächelnd. »Sie ist froh, dass ich Urlaub bekomme, um ihnen am Anfang zu helfen und vor allem auf die beiden kleinen Jungs aufzupassen.«

April würde das Haus zwei Wochen lang für sich alleine haben – etwas, das selten vorkam und sie mehr als erleichterte, schon, um mit den ersten Schwierigkeiten fertigzuwerden. Falls welche auftauchten. So könnte sie alles ohne Bevormundung und Einmischung ihrer Schwester regeln. Sie stand auf und eilte nach draußen, um die Fenster im Haus auf der gegenüberliegenden Straße zu schließen.

Als sie zurückkam, war John bereits dabei, Fionas Gepäck einzuladen. Die Schwestern umarmten sich, dann stieg Fiona in den Wagen. John nickte April kurz zum Abschied zu, dann raste er in halsbrecherischem Tempo die stille Straße hinunter.

2

April war allein.

Sie ging zurück ins Haus. Die lautlose Stille erschien ihr mit einem Mal fremd. Angesichts der folgenden Tage, die sie auf sich gestellt in dem Haus verbringen würde, ergriff sie plötzlich ein flüchtiges und bislang ungewohntes Gefühl der Einsamkeit. Dabei hatte sie sich eben doch noch auf das Ungestörtsein gefreut. Obgleich achtundzwanzig Jahre alt, hatte sie lediglich während ihrer Zeit in London allein gelebt. Ein Jahr hatte sie es bei ihrer Tante Isobell ausgehalten, wohin die Flucht vor Nigel sie geführt hatte. Alle in der Familie waren sich einig gewesen, dass diese Auszeit nötig war, so sehr, wie April unter Nigels Untreue gelitten hatte. Ein Jahr hatte sie in Londoner Hotels als Zimmermädchen gearbeitet, bis sie diesen Job aufgegeben hatte. Sie war keine Freundin der Großstadt. Kirkwall reichte ihr völlig.

Nun also zwei Wochen ohne Fiona. Diese Tage würden ihr guttun. Sie würde Muße haben, sich in ihr neues Betätigungsfeld einzuarbeiten, denn die Wolle der Genossenschaft würde schon in den nächsten Tagen geliefert werden. Und nicht nur das, sie würde vielleicht sogar Muße zur inneren Einkehr finden. Ein ungewohnter Zustand, den es auszuprobieren galt.

Im letzten halben Jahr war ihr erst langsam, dann immer deutlicher klar geworden, dass sie einige Dinge in ihrem Leben entscheidend ändern musste. Dieser Gedanke war fremd und beunruhigend, doch empfand sie gleichzeitig eine nie gekannte Lust auf das Leben. Es war gerade so, als ob sich die kraftvollen Energien, die in ihr steckten, erst nach dem Tod der Eltern ihre Bahn nach außen gesucht hätten.

Seit sie in London gearbeitet hatte, war ihr klar geworden, dass sie das geruhsame Leben auf den Orkneys bevorzugte. Sie liebte die Orkneys, ebenso wie Fiona, aber hier Arbeit zu finden, die einen ernährte und sogar noch Spaß machte, war nie einfach gewesen. Ihre Schnoddrigkeit war größtenteils gespielt. Tatsächlich hatte ihr berufliches Desaster sie in den vergangenen Jahren bei Weitem nicht so kalt gelassen, wie es für Außenstehende den Anschein hatte, und sie manch schlaflose Nacht gekostet.

Hatte ihre Familie eigentlich je erkannt, wie verschlossen sie wirklich war? Ihr Vater vielleicht. Auf den Grund ihrer Seele hatte sie bisher kaum jemanden blicken lassen, nicht einmal Sandy, ihre zweite enge Freundin neben June.

Dies alles sollte nun ein Ende haben. Auch wenn es ihr niemand zuzutrauen schien: In ihr schlummerte mehr, als sie bisher ausgelebt hatte, davon war sie fest überzeugt. Die Dinge hatten an Klarheit gewonnen, und diesmal verfügte sie über ausreichenden Mut und Entschlossenheit, ihre Ideen auch in die Tat umzusetzen. Sie strömte geradezu über vor Kreativität. Und dieses Potenzial würde sie jetzt nutzen.

Beinahe euphorisch setzte sie sich an den Schreibtisch in ihrem Zimmer, um den erneuten Versuch zu unternehmen, eine Gewinn- und Verlustrechnung aufzustellen und sich mit den umfangreichen Steuergesetzen zu befassen.

Anderthalb Stunden später schaltete sie genervt den Computer aus. Es war ein hartes Stück Arbeit. Sie hatte das Gefühl, in dem Wust von Zahlen und Paragrafen zu ertrinken, die über ihr zusammenzuschlagen schienen wie ein Tsunami. Sie ahnte bereits, dass sie möglicherweise einen Partner suchen musste, der ihr bei der geschäftlichen Seite ihres Projekts helfen konnte.

Sie seufzte und stand auf. Jetzt war sie erst einmal reif für ein entspannendes Bad und eine Maniküre.

Später ging sie, eingehüllt in ihren vergilbten Bademantel, ins Wohnzimmer. Sie hatte sich eingecremt und eines von Fionas Parfums benutzt. Schade, dass niemand da war, der an ihr schnupperte und sie dann liebevoll in den Arm zog, durchzuckte es sie.

Gedankenverloren blickte sie aus dem Fenster und wich sogleich erschrocken zurück, als ein gewaltiger Blitz den Himmel in gespenstisch blaues Licht tauchte, gefolgt von einem krachenden Donnerschlag. Normalerweise schreckten sie weder Tod noch Teufel – bei Stürmen ging ihr das Herz auf, sofern sie sich im Haus oder Auto befand, und nicht gerade auf hoher See, oder das Wellblechdach der Scheune Gefahr lief, abzuheben. Donner überstand sie ohne Herzklopfen, doch Blitze waren die Hölle.

Unruhig betrat sie die Küche, um zu prüfen, ob auch hier sämtliche Fenster geschlossen waren und ob sie vor allem die Stecker aus der Dose gezogen hatte. Der Raum erweckte ein Bild von Einfachheit und ursprünglichem Charme, mit dem Steinfußboden und der holzverkleideten Decke, den Kiefernholzschränken vor der weiß getünchten Wand, gemauert aus Felssteinen der Insel. An den Fenstern waren von innen Klappläden angebracht, die im Winter zusätzlichen Schutz vor den wilden Stürmen boten. April warf einen letzten Blick auf die dämmerige Moorlandschaft, um dann die Läden zu schließen.

Da sah sie im Aufzucken eines weiteren Blitzes eine männliche Gestalt, die ohne jeden Regenschutz durch dieses Unwetter lief – von einem Hut, den er oder sie tief ins Gesicht gezogen hatte, einmal abgesehen. War diesem Unglückseligen denn nicht bewusst, dass er in der baumlosen Gegend die Blitze geradezu anzog?

Ohne lange zu überlegen, rannte April in den Flur und riss die Haustür auf. Sie stemmte die Füße fest auf den Boden, damit der Sturm ihr die Tür nicht aus der Hand riss. Gnadenlos peitschte ihr der Wind den Regen ins Gesicht. Sie kniff die Augen zu schmalen Schlitzen zusammen und schrie: »Hallo, Sie da! Kommen Sie rein!«

Der Mann blieb stehen, zögerte einen kurzen Moment, dann steuerte er auf das Haus zu.

»Wie können Sie bei diesem Unwetter draußen herumlaufen?« Der dichte Regenschleier nahm April jede Sicht, sodass sie nur schemenhaft wahrnahm, wie der Fremde sich mit nervtötender Langsamkeit dem Eingangsbereich des Hauses näherte. Erneut brachte ein Donnerschlag, dem unverzüglich ein heftiger Blitz folgte, die Luft zum Erzittern. April zuckte vor Schreck zusammen und zog sich schnell in den Flur zurück.

Wenn er sich nicht beeilt, überlegte sie die Augen verdrehend, würde sie den Teufel tun, ihm noch länger die Tür aufzuhalten. Schließlich wollte sie sich nicht auch der Gefahr aussetzen, vom Blitz erschlagen zu werden. Außerdem gab es die Kugelblitze, für die eine offene Tür einer Einladung gleichkam, das wusste doch jeder.

Endlich hatte er das Haus erreicht.

»Nun kommen Sie schon!« Beinahe hätte sie ihn am Kragen ergriffen und ins Haus gezogen. Sie machte einen Schritt zur Seite. »Sonst werde ich auch noch pitschnass!« Selbst ihr fiel auf, dass ihr barscher Ton nicht gerade einladend klang, aber für Höflichkeiten, befand sie, war später immer noch Zeit. Erst das Geräusch der zufallenden Tür, die das gespenstische Wetterleuchten aussperrte, machte ihr bewusst, dass sie einen Wildfremden in ihr Haus gebeten hatte, ohne ihn vorher genauer zu betrachten.

Die Regentropfen perlten von der Krempe seines Huts und fingen sich in seinen langen dunklen Haaren, die unter dem Hut hervorlugten. Die an den Oberschenkeln durchweichte Jeans klebte an seinen langen, schlanken Beinen. Trotz des Regens trug er die Lederjacke offen. Der eng anliegende Rollkragenpullover unter der Jacke unterstrich seinen beinahe hageren Körperbau. Der tief heruntergezogene Hut ließ noch keinen Blick in sein Gesicht zu.

»Vielen Dank für die freundliche Einladung.«

Seine Stimme ging April unter die Haut wie ein schmerzhafter Nadelstich. Ihre Hand fuhr zum Mund.

Er nahm den Hut vom Kopf, und ihre Ahnung bestätigte sich. »Nein!«

Seine Brauen hoben sich, und ein amüsiertes Funkeln glomm in den hellen Augen auf.

Unwillkürlich zog sie den Gürtel ihres Bademantels enger. »Sie verfolgen mich!« Unfreundlich musterte sie den Mann, den sie so unbedacht in ihr Haus geladen hatte – den übellaunigen Fremden vom Nachmittag, den Mann, den sie gerammt hatte, den Mann aus Tims Imbissstube.

»Verfolgen?« In seinem Gesicht machte sich ungläubiges Staunen breit. »Darf ich Sie erinnern, dass *Sie* es waren, die mich hereingebeten hat – um nicht zu sagen, hereinbefohlen?«

April schluckte. Die Ironie in seiner Miene war nicht auszuhalten, doch streng genommen hatte er recht. »Hätte ich gewusst …«, sie hielt inne. Sie konnte ihm unmöglich sagen, dass sie ihn kaltherzig den Naturgewalten überlassen hätte. »Nun, jetzt sind Sie ja da.«

»Wenn Sie wollen, kann ich gleich wieder gehen.« Sein Grinsen ließ ihn beinahe verwegen scheinen.

»Und vom nächsten Blitz erschlagen werden? Dann hab ich das Theater mit Ihnen – nein danke, Sie bleiben!«

»Wie Sie meinen.« Seine Stimme gluckste vor Vergnügen. Erneut flackerte es unheilvoll.

Sie drehte sich schaudernd zur Seite, um nun auch die Läden vor dem kleinen Flurfenster zu schließen. Als sie ihr Spiegelbild im Fensterglas sah, zuckte sie peinlich berührt zusammen. »Ach du Schreck!« Jetzt war der Grund für die unverhohlene Belustigung des Mannes klar.

Blitzschnell drehte sie sich um und stürzte ins Bad. Sie schnitt ihrem Gesicht eine Grimasse und nahm ein Kleenex-Tuch aus der Packung. »Ziehen Sie sich aus und gehen Sie in die Küche, ich bin sofort bei Ihnen!«, rief sie durch die geschlossene Tür. Mit raschen Bewegungen entfernte sie die weiße Crememaske – ebenfalls aus Fionas Beständen – aus ihrem Gesicht und zerrte an dem Gummi, mit dem sie ihr Haar nachlässig am Oberkopf zusammengebunden hatte. Eilig zog sie Jeans, eine weiße Bluse und die blauviolette Strickjacke an, die sie einige Tage zuvor fertig gestrickt hatte, und betrat den Flur.

Der Mann hatte seine Jacke ausgezogen und über den knorrigen Orkney-Stuhl gehängt, den einer ihrer Urgroßväter aus Schwemmholz und Stroh angefertigt hatte. April ging zur Küche.

Der Fremde betrachtete gerade das Bild über dem Büffet, das einen alten Segelschoner darstellte. Als er sie kommen hörte, wandte er sich um. »Sie!?«

»Ja, ich!«, gab sie trocken zur Antwort. »Ich habe Ihnen etwas mitgebracht.« Mit diesen Worten hielt sie ihm ein weißes Handtuch als Zeichen des Friedens hin.

»Danke.« Er nahm es und fuhr sich nachlässig durch das triefende dunkle Haar.

Erleichtert stellte sie fest, dass er ihr jede Bemerkung über den komischen Anblick, den sie vorhin geboten hatte, ersparte. Einen Moment betrachtete sie ihn, ratlos, was sie jetzt mit ihm anfangen sollte. Ihm schien es ähnlich zu gehen, denn er sprach kein Wort. »Es tut mir leid, dass wir uns immer unter etwas … äh … merkwürdigen Umständen über den Weg laufen.«

»Wobei merkwürdig beinahe untertrieben ist, finde ich.«

»Es steht Ihnen frei, sich wieder hinaus in das Unwetter zu begeben und sich vom Blitz treffen zu lassen«, erwiderte sie gekränkt.

Er legte das Handtuch auf einen Küchenstuhl. Dann überzog ein Lächeln sein Gesicht, was ihn noch attraktiver machte. »Entschuldigen Sie, das war nicht sehr höflich von mir. Es ist wirklich nett, dass sie mich in Ihr Haus gelassen haben. Wir sollten noch einmal von vorn anfangen, finden Sie nicht?«

»Ganz wie Sie meinen – wenn Sie so viel Mut aufbringen.« Verschmitzt lächelnd, verschränkte sie die Arme vor der Brust.

Er deutete eine leichte Verbeugung an und sagte: »Darf ich mich vorstellen? Mein Name ist Eric Walter.«

»April Gowrie.«

»Bitte entschuldigen Sie meinen Ton bei unserem Crash, aber ich hatte einen etwas unerfreulichen Tag hinter mir, und den Porsche habe ich erst drei Tage zuvor angemeldet. Er ist nigelnagelneu, müssen Sie wissen.«

»Das … tut mir jetzt aber noch mehr leid«, stieß sie peinlich berührt hervor.

»Nun ja, wir haben den Crash ja zum Glück ansonsten unbeschadet überstanden, und das ist doch die Hauptsache.«

»Natürlich, sicher. Gott sei Dank, ich war aber auch so in Gedanken.«

Er nickte. »Mir ging es ebenso.« Interessiert deutete er mit der Hand auf das Gemälde neben dem Fenster. »Das Bild, das Sie dort hängen haben, gefällt mir«, unterbrach er das kurze peinliche Schweigen.

»Mein Vater hat es in Inverness in einem Antiquitätengeschäft gekauft. Er liebte es sehr. Segeln war sein Hobby. Sie müssen nicht glauben, dass ich jeden Fremden, der hier vorbeispaziert, gleich in mein Haus rufe, aber bei diesem Wetter konnten Sie nicht draußen bleiben.«

»Das hatte ich auch nicht angenommen. Ich«, er stockte für den Bruchteil einer Sekunde, »ich war sowieso gerade auf der Suche nach einem Unterstand, genauer gesagt, nach einer Unterkunft.«

»Sind Sie nicht von hier?« Sein Gesicht war ihr unbekannt. Sein Dialekt allerdings war der eines Orcadians.

»Doch. Ich bin hier geboren. Aber meine Familie lebt schon länger in Aberdeen.«

»Daher sprechen Sie wie wir.«

»Ja, und ich suche für die nächste Zeit eine Pension. Und da wurden Sie mir empfohlen.«

»Oh«, sagte sie erfreut. »Das ist aber nett. Wer hat uns denn so freundlich empfohlen?«

»Der freundliche Mann aus dem Imbiss«, antwortete er mit leichter Ironie in der Stimme.

»Ach«, nun musste sie lachen. »Ja, Tim liebt mich seit unserer Kinderzeit und sorgt für mich, wann immer es ihm möglich ist. Nun, das war eine gute Idee. Ich habe zufällig ein Zimmer frei. Und wenn Sie noch Platz in Ihrem Magen haben, könnte ich Ihnen auch noch etwas zu essen anbieten. Wie wär's mit Eiern und Speck?«, lud sie ihn ein. Sicher würde ein gemeinsames Essen seine Zunge lösen. Denn eine Eigenschaft, mit der ihre Familie sie immer schon aufgezogen hatte, war ihre Neugierde.

»Nein, danke. Ich bin satt. Aber wenn Sie ein Bier hätten – das wäre schön.«

Sie nahm zwei Gläser aus der Anrichte, und kurz darauf nahm sie zwei Flaschen Bier aus dem Kühlschrank, deren Inhalt sie in die zwei Gläser füllte.

»Seit wann sind Sie hier, wenn ich fragen darf?«

»Heute Morgen angekommen.«

Halt an dich und durchlöchere ihn nicht sofort mit deinen Fragen, rief sie sich zurecht. Dennoch konnte sie sich nicht zurückhalten, zu fragen: »Sind sie privat oder geschäftlich auf der Insel?«

»Beides.«

»Soso.« Sie wartete, doch es folgten keine weiteren Erläuterungen. »Erzählen Sie mir etwas von sich«, bat sie zögernd. »Ich höre gern etwas aus der Welt jenseits unserer Insel.«

Immer noch lag das höfliche Lächeln auf seinem Gesicht, trotzdem hatte April plötzlich das unbestimmte Gefühl, dass er sich verschlossen zurückzog.

»Da gibt es nicht viel zu erzählen. Ich bin Geschäftsmann. Mein Hobby ist Segeln. Das Segelrevier hier oben ist mir am liebsten.«

Sie dachte an die häufigen Törns mit ihrem Vater. Sie beide hatten so manches Abenteuer überstanden. »Durch die starken Gezeitenströme in den Sunden und die zahlreichen Skerries und Stacks ist es kein leichtes Revier; Sie müssen gut segeln können.« Aus ihrer Stimme klang Bewunderung.

»Ja, sicher. Ich bin ja hier aufgewachsen und habe es früh gelernt. Segeln Sie auch?«

Sie lächelte und dachte an ihre Jugend. »Ja, aber es hat gedauert, bis mein Vater mich auf sein Boot locken konnte. Und auch heute ist mein Respekt vor der See groß.«

Sie hatte nie vergessen, wie sie als Zwölfjährige mit Müh und Not schwimmen gelernt hatte, nachdem ihre Mutter kurzerhand das Gummiboot, in dem April sich sicher wähnte, zum Kentern gebracht hatte. Immerhin, das musste man entschuldigend anführen, im seichten Uferbereich eines Teiches. »Auch meine Schwester und meine Eltern sind gern gesegelt. Ich kenne mich daher ein bisschen aus.« Die Skerries und Stacks, Kleinst-Inseln und Felsen, die häufig nur bei Ebbe aus dem Wasser ragten, waren berüchtigt und konnten Unkundigen Schwierigkeiten bereiten, ebenso wie die überraschend einsetzenden Seenebel mit längeren Flauten.

»Ich bin mit den Gewässern hier gut vertraut«, bekundete er.

»Was machen Sie denn beruflich?« Ihr war bewusst, dass sie ihre Neugierde viel zu offensichtlich zeigte, dennoch konnte sie sich nicht zurückhalten.

»Ich habe Maschinenbau studiert«, antwortete er vage.

Damit sagte er immer noch nicht, was er heute arbeitete. Das konnte bedeuten, dass er jetzt arbeitslos war, aber auch, dass er auf der Suche nach etwas Neuem war, um sich zu verändern. Wie sie.

April beschloss, von nun an keine Fragen mehr zu stellen, stand auf, nahm die Schüssel mit den Schoko-Süßigkeiten aus dem Schrank und stellte sie auf den Tisch. »Bitte greifen Sie zu.«

Er beobachtete jede ihrer Bewegungen, schüttelte dann jedoch den Kopf »Nein, vielen Dank, nicht zu Bier.«

»Ich kann Ihnen noch ein wenig Käse anbieten, wenn Sie wollen.«

»Nein, danke. Ich bin satt und sollte aufhören – nach der guten Portion vom Imbiss.«

»Recht so«, nickte sie und nahm sich eine der hellen Nougatpralinen.

»Und Sie? Was arbeiten Sie?«, bohrte nun er nach.

»Ich habe bis vor Kurzem halbtags beim Notar hier in Kirkwall gearbeitet.«

»Sie *haben* gearbeitet?«, fragte er interessiert. »Haben Sie Ihre Stelle verloren?«

Aus einem Grund, den sie nicht kannte, verschwieg sie ihm ihre neuen Pläne. Man sollte eine Sache nicht zerreden, wenn man sie noch gar nicht begonnen hatte. Und warum sollte er es wissen? – Womöglich fielen ihm noch Argumente ein, warum dieses Projekt scheitern würde. Das konnte sie überhaupt nicht gebrauchen. Und selbst wenn nicht, sie war ein wenig gehemmt, diesem Fremden ihre geheimen Träume zu verraten. Ihre Wünsche nach Freiheit und einem eigenständigem Leben.

»Warum haben Sie nicht den ganzen Tag gearbeitet?«

Seine prüfenden Augen in dem intensiven Blau machten sie nervös; es kam nicht häufig vor, dass sich ein Mann dafür interessierte, was sie machte.

Sie nahm eine weitere Praline, legte sie aber dann zurück in die Schüssel. »Nach ihrer Babypause wollte die Frau meines Chefs wieder arbeiten. Darum teilten wir uns die Stelle.«

»Und? Reichte Ihnen das denn? Sie sind ja noch so jung. Sie müssten doch vor Energie nur so strotzen.«

Peinlich berührt zuckte sie mit den Schultern. »Im Sommer haben wir zumeist Gäste, um die ich mich kümmern muss. Außerdem«, fuhr sie fort, »war ich in den letzten Monaten mit der Renovierung unseres Hauses beschäftigt, da gab es genug zu tun. Und Langeweile«, setzte sie ein wenig trotzig hinzu, »kenne ich sowieso nicht.«

Sie streckte die Hand aus, nahm einen Mini-Müsliriegel und schob ihn in den Mund. Dann begann sie, zu erzählen: von den zahlreichen kleineren und größeren Missgeschicken während der Renovierungsphase. »Meine erste Krise hatte ich beim Streichen, als ich mich in einer Wischtechnik versuchte, die die Wände in ein Toskana-Rot, gemischt mit einem Hauch Rosé, verwandeln sollte. Fiona, meine Schwester, meinte, dass diese Farbe an wilde Tomatenketchup-Orgien erinnere und todsicher jeden Gast in die Flucht schlagen würde.«

»Hut ab«, er lächelte anerkennend. »Die Damen hier scheinen außergewöhnlich begabt zu sein. Ich hörte, dass viele Frauen der Insel weben oder einem anderen Kunsthandwerk nachgehen.« Er hatte den Stuhl zurückgeschoben, die Beine weit von sich gestreckt und betrachtete sie mit jener Portion Neugierde, die nichts Unangenehmes an sich hatte. »Und Stricken scheint immer noch sehr populär zu sein.«

»Ja, und die Frauen sind fast alle in unserer Genossenschaft zusammengeschlossen. Sie wohnen ja größtenteils auf ihren alten Höfen, die weit verstreut auseinander liegen. Jede einzelne Strickerin könnte von ihrer Arbeit allein nicht leben, aber so haben sie einen hübschen Laden gemeinsam mit anderen lokalen Kunsthandwerkern aufgebaut. Übrigens, wie Sie vielleicht noch wissen, nicht nur Frauen, die Männer können ebenso gut stricken.«

»Ich weiß«, er nickte. »Natürlich. Meine Mutter hat es mir ebenfalls beigebracht, aber ich war nie mit sonderlicher Begeisterung bei der Sache. Stricken Sie auch?«

»Ja. Aber im Gegensatz zu den anderen bevorzuge ich moderne, selbst entworfene Muster. Zum Teil färbe ich die Wolle auch mit natürlichen Pflanzenfarben.«

»Klingt interessant. Die Jacke, die Sie tragen – ist die auch von Ihnen entworfen und gestrickt?«

Sein offensichtliches Interesse tat ihr wohl. »Ja, wie finden Sie sie?« Diese Jacke hatte sie tatsächlich aus Wolle gefertigt, die June selbst gefärbt hatte – ein Weihnachtsgeschenk ihrer Freundin. Doch von ihrem Faible fürs Weben redete sie immer noch nicht. Es war ihr kleines Geheimnis, und sie war stolz darauf, dass sie auch schweigen konnte. Es war, als müsste sie ein neu geborenes Baby vor der Außenwelt schützen.

»Sie gefällt mir, vor allem die Farbzusammenstellung ist außergewöhnlich.«

April nickte schweigend. Eigentlich brannte es ihr auf der Zunge, ihn in ihre geplante

Selbstständigkeit einzuweihen. Doch sie hielt sich zurück und war sehr stolz, dass sie sich nicht dazu hinreißen ließ, ihm von ihren Plänen vorzuschwärmen. Auch sie konnte schweigen, wenn es ihr auch viel Disziplin abverlangte. Schließlich hatte sie noch keinen einzigen Abnehmer für ihr Produkt. Es wäre ihr ein wenig peinlich, wenn er davon erführe. Nein! Sie war eine erwachsene Frau und in der Lage, die Dinge mit sich allein auszumachen.

»Um noch einmal auf das Zimmer zurückzukommen. Könnte ich eines für, sagen wir, drei, vier Tage bekommen? Vielleicht auch länger?«

Sie breitete die Arme aus: »Sie können bleiben, so lange Sie wollen«, sagte sie großzügig.

»Dann nehme ich Ihr Angebot gern an«, erwiderte er. »Mit Halbpension, wenn's geht«, fügte er noch hinzu.

Sie nickte. »Und wie das geht.«

»Dann werde ich jetzt mein Gepäck holen.« Ehe sie wusste, wie ihr geschah, hatte er den Raum verlassen. Das Geräusch der schweren Holztür, die hinter ihm ins Schloss fiel, sperrte das unablässige Prasseln des Regens aus, das sich mit dem Heulen des Sturms zu einer vertrauten Melodie vereinigte.

Plötzlich verspürte sie ein völlig unbekanntes Gefühl: Angst. Ihr wurde bewusst, dass sie vollkommen allein mit ihm im Haus sein würde. Ihre Schwester kam erst in zwei Wochen zurück, und die nächsten Nachbarn wohnten so weit entfernt, dass ihr Rufen im Fall einer Gefahr keine Menschenseele aufschreckte. Und sie wusste ja, wie unangenehm er werden konnte. Obwohl er eben ja einen ganz sympathischen Eindruck gemacht hatte. Normalerweise schlossen sie nicht einmal die Tür ab, und natürlich erhielten die Gäste trotzdem ihren eigenen Schlüssel, denn sie kamen in friedlicher Absicht. Wieso sollte es bei ihm anders sein?

Nun, beruhigte sie sich, das war nicht das erste Mal, dass sie einen alleinstehenden Mann beherbergten, wobei sie nicht einmal wusste, ob er alleinstehend war. Zumindest war er hier bei ihr allein. Sie würde sich schon zu wehren wissen, sollte er tatsächlich zu den weniger friedlichen Artgenossen gehören. Ihre Zimmertür besaß ein solides Schloss. Und wie ein Meuchelmörder sah Eric Walter schließlich nicht aus, im Gegenteil. Im Laufe des Gesprächs hatte er immer mehr ihrer Sympathie gewonnen. Dennoch, sie würde auf jeden Fall ihre Schlafzimmertür abschließen und das Mobiltelefon neben ihr Bett legen – sicher war sicher.

Gedankenverloren ging sie in eines der Gästezimmer, um zu prüfen, ob alles in Ordnung war. Sie betrat den hübsch ausgestatteten Raum und öffnete das Fenster.

Das Gewitter hatte mittlerweile an Kraft verloren, und das Unwetter war übergegangen in einen sanften Landregen, wie sie ihn liebte. Die nachtschwarzen Wolken hatten sich fast vollständig Richtung Norden verzogen und einem milchigen Grau Platz gemacht. Im Gegensatz zu den hügeligen Shetland-Inseln, die oft tagelang im Regen ertranken, hielten sich die Wolken auf den nahezu baumlosen Orkneys nicht lange. Und jetzt, Ende August, ließ der für die Spätsommertage typische helle Abendhimmel die tagsüber so grüne Insel in einer Traumwelt verharren.

April stützte sich auf die breite Holzfensterbank, legte den Kopf in den Nacken und atmete tief ein, während sie der leisen Melodie des Regens lauschte. Die nach dem Gewitter abgekühlte salzige Luft drang mit dem Geruch frischer Erde ins Zimmer, in dem es immer noch angenehm warm war, sodass sie nicht den elektrischen Kamin einschalten musste. Ein wunderbarer Abend. Verträumt schaute sie hinaus.

Hier, an der Längsseite des Hauses, wo ihre eigenen Schlafräume und die Gästezimmer untergebracht waren, konnte man von den separaten Terrassen, die abgeschirmt voneinander gemütliche Nischen bildeten, die raue Fassade des Nachbarhauses auf der gegenüberliegenden Seite des Weges erkennen. Früher hatte es der Familie Harris gehört. Das Grundstück lag zum Landesinneren hin. Ihr eigenes mit dem Haus und der großen Scheune, in der sie die Spinnerei und die zwei Webstühle untergebracht hatten, war der See zugewandt. Die beiden Höfe standen ein wenig versetzt, sodass man auch vom Harris-Hof aus aufs Meer schauen konnte.

In den sonnigen Ecken ihrer Gärten hatten ihr Vater und Anthony Harris jeder eine Gemüseecke eingerichtet und jedes Jahr, allen Unkenrufen der Freunde und Nachbarn zum Trotz, recht ansehnliche Erträge erzielt. Leichte Wehmut erfüllte April, als sie an den letzten gemeinsamen Sommer mit ihren Eltern dachte.

Sie warf einen abschließenden Blick auf das Haus gegenüber, ließ das Fenster einen Spalt weit offen und überprüfte rasch das winzige Bad nebenan. Erst kurz vor ihrem Tod hatten die Eltern in die Gästezimmer moderne Duschen und WCs einbauen lassen, sodass sie nun sechs Gästen bequem Unterkunft bieten konnten, was ein nettes Zubrot bedeutete. Nun stand nur noch das Elternschlafzimmer zur Renovierung an.

Sie alle liebten den Schwatz mit den unproblematischen Gästen. Die meisten kamen, um die zahlreichen Steinzeitfunde der Insel zu besuchen. Unter anderem den Ring of Brodgar, einen 2700 v. Chr. entstandenen Steinkreis, einen sogenannten Henge, der mit einem Durchmesser von hundertvier Metern größer als Stonehenge war und von dessen ursprünglich sechzig Steinen noch siebenundzwanzig erhalten waren. Oder sie bewunderten die vermutlich 3000 v. Chr. entstandene Grabanlage von Maes Howe. Und natürlich Skara Brae: Hierbei handelte es sich um ein komplett erhaltenes, aus Steinquadern – ohne Mörtel – gebautes Steinzeitdorf, bestehend aus mehreren Häusern und einer Werkstatt, die durch unterirdische Gänge miteinander verbunden waren. Von hier führte eine wunderbare Wanderung nach Stromness, wo Sandy wohnte. Bei gutem

Wetter unternahm April gern diese Tour von drei Stunden, die entlang der Küste an wild abfallenden Klippen und engen Fjorden vorbeiführte. Vogelkundler, die man oft antraf, hielten die Insel, über der zwei Vogelrouten kreuzten, für ein Paradies. Zumeist handelte es sich jedoch um naturverbundene Wanderer, die einfach die Insel erkunden wollten.

Der Klang der Türglocke riss April aus ihren Träumen. Mit leichtem Herzklopfen ging sie hinaus in den Flur, um zu öffnen.

»Bitte, treten Sie ein!« Sie bemerkte das ungewohnte Vibrieren in ihrer Stimme und wunderte sich zum wiederholten Male an diesem Abend über sich selbst. Obwohl – so verwunderlich war es nun auch nicht. Ihre letzte Beziehung lag Jahre zurück. Sie litt unter Entzugserscheinungen, und Eric Walter war zudem kein unansehnliches Exemplar seiner Gattung.

Reiß dich zusammen, ermahnte sie sich. Er ist ein Gast, und in spätestens einer Woche wird er, wie alle anderen, verschwunden sein. Leider war die Auswahl der Männer, die sich für sie interessierten, überschaubar. Es trauten sich nur wenige an sie heran, was vielleicht an ihrem Temperament lag, wenn man ihr aufbrausendes Wesen so bezeichnen wollte, dachte sie selbstkritisch. Zumindest gab sie sich alle Mühe, ihre Unbeherrschtheit unter Kontrolle zu bekommen. Möglicherweise verschreckte ihre Ironie, die sie zeitweise gern an den Tag legte, so manchen Mann, der den Versuch wagte, sich ihr zu nähern. Aber für solche Schwächlinge, dachte sie schnippisch, hatte sie auch keinen Bedarf. Wenn schon ein Mann, dann ein richtiger.

Ihr Blick fiel auf seinen Aktenkoffer, der fast so groß war wie die Reisetasche, die er bei sich trug. »Übrigens, wenn Sie möchten, können Sie auch das Internet benutzen. Und ein Fax und einen Fotokopierer besitzen wir auch.«

»Herzlichen Dank. Aber ich habe meinen eigenen Laptop dabei. Doch wenn nötig, komme ich gern auf Ihr Angebot zurück.«

»Das ist Ihr Zimmer.« Sie betrat den schmaleren Flur, der links von der Diele zu seinem Zimmer führte, und hielt ihm dann die Tür auf, damit er eintreten konnte.

Die Möbel waren hell und das Zimmer frei von Plastikkitsch, wie er dann und wann auf der Insel anzutreffen war. An der Wand, dem Bett gegenüber, hing lediglich ein von ihr gemaltes Aquarellbild mit einem Inselmotiv. Schweigend sah er sich um.

Erfreut bemerkte sie den anerkennenden Blick, mit dem er das Modell des Walfängerschiffs auf der Kommode betrachtete. Sie trat näher und fuhr liebevoll mit der Hand über das glatte Holz. »Mein Großvater hat es in Amerika erworben. Er hat es von der Insel Nantucket mitgebracht.«

»War er Seemann?«

»Nein.« Er war Weber, wollte sie hinzufügen, hielt dann jedoch inne. Der Vater ihrer Mutter, umgeben von einer ansehnlichen Freundesschar, war als Weber mit geringem Verdienst ein wenig leichtsinnig gewesen. Er hatte sein Geld mit vollen Händen und leichten Herzens binnen kürzester Zeit unter die Leute gebracht; das musste der Fremde nicht wissen. Ihr Vater hatte sie augenzwinkernd damit geneckt – auch ihr floss das Geld nur so durch die Finger – und spielerisch an ihren Locken gezogen. Sie sei dem Großvater eben frappierend ähnlich, und das nicht nur äußerlich. Doch es hatte April nicht gestört, sondern, im Gegenteil, irgendwie fasziniert, und sie umso mehr bedauern lassen, dass sie ihren Großvater nie kennengelernt hatte.

Eric Walter machte ein paar Schritte zum Fenster und blickte in den Garten hinüber zum Leuchtturm. »Der Blick von hier ist wirklich schön, ich denke, es wird mir bei Ihnen gefallen.«

Lag in seiner Stimme ein eigenartiger Unterton? Du siehst Gespenster, schalt sie sich. »Sie können auch diesen Eingang benutzen.« Sie deutete auf die Flügeltür, die auf die Terrasse führte. »Den Schlüssel für die Tür gebe ich Ihnen gleich. Er passt auch gleichzeitig für die Haustür.«

Er drehte sich zu ihr herum: »Sie haben mir noch gar nicht den Preis genannt.«

Rasch nannte sie die Summe. Er zog sein Portemonnaie aus der Hosentasche und überreichte ihr den genannten Betrag für drei Tage im Voraus, was ihr ein Gefühl der Erleichterung bereitete. Sie hatten in den vergangenen Wochen und Monaten erhebliche Ausgaben getätigt und würde somit gezwungen sein, in Zukunft sparsamer zu wirtschaften. So war sie in der Lage, abends ein ordentliches Menü auf den Tisch zu bringen. An die Kocherei durfte sie ohnehin noch nicht denken. Normalerweise erledigte das Fiona, die eine begnadete Köchin war.

»Übrigens, wenn Sie noch Appetit haben, sagen Sie es bitte, ich bereite Ihnen gern noch etwas zu«, bot sie halbherzig an, in der Hoffnung, dass er zu dieser Uhrzeit keinerlei Gelüste dieser Art mehr haben möge.

Er schien ihren ängstlichen Blick richtig gedeutet zu haben, denn er verneinte lächelnd. »Nichts zu essen, danke, aber wenn Sie einen Whisky hätten, wäre ich ganz froh.«

»Ich bringe ihn gleich«, erwiderte sie aufatmend und überlegte, ob sie ihn mit seinem Whisky allein lassen oder ihn zur Gesellschaft ins Wohnzimmer bitten sollte. Er schien noch keine Lust zu haben, ins Bett zu gehen. Zwar hatte sie ihm das Zimmer mit dem einzigen TV-Gerät gegeben, aber er nahm ihr die Zweifel, indem er sie fragte, ob sie zur späten Gesellschaft noch ein Glas mittrinken wolle.

»Gern, ich erwarte Sie dann im Wohnzimmer.« Mit diesen Worten ließ sie ihn allein. Im Wohnzimmer füllte sie den Whisky in zwei Gläser. Nachdem sie die modernen Tischlampen auf den kleinen Beistelltischen links und rechts der kleinen weißen, über Eck stehenden Sofas eingeschaltet hatte, überfiel sie plötzlich ein Gefühl wie bei ihrem ersten Rendezvous. Um Herr zu werden über ihre Unruhe, ergriff sie die Wolle, setzte sich und begann zu stricken.

Schon betrat Eric Walter den Raum. Ohne Umstände nahm er in dem anderen Sofa Platz, streckte ungeniert die langen Beine aus und betrachtete das heimelige Zimmer, das trotz seiner Größe den Eindruck von Behaglichkeit vermittelte. Links und rechts des mächtigen Büffets luden zwei separate Sitzecken zum Lesen ein, was besonders angenehm für die Gäste war, die sich während verregneter Tage auf diese Weise im Wohnzimmer aufhalten und entweder ungestört lesen oder miteinander plaudern konnten. Mit Ausnahme der Längswand aus Naturstein, waren die restlichen Seiten und die Decke in Weiß gestrichen, wozu der Boden, auf dem kleine Teppiche lagen, einen warmen Kontrast bildete.

»Es ist schön, wenn jemand mit so vielen Talenten gesegnet ist wie Sie.« Er lächelte freundlich.

»Danke für das Kompliment«, erwiderte sie erfreut. Und wenn du wüsstest, was ich noch alles kann, dachte sie insgeheim belustigt. »Dafür kann ich nicht kochen, das besorgt zumeist meine Schwester, die jedoch für ein paar Tage verreist ist. Oh«, ihr hübsches Gesicht überzog ein rosiger Schimmer, »keine Angst, für Sie wird es schon noch reichen.«

»Wie beruhigend.«

Sie hob den Kopf, und als sie das Funkeln in seinen Augen entdeckte, musste sie lachen: »Nein wirklich, Sie müssen sich nicht sorgen, Grundkenntnisse im Kochen habe ich durchaus.«

»Sollte ihr erster Versuch – falls ich ihn überlebe – nichts taugen, werde ich flüchten.«

Er stand auf und trat an einen der Beistelltische, wo einige ihrer Entwürfe lagen, die wegzuräumen sie vergessen hatte. Sie arbeitete gern an diesem Tisch, da hier das Licht besonders günstig war.

»Sind das Ihre Arbeiten?«

Ohne den Kopf zu heben, nickte sie und widmete sich konzentriert ihrem Zählmuster.

»Dürfte ich sie mir einmal ansehen?«

»Aber bitte vorsichtig, es sind Originalentwürfe.«

»Keine Sorge, ich werde sie wie rohe Eier behandeln. Aha!«

Aus den Augenwinkeln sah sie, wie er einen Entwurf ins Licht der Tischlampe hielt, »an diesem arbeiten Sie gerade.«

Es war keine Frage, sondern eine Feststellung, und sie wunderte sich, wie schnell er das aus ihrer Zeichnung ersehen hatte.

Er trat auf sie zu. »Darf ich mal?« Schon hatte er sich über sie gebeugt und beäugte ihr Werk. »Ihre Sachen sind nicht schlecht.«

»Sie sind sogar etwas ganz Besonderes!« Energisch nahm sie ihm das Millimeterpapier mit den Skizzen für ihre Pullover aus der Hand, legte sie neben sich und fuhr fort, zu stricken. Die Ideen-Entwürfe für ihre Decken bewahrte sie in ihrem Zimmer auf. Wenn er sich die angesehen hätte, wäre es mit der ihr selbst auferlegten Zurückhaltung vorbei gewesen.

Er räusperte sich. »In der Tat, entschuldigen Sie. Bei Ihrem Talent wundert es mich, dass Sie nicht versuchen, als Designerin ins Geschäft zu kommen.«

Sie nahm ihre Arbeit wieder auf, und die fünf dünnen Nadeln begannen erneut ihren Tanz, der um einiges wilder war als zuvor. »Ich werde mich in der Tat selbstständig machen, das nur zu Ihrer Information.«

Als würde es ihre Worte unterstreichen, standen ihre Locken noch störrischer als sonst nach allen Seiten ab und funkelten im Schein der Lampe in den gleichen Farben wie ihre Jacke. Mist, jetzt wurde sie doch zur Plaudertante!

»Das ist ja interessant. Womit denn, wenn ich fragen darf?«

»Das, Mr. Walter, ist mein kleines Geheimnis«, trat sie in letzter Sekunde auf die Bremse. »Man soll nicht über ungelegte Eier sprechen.«

»Schade, ich kann auch schweigen, wenn Sie davor Angst haben.«

Sie lachte. »Das glaube ich Ihnen sogar. Besser als ich wahrscheinlich. Aber nein, ich möchte wirklich noch nicht darüber reden.« Die Stricknadeln in ihren Händen zuckten, als sie den Kopf beugte und sich auf ihr Muster konzentrierte.

»Sie haben recht. Manchmal muss man auch schweigen können. Ich selbst will auch ein neues Leben beginnen und kann mich daher gut in Sie hineinversetzen.«

Das glaubte April zwar nicht, doch ihr Interesse war geweckt. »Darf ich Sie denn auch fragen, womit Sie sich selbstständig machen wollen?«

»Das, liebe Miss Gowrie, ist *mein* kleines Geheimnis. Die Sache ist noch nicht ganz spruchreif, und solange weiß ich, meinen Mund zu halten.«

»Ach Sie«, seufzte sie, senkte erneut den Kopf und strickte in einer rasenden Schnelligkeit das Muster, das sie auswendig konnte.

Einen Moment schwiegen sie einvernehmlich. Nur das harte Ticken des roten Weckers aus den Sechzigerjahren im Bücherregal war zu hören.

»Möchten Sie noch einen Drink?«, fragte sie, sich der Tatsache entsinnend, dass sie einen zahlenden Gast vor sich hatte.

»Nein, danke. Ich hab genug für heute.« Er stand auf und ging zur Tür. »Gute Nacht!«

»Wann wollen Sie Ihr Frühstück?«, rief sie, ehe er den Raum verließ.

»Nicht vor neun. Gute Nacht.« Die Tür schlug zu.

»Gute Nacht, Mr. Walter«, schickte sie trocken hinterher und beförderte das Strickzeug kurzerhand in die Ecke. Dieser Fremde benahm sich wirklich seltsam!

Aber sie hatte sich wacker geschlagen. Er sich leider auch. Schade, dass sie ihm kein Geheimnis hatte entlocken können. Nun, das würde sie schon noch schaffen. Morgen Abend würde sie ihm Rotwein anbieten. Wein löste die Zunge, wer wüsste es nicht besser als sie. Darum würde sie ja auch bei Mineralwasser bleiben.

»Man wird sehen«, sagte sie laut, ging in die Küche, spülte die Gläser und begab sich dann ebenfalls in ihr Zimmer. Sie sank ins Bett und fand doch lange keinen Schlaf, obwohl sie todmüde war. So viele Gedanken bestürmten sie. So viele Sorgen, die sie sich sonst nur selten eingestand. Doch das Glück würde ihr ab jetzt hold sein. War nicht aus dem Nichts ein Eric Walter aufgetaucht und bereicherte die Haushaltskasse? Na also. Ein Zeichen. Ein gutes Zeichen!

3

Am folgenden Morgen erwachte sie gegen sieben. Sie hatte nicht gut geschlafen und spürte den Anflug einer Erkältung. Hastig stand sie auf und öffnete die Läden und das Fenster, die sie tags zuvor wegen des Gewitters geschlossen hatte. Als sie sich, mit den Händen abgestützt, aus einem der Fenster lehnen wollte, um den Duft der regenfeuchten Insel einzuatmen, bemerkte sie ein Kringeln auf dem außen liegenden Fensterbrett. Ihre Mundwinkel verzogen sich angeekelt. Sie würde sich wohl nie so recht mit Regenwürmern anfreunden können. Prompt fiel ihr ein Erlebnis aus ihren frühen Kinderjahren ein.

Ihre übergroße Abscheu vor Würmern und anderen Insekten war legendär. Und so hatte Sean, ein Freund aus der Nachbarschaft, sie eines Tages aufgesucht. Er, der ihr früher gern Streiche spielte, hatte ihr nicht nur zu seiner, sondern auch zur Belustigung der daneben stehenden Schwester, ein Prachtexemplar von Regenwurm in den Nacken gelegt. Vor Ekel erstarrt, hatte April eine Ewigkeit in gebeugter Haltung dagestanden, bis ihre Mutter sich aus dem Fenster gelehnt hatte und nach dem Grund ihres hysterischen Geschreis gefragt hatte. Unfähig, selbst zu sprechen, hatte Fiona genüsslich die Lage erklärt. Mutter hatte den Kopf zurückgelehnt und in Fionas und Seans Lachen eingestimmt, laut und aus tiefster Seele. Woraufhin Sean ein Einsehen gehabt hatte, den Regenwurm mit zwei Fingern ergriff und in die Wiese schleuderte.

Es war nur eine Episode gewesen, doch noch heute hatte April den schadenfrohen Klang der Stimme ihrer Mutter im Ohr. Sie schloss das Fenster, und während sie unter der Dusche stand, kreisten ihre Gedanken.

Mutter!

Trauerte sie sonderlich um sie? Verspürte sie Sehnsucht nach ihr? April war sich nicht sicher. Eigentlich nicht. Diese Wahrheit war bitter.

Fiona hingegen trauerte ehrlich um die Mutter. Aber sie hatte ihr auch immer näher gestanden. Und auch wenn April spürte, dass es sein musste, so würde wohl noch geraume Zeit vergehen, bis sie so weit war, ihrer Mutter verzeihen zu können.

Es ging nicht allein um die kleineren oder größeren Herzlosigkeiten des Alltags, die die Mutter ihr gegenüber an den Tag gelegt hatte. Das, was an April nagte und worüber sie oft grübelnd wach lag, war die Tatsache, dass die Mutter sie kurz vor ihrem Ableben mit der Wahrheit konfrontiert hatte.

Sie hielt inne, ergriff das Handtuch und trocknete sich ab. War es wirklich notwendig, dass man kurz vor seinem Tod die Familie mit Wahrheiten überschüttete, mit Wahrheiten, die wehtaten, Wahrheiten, die völlig unvorhersehbar gewesen waren? Wahrheiten, die niemandem wohltaten?

Wahrheiten, die nichts als Zorn und Bitterkeit zurückließen?

Sie entsann sich, wie an jenem letzten Abend eine unsagbare Wut auf ihre Mutter in ihr hochgestiegen war, obwohl diese im Sterben gelegen hatte. April hatte sich in ihrem ersten Entsetzen Mühe gegeben, sich zu beherrschen und ihre todkranke Mutter nicht diesen Zorn spüren zu lassen. Denn obwohl sie so zornig war, hatte sie sich gleichzeitig für diese Wut geschämt. Für ihre Trauer und Wut darüber, erfahren zu müssen, dass ihr geliebter Vater nicht ihr leiblicher Vater war.

»Sag mir, wer es ist«, hatte sie ihre Mutter angefleht, als sie endlich einen klaren Gedanken fassen konnte.

»Er ist zurück aufs Festland«, antwortete die Sterbende, ohne auf ihre Bitte einzugehen. »Er taugte nichts, war ein Draufgänger, unfähig, Verantwortung für irgendetwas zu tragen«, hatte sie geflüstert. »Und du hast leider einige seiner Charaktereigenschaften geerbt.«

Da hatte April sich nicht mehr halten können. »Warum hast du es mir dann jetzt erzählt? Hättest du nicht deinen Mund halten können?«, hatte sie geschrien.

Ihre Mutter hatte die ausgemergelten Schultern gezuckt, die Lippen zu einem noch schmaleren Strich zusammengepresst und den Kopf zur Seite gelegt.

Obwohl die geschlossenen Augen kundtaten, dass hiermit das Gespräch beendet sei, hatte April sie gefragt: »Wissen Papa und Fiona davon?«

»Nein. Keiner weiß es. Nur du jetzt«, hatte ihre Mutter gemurmelt.

»Na, danke, ich hätte liebend gern darauf verzichtet.«

»Nimm … den Brief … und lies!«, hatte die Mutter mühsam geflüstert, die Augen kurz geöffnet und mit kraftloser Hand auf ihre Kommode gezeigt. »Im unteren Schubfach … sein Name –«

»Ach, steck dir doch deinen Brief an den Hut«, hatte April sie unterbrochen. Damit war sie aufgesprungen und hatte den Raum verlassen. Erst später war ihr aufgegangen, dass dies ihre letzten Worte an ihre Mutter gewesen waren.

April legte das Handtuch zur Seite, hüllte sich in den Bademantel und setzte sich in den Sessel, der in dem großzügigen Bad unter dem Fenster stand. Während sie sich ihre ramponierten Hände eincremte, erschienen vor ihrem inneren Auge die Bilder der Vergangenheit. Wann immer sich der Gedanke an diesen letzten Abend allein mit ihrer Mutter in ihre Erinnerung schlich, versuchte sie, ihn zu verdrängen. Wann immer ihr Vater oder Fiona zu späterer Stunde das Krankenzimmer der Mutter betraten, hatte sie unter einem Vorwand davon abgesehen.

Nein, es war kein würdevolles Abschiednehmen gewesen. Keine liebevolle Umarmung, kein friedvolles Verzeihen. Nichts dergleichen war geschehen, die Trauer über ihr letztes Gespräch und dessen Inhalt hatten viel zu sehr geschmerzt, als dass sie diese Stunden in ihrem Gedächtnis konservieren wollte.

Aber irgendwann nach dieser Nacht hatte sie verstanden. Mit plötzlicher Klarheit hatte April zum ersten Mal ihre Mutter verstanden, diese Frau, die ihr oft so fremd erschienen war – ihre Kälte, ihre Ungeduld, ihre Lieblosigkeit. Darum also war die Mutter so gnadenlos mit ihr umgegangen, wenn April der kleinste Fehler passierte oder wenn ihre Noten in der Schule nicht so waren, wie Eltern sich das wünschten. Und darum hatte gerade ihre Mutter jegliches Verständnis dafür vermissen lassen, dass April keine beruflichen Perspektiven vorzuweisen hatte.

Vielleicht war die Wahrheit ja doch notwendig gewesen. Notwendig, damit sie das Verhalten ihrer Mutter nun besser verstehen konnte.

Einen Tag nach dieser Eröffnung war ihre Mutter gestorben. Ihr einziges Vermächtnis war der Brief gewesen. In einem unbeobachteten Moment hatte sie die Schublade der Kommode ihrer Mutter geöffnet. Unter der Wäsche hatte der farblose Umschlag gelegen. Er war verschlossen, und bis heute hatte sie nicht den Mut gehabt, ihn zu öffnen. Und sie wunderte sich, dass sie so lange gezögert hatte, widersprach es doch ihrer eigentlichen Neugierde.

Fiona schien in der Tat von alldem nichts zu wissen. Ebenso wenig wie ihr Vater, der seine Frau nur um drei Monate überlebt hatte. Bis zu seinem Tod hielt er April für seine leibliche Tochter, und sie war darüber sehr froh.

April verließ das Bad, ging ins Schlafzimmer und stellte sich vor die Kommode. Einen Moment stand sie zögernd davor. Dann zog sie mit einer raschen Bewegung die unterste Schublade auf, nahm das Kästchen aus festem Karton mit den wenigen Liebesbriefen, die sie in ihrem Leben erhalten hatte, und entfernte vorsichtig die oberste Pappe vom Boden, die sie nachträglich angebracht hatte. Mit fahriger Hand ergriff sie den grauen Umschlag. Sie wandte sich um, setzte sich aufs Bett und stopfte sich das Kissen hinter den Rücken. Fest schlang sie den Bademantel um ihren Körper und legte das große Kuvert vor sich auf die Knie. Es war immer noch fest verschlossen.

Was würde es enthalten? Weitere Vorwürfe? Weitere bittere Worte? Sie biss sich auf die Lippen. Es war ein halbes Jahr her, dass die Eltern gestorben waren. Sie stand kurz davor, ein neues, eigenständigeres Leben zu beginnen.

April holte tief Luft. Es musste sein. Sie war jetzt eine erwachsene Frau, nicht mehr das junge Ding, das perspektivlos in der Gegend herumgondelte. Sie musste der Wahrheit ins Auge sehen. Was immer der Brief enthielt – sie würde sich ihm stellen.

Sie streckte den Arm aus und öffnete die Schublade des Nachtschränkchens. Sie riss das Kuvert nicht wie sonst die anderen Briefe einfach mit den Fingern auf, sondern nahm ihre Nagelschere heraus und schnitt es ordentlich auf. Es enthielt einen handgeschriebenen Brief und einen weiteren, kleineren Umschlag.

Als sie den Brief entfaltete und die gestochen scharfe, kleine Schrift ihrer Mutter erkannte, begann sie, am ganzen Körper zu zittern. Sie zog die Bettdecke hoch. Gut, dass Fiona nicht da war. Niemand würde sie stören, und ihr Gast würde erst in anderthalb Stunden sein Frühstück erwarten. Sie hatte alle Zeit der Welt.

Sie las. Und entdeckte eine Seite ihrer Mutter, die sie, als diese noch lebte, nie hatte kennenlernen dürfen: Ihre Mutter bat sie um Verzeihung. Dafür, dass sie ihr nie die Liebe habe schenken können, die sie verdient hätte. Dafür, dass sie in ihrem Gesicht immer nur das des verlorenen Liebhabers gesehen habe.

Sie bat die Tochter, ihrem Vater nichts von diesem Mann, der nur wenige Tage bei ihnen im Sommer verbracht hatte, zu erzählen. In ihrer knappen Art wünschte sie April alles Gute für ihr weiteres Leben. Und wenn sie es wirklich wolle, so könne sie in dem anderen Umschlag den Namen ihres leiblichen Vaters und seine – die letzte ihr bekannte – Adresse erfahren. Sie wüsste nicht, ob er dort heute noch wohne. Nachdem sie erfahren hatte, dass sie von ihm schwanger war, habe sie ihm oft geschrieben. Sie hatte damals vorgehabt, Kirkwall mit Fiona zu verlassen, doch dieser Mann habe nie geantwortet.

April wischte sich ungeduldig über die Augen, als sie die wenigen Zeilen gelesen hatte. Dann nahm sie den kleineren weißen Umschlag. Hierin befand sich also das letzte Geheimnis. Sie wog ihn in ihren Händen und legte ihn dann zur

Seite. Kopfschüttelnd schlug sie die Hände vors Gesicht.

Ihre Mutter hatte sie um Verzeihung gebeten. Schön und gut. Also war ihr doch bewusst gewesen, wie kalt sie ihre jüngste Tochter behandelt hatte. Dennoch: Das Wichtigste hatte sie vergessen.

Was ihre Mutter versäumt hatte und wonach April selbst jetzt noch lechzte, das war, ihrer Tochter wenigstens in den letzten Tagen ihres Lebens in irgendeiner Form zu verstehen zu geben, dass sie sie liebte. Dass sie sie liebte, so wie sie war, mit allen Fehlern und Schwächen. Es war so einfach, um Verzeihung zu bitten. Wieso war es für ihre Mutter so schwer, ihr zu sagen oder zu schreiben, dass sie sie liebte? Warum war es ihr selbst in den letzten Stunden ihres Lebens unmöglich gewesen?

Oder hatte sie es übersehen, und es stand verborgen zwischen den Zeilen? Erneut überflog sie den kurzen Brief. Doch sie fand nichts Verborgenes darin. Ihrer Mutter tat es leid. Aber kein Wort von Liebe. April wischte sich mit einem Taschentuch über die Augen und übers Gesicht.

Vergangene Zeit. Aber auch verlorene? – Das sicher nicht. Sie wünschte sich nur, dass die Zeit irgendwann ihren Kummer um die entgangene Mutterliebe linderte. Seufzend legte sie die beiden Umschläge in ihr Nachtschränkchen. Dann entschied sie anders. Sie nahm erneut die Umschläge, stand auf, ging zum Schreibtisch und nahm das Klebeband heraus. Schnell zog sie die Nachttischschublade ganz heraus, steckte den weißen in den großen Umschlag und klebte diesen unter den Boden der Schublade. Sicher war sicher. Auch wenn Fiona nicht zu den Menschen gehörte, die in den Sachen anderer herumsuchten. Diese Nachricht war so brisant, da wollte April kein Risiko eingehen. Sie würde die Adresse jetzt nicht lesen. Aber vielleicht irgendwann. Oder nie, was möglicherweise das Beste wäre. Fiona sollte nichts von der Tatsache erfahren, dass sie Halbschwestern waren. Dennoch traute sich April nicht, den allerletzten Schritt zu tun: den Umschlag einfach zu vernichten.

Seltsamerweise fühlte sie plötzlich etwas wie Erleichterung. Dass sie verschiedene Väter hatten, war einer der Gründe dafür, dass sie so verschieden waren. Irgendetwas musste ihr leiblicher Vater ja an sich gehabt haben, dass ihre kritische Mutter sich in ihn verliebt hatte. Und wenn es nur sein Charme und seine Liebenswürdigkeit waren. Immerhin etwas.

Zumindest war jetzt eine Zeit, in der es galt, nach vorn zu schauen. Sie war nicht die Einzige, die nie echte Mutterliebe gekannt hatte. Dafür hatte ein sehr liebevoller Vater sie umsorgt. Er hatte sie geliebt, selbst wenn er nicht ihr leiblicher gewesen war. Sie war sich sicher, dass er nichts von der kurzen Liebe zu dem Fremden gewusst hatte. Jedenfalls hatten sie und sicherlich auch Fiona nichts davon gespürt.

Beide Eltern waren tot. Es war an der Zeit, mit der Vergangenheit abzuschließen. Und sie würde es schaffen.

4

Entschieden stand sie auf, schlüpfte aus ihrem Bademantel und zog sich an. Sie schaute auf die Uhr. Acht Uhr, Zeit genug, um ein passables Frühstück einzukaufen und herzurichten. Sie sah in den Spiegel. Keine Spur mehr von vergossenen Tränen. Ein Glück.

Eilig verließ sie ihr Schlafzimmer und ging in die Küche. Weit öffnete sie die Terrassentür, um die Morgensonne hereinzulassen. Die Luft war nach dem Gewitter rein und klar. Für ein Frühstück auf der Terrasse war es jedoch zu kühl, selbst für jemanden von der Insel, der das raue Klima gewohnt war.

Sie betrat die Terrasse, vor der sich die Wiese bis fast an die Klippe zum Meer erstreckte, wo sie ihr Boot mit den Reusen für den Krebsfang vertäut hatte. Auf dem äußersten Zipfel der Landzunge, hinter den Wiesen, befand sich der Leuchtturm. Gut gelaunt pflückte sie einen frischen Heidebusch, den sie in einen Tontopf stellte. Dann nahm sie die Kerze in dem Halter aus Wurzelholz, der auf dem Fensterbrett stand, und stellte sie auf den Tisch. Dies war das Geschenk, das ihr Vater ihrer Mutter zum letzten Weihnachtsfest gefertigt hatte. Eigentlich, dachte April in einem Anflug aus Trotz, hatte diese ein solch liebevolles Geschenk gar nicht verdient. Doch dann verwarf sie den Gedanken rasch.

Frieden, liebe Mutter. Zumindest hast du Vater trotz allem geliebt, jedenfalls hatte sie stets das Gefühl gehabt. Und hoffentlich der Vater auch.

Sie schaute sich um. Alles war sauber und ordentlich, selbst Fiona konnte plötzlich und unerwartet erscheinen. Dann legte sie zur Sicherheit, falls ihr Gast doch früher aufstand, einen Zettel auf den Tisch und teilte ihm mit, dass sie kurz in die Stadt fahre, um frisches Brot zu kaufen, und bald zurück sei. Sie hatte vor, bei ihrem Lieblingsbäcker einzukaufen, der zwar mit dem Auto fünfzehn Minuten entfernt lag, jedoch mit Abstand die besten Brote der Gegend hatte. Außerdem wollte sie noch etwas Käse erstehen. Dazu würde es himmlische Erdbeermarmelade geben, die Fiona wie immer selbst gemacht hatte.

Sie fuhr in die Stadt, und pünktlich um neun stand das Frühstück auf dem Tisch. Obwohl April normalerweise zu Hause in Hosen herumlief, hatte sie heute Morgen einen hübschen kurzen Rock mit weißer Bluse angezogen. Ihr Haar, frisch gewaschen, lockte sich glänzend um den Kopf.

Mit einem strahlenden Lächeln, das in keinster Weise an den traurigen Ausdruck ihres Gesichts ein paar Stunden zuvor erinnerte, wünschte sie Eric Walter einen guten Morgen. »Haben Sie gut geschlafen?«

»Ja, danke. Es gibt nichts Besseres als die Luft auf den Orkneys.«

Schön, seine Laune war bestens. Gut gelaunte Gäste erfüllten sie immer mit Erleichterung. Aber er war ja auch ein Einheimischer, der wusste, wie es auf den Orkneys aussah. Manche Ausländer kamen auf die Insel, erwarteten das gleiche Panorama wie in den schottischen Highlands und waren manchmal enttäuscht, wenn sie die baumlose Insel erkundeten, die vor allem Felder und Wiesen aufwies. Allenfalls kleine Hügel und malerische Seen und Tümpel unterbrachen die Weite des Landes, das allerdings nie langweilig wirkte. Vergeblich suchte man auf ihrer Insel – die erst seit der Heirat des schottischen Königs James III. 1469 mit Margarethe, der Tochter des Königs von Dänemark und Norwegen, zu Schottland gehörte und vorher norwegisch war – auch den Kilt oder Dudelsäcke. Für ihr Leben gern hätte sie die Highland Games – jene berühmten Hochlandspiele, die immer am ersten Samstag im September stattfanden – besucht. In diesem Jahr allerdings würde sie sich nicht auf die Reise nach Braemar machen können – ein Ausflug, auf den Sandy sie früher einmal begleitet hatte. Doch die hatte dieses Mal keine Lust, mitzukommen, die fünfzehneinhalb Stunden Anfahrt waren ihr einfach zu lang.

Für June war diese Reise auch zu lang. Und ein Flug wäre zu teuer, dachte April seufzend. Fiona fiel allemal aus, sie fand dieses traditionelle Fest affig, worüber sie noch jedes Jahr in Streit gerieten. Für April war es stets ein Erlebnis, wenn sie die Spiele besuchen konnte.

Zufrieden beobachtete sie, wie ihr Gast mit gesundem Appetit aß. »Wann möchten Sie heute das Abendessen?«

»Ist Ihnen neunzehn Uhr recht?«

»Ja, natürlich.« Sie hatte sich vorgenommen, nur Gerichte zu kochen, deren Zubereitung ihr keine Probleme machen würde. Sieben Uhr war gut, dann konnte sie schon einmal beginnen, die Maschine anlaufen zu lassen. Nach dem Tod des Vaters hatte sie die Scheune nicht mehr betreten. Sie konnte sie in aller Ruhe probelaufen lassen. Davor hatte sie keine Angst, denn die Maschine war ja ebenso wie die Spinnmaschine voll funktionsfähig gewesen, als ihr Vater zuletzt daran gearbeitet hatte. Sobald die kleine Menge Wolle von der Genossenschaft angeliefert wurde, konnte sie richtig loslegen.

»Übrigens, gibt es auf der Insel einen Makler?«, unterbrach er ihre Betrachtungen.

»Einen Makler?«, echote sie. »Wofür brauchen Sie den?« Auf einmal war sie hellwach.

Seine Lippen kräuselten sich spöttisch. »Um Schafe zu kaufen.« Sie wurde rot. »Ich trage mich mit dem Gedanken, ein Haus zu kaufen«, erwiderte er und biss herzhaft in sein Brot.

»Auf Mainland?«

»Ja.«

In Aprils Kopf wirbelten die Gedanken durcheinander. Sie besaßen ein Haus, das sie an den Mann bringen wollten – und hier saß jemand direkt vor ihr, der ein Haus auf Mainland zu kaufen wünschte! Und es war augenscheinlich jemand, der es auch bezahlen konnte. Er war vermögend, ohne Zweifel, wie Auto, Gepäck und seine Kleidung verrieten. Sie musste sofort mit Fiona sprechen.

»Ich habe keine Ahnung, ob es hier ein Maklerbüro gibt«, log sie. Natürlich gab es eines, seitdem sich immer mehr Touristen für ein Häuschen auf den Inseln interessierten. Aber zuerst gehörte der Mann ihr. »Ist mit dem Frühstück alles recht? Möchten Sie noch Kaffee?«

Er hob eine Hand. »Alles in Ordnung.«

»Wenn Sie mich dann einen Augenblick entschuldigen möchten«, sagte sie ein wenig atemlos und verschwand in ihr Zimmer, um Fiona anzurufen.

Zum Glück ging die Schwester sofort an den Apparat. Ihre Stimme klang ruhig wie immer, obwohl das Geschrei im Hintergrund sich anhörte, als sei die Hölle los.

»Fiona, es tut mir leid, dass ich dich störe.«

»Hallo, April. Schön, dass du anrufst. Du störst überhaupt nicht.«

»Dem Geschrei nach zu urteilen, aber doch«, erwiderte April lachend.

»Klingt schlimmer, als es ist.« Fiona war keinerlei Stress anzuhören, im Gegenteil, aus ihr sprach heitere Gelassenheit. »Ich hab alles im Griff.«

»Fiona, stell dir vor, gestern hab ich einen Gast bei uns aufgenommen, für drei, vier Nächte, der ein Haus auf der Insel kaufen möchte. Und da dachte ich natürlich sofort an unseres.« Atemlos wartete sie auf die Reaktion ihrer Schwester.

»Du meinst also, wir sollten wirklich verkaufen?«

April wusste nur allzu gut, dass Fiona im Gegensatz zu ihr nicht zu spontanen Entschlüssen neigte. Aber diese Frage musste jetzt und auf der Stelle geklärt werden. »Ja, das meine ich«, sagte sie mit fester Stimme. »Und, Fiona, er scheint ein netter Mann zu sein, mit ihm werden wir sicher keinerlei Probleme haben.« *Hoffentlich nicht!*

»Und? Wie gefällt ihm das Haus?«

»Das hat er doch noch gar nicht besichtigt – aber es wird ihm sicher gefallen.«

»Wie alt ist er – ungefähr?«

»Schätze dreißig, höchstens fünfunddreißig.«

»Ist er verheiratet, hat er Kinder?«

»Weiß nicht, glaub ich nicht.« In Aprils Augen war Eric Walter der typische Single. Aus einem unerfindlichen Grund konnte sie sich für ihn eine feste Lebenspartnerin nicht vorstellen, geschweige denn Kinder. Einen Ehering hatte sie an seiner Hand nicht entdecken können, was jedoch nichts bewies. »Also hast du nichts dagegen, wenn ich ihm das Haus einmal zeige?«

»Wenn du ihn nett findest …«

»Er *ist* nett, vertrau mir!« April klopfte dreimal auf Holz. »Du weißt, dass ich über eine gute Menschenkenntnis verfüge«, schloss sie selbstbewusst.

»Ich wusste es nicht – aber okay, meinen Segen hast du.«

»Wunderbar!« April spürte, wie ihr Herz aufgeregt klopfte. »Und, Fiona, ich werde es nur zu einem saftigen Preis verkaufen, das schwör ich dir!«

»Du kennst ja unsere Grenze.«

»Genau. Ich geb es um keinen Penny billiger ab, ich werde kämpfen wie eine Mutter um ihr Junges.«

Fionas Lachen klang hell durchs Telefon. »Der Mann tut mir jetzt schon leid. Aber entschuldige, ich muss Schluss machen, die Kinder haben gerade die Schokolade entdeckt.«

»Weißt du schon, wann du wieder zurückkommst?«

»Nein, aber keinesfalls vor Ende der nächsten Woche.«

»Na, dann halt die Ohren steif.«

»Werd ich machen. Ich wünsch dir viel Glück!«

»Wünsch ich uns beiden!«, erwiderte April fröhlich. Rasch legte sie das Mobiltelefon auf die Kommode. Hoffentlich war Eric Walter nicht schon weg. Sie öffnete die Tür zum Flur und prallte im selben Moment gegen ihn.

Mit festem Griff hielt er sie fest: »Hoppla!«

»Oh, entschuldigen Sie«, entgegnete sie leicht verwirrt. »Ich war in Eile, ich wollte Sie unbedingt noch sprechen, bevor Sie gehen.«

»So?« Seine Augenbrauen hoben sich fragend, und erst jetzt ließ er April frei.

Leicht verlegen trat sie in dem engen Flur einen Schritt zurück. Sie holte tief Luft. »Sie sagten doch, Sie möchten ein Haus kaufen.«

»Ja?« Sein Gesicht nahm einen unbestimmten Ausdruck an.

»Meine Schwester und ich hätten ein Haus zu verkaufen, vollständig renoviert und möbliert«, fuhr sie rasch fort, so als fürchtete sie, er würde verschwinden, ehe sie ihm ihren Vorschlag hätte machen können.

»Meinen Sie zufällig das von gegenüber? Mir schien, dass es leer steht.«

»Ja, natürlich das!«, erwiderte sie ungeduldig. »Gerade wollte ich hinübergehen und gründlich saubermachen. Und danach würde ich es Ihnen, wenn Sie einverstanden sind, gern einmal zeigen.« Ihre großen, klaren Augen begegneten sekundenlang den seinen.

Er antwortete nicht sofort, und die eintretende Stille begann, in ihren Ohren zu klingen.

»Ich kann es mir ja mal ansehen. Die Größe würde, was ich so sehen kann, stimmen. Würde die Scheune daneben mit verkauft?«

»Ja, natürlich.«

»Perfekt.«

Hörbar atmete sie aus. »Ich beeile mich, aber vor heute Mittag werde ich kaum fertig werden.« Sie wollte unbedingt noch einmal schauen, ob auch alle Zeichen der handwerklichen Arbeiten entfernt worden waren, um das Haus in bestem Zustand zu präsentieren.

»Keine Panik, ich bin ja noch eine ganze Weile hier.«

»Also dann, bis heute Nachmittag.«

»Klopfen Sie an die Zimmertür, ich werde nicht den ganzen Tag da sein!« Er machte einen Schritt auf sein Zimmer zu.

»Würde es Ihnen etwas ausmachen, im Wohnzimmer so lange zu warten, bis ich Ihres gemacht habe?«, hielt sie ihn zurück. Ihr rauschte bereits jetzt der Kopf. Sie musste sein Zimmer reinigen, dann drüben noch einmal nachschauen, ob es noch grobe Schmutzreste zu entfernen galt, dabei die eventuelle Wolllieferung im Auge behalten, dann den Probelauf der Maschine – und, und, und …

»Nein, durchaus nicht.« Er ging ins Wohnzimmer und setzte sich mit der Morgenzeitung in die Leseecke am Fenster, durch das die helle Morgensonne fiel.

Sie folgte ihm, nahm die Putzsachen aus der Küche und verschwand in sein Zimmer, wo sie das Bett richtete, staubsaugte und das Bad säuberte.

Nachdem sie das geschafft hatte, ging sie ins Wohnzimmer. »Mit Ihrem Zimmer bin ich fertig. Ich schaue nur rasch drüben nach, ob alles in Ordnung ist. Bis gleich.«

»Fein, bis gleich.«

Sie wischte sich über die Stirn. Schon jetzt schwitzte sie als hätte sie einen kompletten Hausputz gehalten. Eilig verließ sie das Haus und überquerte die schmale Uferstraße, die die beiden Häuser trennte. Natürlich verfügte der ehemalige Hof des Nachbarn ebenfalls über eine Scheune. Und auch hier war der Hof sauber mit Natursteinen ausgelegt.

Sie öffnete die Haustür und ging durch sämtliche Räume. Die Häuser waren fast baugleich.

Zum Glück hatte sie alles vor einer Weile gründlich gesäubert, sodass es für sie nichts mehr zu tun gab.

Gespannt, wie er darauf und auf ihr Kaufpreisangebot reagieren würde, verließ sie das Haus. Sie stellte die Putzutensilien zurück und verließ das Kämmerchen unter der Treppe gerade, als er aus dem Wohnzimmer in den Flur trat. Allerdings hätte sie diese Begegnung am liebsten vermieden. Sie war unangenehm verschwitzt, ziemlich erschöpft und hatte das Gefühl, Fieber zu bekommen. Schon in der Nacht war sie mit Halsschmerzen aufgewacht, die untrüglich eine Erkältung ankündigten. Zudem war es draußen wärmer geworden, und sie spürte, wie ihr ein Schweißtropfen den Busen hinabrann.

»Ich würde vorschlagen, wir vertagen die Besichtigung auf gleich. Ich muss kurz in die Stadt, Miss Gowrie. In einer Stunde, denke ich, bin ich wieder zurück.«

Auf ihrer sommersprossigen Nase standen feine Schweißperlen. Das Haar kringelte sich feucht um ihre Stirn, und sie bemerkte, wie sein Blick für Sekundenbruchteile auf ihrem Busen ruhte. Ihr wurde noch eine Spur heißer, und sie hatte nur den einen Wunsch: zu verschwinden.

Schade, dachte sie, so musste sie sich also noch etwas gedulden. »Gut, ich werde da sein.« Sie gab sich Mühe, sich die Enttäuschung nicht anmerken zu lassen.

Als er hinausgegangen war, entschloss sie sich, noch rasch zur Post zu fahren, wo ein Paket mit

Büchern und CDs, die sie von ihrer Tante aus Inverness zugeschickt bekommen hatte, für sie bereitlag.

Sie machte sich ein wenig frisch, und eine Viertelstunde später fuhr sie in die Stadt. Sie manövrierte den Wagen – nicht ganz mühelos – in die einzige freie, enge Parklücke vor der Post. Dann wandte sie sich zielstrebig nach links zum Ende der Shore Street, geschickt den zahlreichen Touristen ausweichend, die die schmale Straße bevölkerten. Sie entschloss sich, rasch bei Sam Sparks hereinzuschauen, der einen gemütlichen alten Gemischtwarenladen besaß, wo sie gewöhnlich ihre täglichen Lebensmittel einkaufte. Sie hatte vergessen, etwas für den Kühlschrank zu besorgen, das konnte sie nun rasch nachholen. Das helle Geräusch, das die Absätze ihrer Schuhe dabei verursachten, erschien ihr plötzlich wie die heitere Melodie eines Liedes. Sie freute sich so auf den ersten Probelauf, und ein Anruf bei der Genossenschaft hatte ihr bestätigt, dass man vielleicht noch heute liefern würde.

Einen Moment blieb sie mit unbewusstem Lächeln stehen und atmete tief die salzige Meeresluft ein, die mit einer leichten Brise vom Hafen der Inselhauptstadt herüberwehte. Die warmen Strahlen der Sonne warfen leuchtende Reflexe auf die alten Steinplatten, die feucht vom Regenschauer glänzten, der kurz zuvor auf Mainland niedergegangen war.

Es musste gelingen! Heute würde sie das Haus verkaufen. Und dann waren Fiona und sie reich.

Nicht sehr, aber es würde immerhin genügen, den Kredit zurückzuzahlen und sich ihre Träume zu verwirklichen – Fiona mit der eigenen Tierarztpraxis und sie mit ihrer Weberei. Wobei April gar nicht sicher war, ob Fiona nicht auch noch andere Träume hegte. Vielleicht den von der großen Liebe, so wie sie? Fiona war extrem zugeknöpft, was dieses Thema anging.

Nachdem sie ein wenig eingekauft hatte, schlenderte sie zur Post. Am Paketschalter musste sie einen Moment warten. Da entdeckte sie ihn.

Eric Walter stand an dem Schalter, an dem die Post ein Faxgerät installiert hatte, und sie beobachtete, wie er dabei war, mehrere Blätter einzulegen. Warum lief er bis in die Stadt, wo er doch wusste, dass sie ein solches Gerät besaßen, und sie ihm ausdrücklich angeboten hatte, es, falls nötig, zu benutzen? Fühlte er sich durch sie etwa gestört? Fürchtete er ihre Neugierde? Augenblicklich durchzuckte sie eine Welle von Gereiztheit.

»Sie hätten sich den weiten Weg zur Post sparen und unbesorgt mein Faxgerät benutzen können, ich schnüffle nicht in der Post meiner Gäste«, entfuhr es ihr, als sie gleichzeitig beim Ausgang zusammentrafen.

Er öffnete die Tür und ließ sie vorausgehen. »Das hatte ich auch nicht angenommen. Aber ich hatte noch andere Dinge zu erledigen.«

Mit Genugtuung bemerkte sie seine leichte Verlegenheit. »Also, bis gleich dann«, verabschiedete sie sich kühl, ging die wenigen Schritte zu ihrem klapprigen Wagen, öffnete die Tür und stieg ein.

Als sie beim Ausparken in den Rückspiegel schaute, bedauerte sie, sich am Straßenrand in die enge Lücke gedrängt und sich dabei nicht wirklich umgesehen zu haben, denn der Porsche hinter ihr gehörte Eric Walter. Deutlich konnte sie seine verärgerte Miene erkennen, die, wie sie vermutete, daher rührte, dass sie beim Zurücksetzen zweimal seine Stoßstange touchierte – nur leicht, denn sie passte schließlich auf. Trug diese Stange nicht ihren Namen dem Zweck entsprechend?

Sie beobachtete, wie ihr Gast die Augen verdrehte und machte ein Handzeichen, um ihm die Vorfahrt zu lassen. Er bewegte sein Auto elegant aus der Parklücke und brauste mit aufheulendem Motor davon.

Aufatmend machte April sich ebenfalls auf den Weg. Sie fuhr zügig Richtung Westen, bis sie schließlich am Ende der schmalen Straße in den großen, gepflasterten Hof, der ihr Haus und die Scheune vereinte, einbog.

Als sie schon längst in der Küche stand und die Lebensmittel einräumte, sah sie ihn kommen. Er hatte natürlich statt des schmalen Feldwegs die normale Straße benutzt, die drei Meilen länger war. Nun stand er sichtlich ungeduldig, mit vor der Brust verschränkten Armen, wartend an den Porsche gelehnt.

Erst jetzt fiel April ein, dass sie trotz ihrer Ankündigung vergessen hatte, ihm den Haustürschlüssel auszuhändigen. Sie öffnete die Tür.

»Wollen Sie draußen Wurzeln schlagen, oder warum kommen Sie nicht herein?«, fragte sie mit betont harmlosem Gesicht und nur mit Mühe ein Lachen unterdrückend – angesichts seiner offensichtlich erstaunten Miene darüber, sie hier zu sehen, ohne dass sie ihn auf der Straße überholt hatte. »Übrigens, ich vergaß, zu erwähnen: Vorn am Abzweig benutzen Sie einfach den Feldweg, das ist eine Abkürzung.«

»Fein zu hören«, erwiderte er. »Übrigens, Miss Gowrie«, sagte er obenhin, »der Porsche hat eine Menge Geld gekostet, das ich nicht auf der Straße fand. Nachdem sie die vordere Stoßstange bereits demoliert haben, könnten Sie wenigstens jetzt Erbarmen zeigen. Obwohl es ein hochwertiges Automobil ist, nehmen Stoßstangen eine Behandlung wie die Ihre doch übel. Das nur zu Ihrer Information.«

»Tut mir leid«, versicherte sie mit falschem Lächeln. »Ich dachte, wo Sie die Stoßstange sowieso reparieren lassen müssen, wäre eine weitere Delle gar kein Problem. War nicht meine Absicht, ehrlich«, sagte sie. »Haben Sie denn schon einen Termin bei Henry?«

»Hab ich. Wenn er nächste Woche irgendwann Zeit findet, kann ich mich freuen.«

Sie beschloss in Anbetracht der Tatsache, dass sie ihm ein Haus verkaufen wollte, etwas zu unternehmen, um ihn freundlich zu stimmen. »Sie können meinen Wagen haben«, schlug sie herzlich vor. »Ich habe zwar für morgen einen Termin bei Henry, denn ich kann momentan nicht auf meinen Wagen verzichten. Aber wenn Sie wollen, rufe ich ihn an, dass wir die Termine tauschen.«

»Danke, das ist reizend von Ihnen.«

Sie kratzte allen Charme zusammen, zu dem sie fähig war, und sagte: »Aber nun sollen Sie nicht länger warten müssen. Eine Sekunde, dann bin ich so weit, und wir können hinübergehen, um das Haus zu besichtigen«, strahlte sie. Dann machte sie sich daran, rasch in der Küche die restlichen Sachen in den Vorratsschrank zu räumen.

Eric Walter folgte ihr und blieb wartend im Flur stehen.

»Verzeihen Sie!«, sagte sie liebenswürdig, damit er den Weg zu ihrem Bad freigab. Sie schlängelte sich an ihm vorbei, fuhr sich mit dem Kamm durchs Haar und zog die Lippen nach. Dann warf sie ihrem Spiegelbild einen kriegerischen Blick zu und dachte: So, April, du wirst ihm jetzt das Haus verkaufen! Zu einem Preis, der sich gewaschen hat!

Ein köstliches Hochgefühl flammte in ihr auf. Sie wusste, dass sie das Haus an ihn verkaufen würde, schließlich war es zwar bescheiden, aber dennoch wunderschön. Sie holte tief Luft und trat in den Flur: »So, fertig, wir können.«

Schweigend gingen sie zum Nachbarhaus. Als sie die rote Tür mit dem goldenen Knauf öffnete, spürte sie, wie ihre Knie leicht zu zittern begannen.

Das Haus empfing sie mit einem frischen, sauberen Duft. Ein schwacher Geruch nach Farbe und Holzpolitur ließ sich lediglich erahnen. Unten gab es eine geräumige Küche und vier

Zimmer, jedes zwanzig Quadratmeter groß, darüber lagen die vier Mansardenzimmer.

Mit enervierendem Schweigen hörte Eric Walter ihren begeisterten Ausführungen und Erklärungen zu. Schließlich erreichten sie den letzten Raum des ersten Stockes, ein winziges Mansardenzimmer. Von hier aus hatte man einen einzigartigen Ausblick auf den kleinen See, der an die rückwärtige Front des Anwesens grenzte – und auf die sich anschließende Heide, die überging in die runden, sanften Graskuppen in der Ferne, die so typisch für die Insel waren.

Sie trat an das winzige Fenster, um es zu öffnen. In diesem Moment blinzelte die Sonne hinter den Wolken hervor und tauchte das Zimmer, das sie in zartem Gelb gestrichen hatte, in goldenes Licht. Wunderbar. April lächelte. Das würde seine Stimmung heben, da war sie ganz sicher.

Gespannt trat sie etwas zurück und wies hinaus. »Bitte. Wenn sie einmal schauen wollen?«

Er ging ans Fenster und schwieg beharrlich. Ungeduldig ruhte ihr Blick auf seiner eleganten Gestalt. Die Hand tief in der Tasche seiner engen Jeans vergraben, stand er wortlos in der engen Dachgaube und blickte hinaus, mit eingezogenem Kopf, damit er nicht an den Fensterrahmen stieß.

»Ich finde, die Aussicht ist von hier oben besonders schön!«, warf sie ein.

Er rührte sich nicht von der Stelle. »Wie viel?«

»Wie viel – was?«, fragte sie verwirrt.

Endlich drehte er sich um. »Murmeln?«

»Ach so, natürlich ...« Oh Mann, er musste sie für schwachsinnig halten. Rasch nannte sie die Summe, die um das Doppelte so hoch lag wie die unterste Grenze, die Fiona und sie sich vorgenommen hatten. Mit dem Preis runtergehen konnte sie immer noch. Atemlos wartete sie auf seine Reaktion.

»Das ist nicht Ihr Ernst!«

Sie hatte nicht damit gerechnet, dass er zustimmen würde, nur ein kleines bisschen gehofft. Doch seine geschäftsmäßige Kühle, mit der er ablehnte, versetzte ihr einen Schreck. »Wieso? Gefällt Ihnen das Haus etwa nicht?«

»Das tut jetzt nichts zur Sache.« Dann nannte er die Summe, die er zu zahlen bereit war. Der Preis war immer noch weitaus höher, als sie zu hoffen gewagt hatte.

»Gebongt!«, antwortete sie blitzschnell.

»Pardon?« Leicht zogen sich seine Augenbrauen in die Höhe.

Sie hatte Mühe, nicht die Lippen zu verziehen. Dieser Mann konnte sich aber auch wirklich anstellen. »Ich meine, ich bin mit Ihrem Preis einverstanden! Das Haus gehört Ihnen.«

»Schlagen Sie ein!«

Zögernd legte sie ihre Hand in seine, die angenehm kühl war. Einen kurzen Moment hielt er sie fest umspannt. Plötzlich übermannte sie ein Gefühl der Schwäche. Er hatte seine Macken, aber Himmel noch mal, er war ein Mann, der einen glatt umhauen konnte. »Es gefällt Ihnen aber doch – oder nicht?«

Er ließ ihre Hand los, legte den Kopf in den Nacken und sein schallendes Lachen erfüllte den kleinen Raum. »Natürlich gefällt es mir, sonst würde ich es doch nicht kaufen!«

»Ich habe einige von meinen Aquarellen aufgehängt. Sie können sie natürlich abnehmen, wenn Sie wollen, ich dachte nur, damit die Wände nicht so kahl sind …«, sprudelte sie hervor, sie konnte ihr Glück immer noch nicht fassen.

Er sah sich lächelnd um. »Die sind sehr hübsch. Ich würde mich freuen, wenn Sie sie hängen ließen.« Er ergriff erneut ihre Hand. »Aber wenn ich mich nicht täusche, haben Sie Fieber«, sagte er, nun ernster.

Sie schüttelte den Kopf. »Nur ein wenig erhöhte Temperatur. Eine kleine Erkältung, nichts weiter.«

»Trotzdem gehören Sie ins Bett«, befahl er, während er ihr nach unten folgte.

»Ich habe aber noch nichts für heute Abend vorbereitet.« Ihr fiel auf, wie schwach ihre Stimme klang, war es von der überstandenen Aufregung oder wegen ihrer dummen Erkältung.

»Es ist ja auch noch früh. Ich schlage vor, Sie legen sich hin. Ich habe noch einiges zu erledigen. Und heute Abend übernehme ich die Kocherei. Ich bin nämlich ein exzellenter Koch, müssen Sie wissen!«

»Solche Gäste liebe ich!«, gab sie aufatmend zurück. Wie angenehm sich seine Berührung angefühlt hatte …

»Also, ab ins Bett.«

»Und sollte ich einschlafen, wecken Sie mich bitte um sechs. Sieben Uhr Essen war doch richtig?« Er nickte. »Fein, dann bis heute Abend. Bis dahin bin ich vielleicht auch wieder fit«, sagte sie mit rauer Stimme.

Sie trennten sich, und April ging in ihr Zimmer. Sie zog sich aus und kroch unter die Bettdecke, wo sie nach einem kurzen Telefonat mit ihrer Schwester, die sie für ihre hervorragende Arbeit und den erzielten Preis sogar lobte, sofort mit einem Lächeln einschlief. Gegen drei erwachte sie vom Geräusch des Lkws der Genossenschaft.

Zufrieden schaute sie aus dem Fenster und beobachtete die Männer, wie sie die Wolle wie besprochen gleich in der Scheune abluden. Sie freute sich schon auf die Arbeit, doch momentan fühlte sie sich einfach noch zu erschöpft, um mit dem Probelauf zu beginnen.

Sie sank erneut ins Bett, wo sie sogleich wieder einschlief. Das Klopfen an ihrer Tür und die Stimme Erics weckten sie. Hastig stand sie auf, zog sich rasch an und ging dann in die Küche, wo er bereits auf sie zu warten schien.

»Und? Gut geschlafen?«, fragte er ganz aufgeräumt.

»Ja, danke. Und es geht mir auch schon viel besser.« Das stimmte so nicht ganz. Seelisch – natürlich, da ging es ihr prima, doch die Erkältung hatte sie fest im Griff.

Er legte ihr eine Hand auf die Stirn, was sie leicht verlegen zuließ.

»Eigentlich gehören Sie wieder ins Bett«, sagte er vage.

»Unsinn«, krächzte sie.

»Dann nicht. Aber Sie setzen sich auf die Couch, decken sich zu und sagen mir nur, was Sie kochen wollten und wo sich die Zutaten für das Essen befinden«, befahl er.

Sie folgte seinen Anweisungen und verfolgte, gemütlich eingemummelt, seine Arbeit.

Er hatte die Ärmel seines Hemdes aufgerollt und ein Handtuch in den Bund seiner Jeans gesteckt. Sie fand, dass Kochen ihm wirklich gut stand. Zum Ende seiner Mühen wies er auf zwei Flaschen Wein, die er eingekauft und kurz zuvor im Kühlschrank deponiert hatte. »Ich wollte ursprünglich mit Ihnen feiern, aber dann dachte ich, bei Ihrem Fieber wäre Alkohol vielleicht doch nicht das Richtige.«

»Ich denke, ein Gläschen Wein wird mir nicht schaden. Ich habe keine Tabletten eingenommen.«

»Alsdann, einen winzigen Schluck für Sie, den Rest für mich.« Er grinste und hielt eine Flasche Rot- und eine Flasche Weißwein hoch. »Ich wusste nicht, welchen Sie lieber mögen. Welcher wäre Ihnen genehm?«

»Für mich Weißwein bitte.«

Er füllte die Gläser, und gemeinsam beobachteten sie, wie die Kartoffelsuppe mit Lauch zu kochen begann. Die meiste Zeit sprach er. Er erzählte, dass er einige Zeit in Kanada als Maschinenbauingenieur gearbeitet hätte und nun plane, mit seiner Mutter auf die Insel zu ziehen. Er hatte keine Geschwister, lediglich Cousins. Auch sein Vater lebte nicht mehr, und sie dachte traurig, wie schade es war, dass sie beide keine Väter mehr hatten. Wobei das bei ihr ja so nicht ganz stimmte. Oder möglicherweise doch? Sie hatte keine Ahnung. Rasch schob sie den Gedanken beiseite.

Eric Walter hatte mittlerweile die Suppe mit Schnittlauch bestreut, anschließend Weißbrot getoastet und mit Käse belegt. Dann stellte er die Suppenschalen zum Überbacken kurz in den Backofen.

Voll des Lobes über seine vorzüglichen Kochkünste, fielen sie nach der Suppe über den Gemüseauflauf mit Schinken her.

April legte seufzend die Hände über ihren Bauch. »Ich wundere mich, wie gut es geschmeckt hat, obwohl ich so verschnupft bin. Aber ich fürchte, den letzten Gang schaffe ich nicht mehr.«

»Man schafft alles, wenn man nur will«, versicherte Eric lächelnd, woraufhin er das Eis aus dem Kühlschrank holte, die Beeren darauf verteilte, welche April morgens erstanden hatte, und es anschließend mit süßer Schlagsahne krönte. Zum Schluss bereitete er für jeden von ihnen einen starken Mokka, den sie im Wohnzimmer gemeinsam genossen.

April, um die er fürsorglich die Wolldecke gelegt hatte, fühlte sich federleicht, angeregt durch den Wein und die entspannte Atmosphäre.

»Übrigens, ich muss Ihnen etwas gestehen«, sagte er schließlich, als eine kleine Gesprächspause eingetreten war.

»Ach ja?« Neugierig lehnte sie sich vor. Wie interessant.

»Ich kam gerade hinzu, als Ihnen Wolle angeliefert wurde. Ich konnte nicht widerstehen und hab mir bei dieser Gelegenheit Ihre Scheune angeschaut. Ich muss sagen, die Maschinerie, die Sie dort besitzen, ist hervorragend.«

Geschmeichelt lächelte sie. Was soll's, dachte sie. Jetzt war sie lange genug verschwiegen gewesen. Wein, und sei es auch nur ein winziges Glas voll, löste immer noch die Zunge. »Ja, ich sagte doch schon, dass ich mich selbstständig machen will. Ich werde die Spinnerei und Weberei meines Vaters fortführen.«

Er zog die Augenbrauen hoch und schwieg.

»Die Mini-Spinnerei und der Jacquard-Lochkarten-Webstuhl sind aus Kanada, und vor allem der Webstuhl ist eine Kostbarkeit.«

Er nickte und lächelte verschmitzt. »Ich weiß. Ich habe die beiden letzten aus Kanada ergattert. Sie befinden sich soeben auf dem Weg hierher. Wenn ich auch nicht sicher bin, wie viele Wochen es noch dauern wird, bis sie endlich in Mainland eintreffen«, seufzte er.

»Was, Sie kennen sich aus?«

Er nickte schmunzelnd. »Ich sagte doch, dass ich einige Jahre in Kanada gearbeitet habe. Ich war unter anderem in einer Weberei tätig und kenne die Maschinen wie meine Westentasche.

Als man drüben zumachte, hab ich die letzten Jacquard-Maschinen erhalten.«

»Wie, die Fabrik existiert nicht mehr?«, fragte sie mit zusammengezogenen Brauen. Ihr Vater hatte sie immer beruhigt, wenn wieder einmal ein Teil zerbrochen war, und gemeint, die Ersatzteile seien alle noch zu haben.

»Nein. Ich habe mittlerweile nahezu alles, was es noch gab. Und ich denke, wir beide sollten uns möglicherweise einmal Gedanken machen, ob wir uns nicht zusammentun wollen. Ich meine, geschäftlich.« Er schwieg und schaute in sein Weinglas.

Einen Moment war sie völlig überrumpelt.

»Haben Sie denn schon Kunden?«, fragte er beiläufig.

»Äh ... nein, noch nicht. Ich ... hatte noch keine Zeit, mir welche zu suchen. Ich bin ziemlich spontan auf diese Idee der Selbstständigkeit gekommen«, gab sie zu. »Ich habe allerdings die Adressen aller Kunden, die mein Vater in den letzten Jahren belieferte«, sagte sie, aufatmend, da ihr das noch in letzter Sekunde eingefallen war.

Er hob den Blick. »Ich beginne ebenfalls mehr oder weniger ganz von vorne. Ich habe in den letzten Jahren keinen Urlaub gehabt, in Kanada habe ich in dieser kleinen Fabrik geschuftet. Danach ging es nach Hause. Und nun möchte ich einen neuen Lebensabschnitt beginnen. Ich fände es schade, wenn wir Konkurrenten würden.« Sein Blick wanderte zum Fenster.

April hielt den Atem an. Himmel, sah dieser Mann gut aus, selbst wenn er so ernsthaft schaute wie gerade.

»Also, wenn Sie einverstanden wären – mein Angebot für eine Partnerschaft gilt. Sollten Sie jedoch allzu voreilig an eine Selbstständigkeit gedacht haben – ich würde Ihnen auch gern Ihre gesamte Maschinerie abkaufen. Das wäre ohnehin das Beste, denn ich bin nicht sicher, ob es ... äh ... vielleicht nicht kontraproduktiv wäre, zwei Webereien nebeneinander zu führen. Die Zeiten sind schwierig.«

Sie stellte das Weinglas hart auf den Tisch und warf die Wolldecke an das Fußende der Couch. Zornig setzte sie sich auf und verschränkte die Hände vor der Brust. »Also, mein lieber Mr. Walter«, begann sie, »ich fühle mich jetzt in der Tat ein bisschen überrumpelt. Nicht nur, dass Sie mir eine Partnerschaft anbieten, nein, Sie wollen mich – vielmehr meine Maschinen – auch noch einkassieren! Also, ich muss schon sagen«, sie wedelte mit den Händen in der Luft, »mir fehlen die Worte.«

Er lächelte erneut. »Ich gebe zu, ich habe Sie überrumpelt, und ich bitte Sie um Verzeihung. Aber ich kann schließlich nichts dafür, dass wir beide quasi zur gleichen Zeit dieselbe Idee hatten. Und wenn Sie ehrlich sind, dann wäre eine Partnerschaft die beste Lösung.«

Sie schüttelte so heftig den Kopf, dass ihre Locken auf- und absprangen. »Ich fühle mich geehrt, dass Sie mir die Partnerschaft anbieten. Sie kennen mich doch gar nicht«, sagte sie mit spitzbübischem Lächeln. »Meine Schwester könnte Ihnen da Dinge über mich erzählen …«

Sie machte erneut eine abweisende Handbewegung. »Also, nein danke. Ich will weder eine Partnerschaft mit Ihnen, noch werde ich Ihnen meine Schätze überlassen. Übrigens, wie finden Sie meinen Handwebstuhl? Auch der ist erste Sahne, kann ich Ihnen sagen, bereits hundertfünfzig Jahre alt«, fügte sie stolz hinzu.

»Den habe ich mir nicht so genau angesehen, muss ich gestehen.«

»Wie auch immer: Nein, danke. Ich möchte endlich einmal etwas Eigenes aufbauen. Und dass Sie mir jetzt so über den Weg gelaufen sind … entschuldigen Sie … konnte ja keiner ahnen.« Leicht erschöpft hielt sie inne.

Er blickte sie ernst an, und sie spürte erneut, wie eine Hitzewelle sie überkam. Dieser Mann war ebenfalls ein Sahnehäubchen, jedenfalls äußerlich, dachte sie.

»Ich kann Sie verstehen«, gab er mit tiefer Stimme zu. »Es ist wirklich ein seltsamer Zufall. Also denke ich, wir werden unser Bestes geben, vielleicht schaffen wir es ja beide unabhängig voneinander.«

»Es gibt schließlich das Internet«, sagte sie optimistisch.

»Das uns Möglichkeiten schafft, von denen wir früher nur träumen konnten, wenn ich es recht überlege. Obwohl ich dieser Entwicklung durchaus skeptisch gegenüberstehe und es mit Vorsicht genieße.«

Sie zuckte die Schultern. »Fluch und Segen zugleich.« Dann hob sie ihr Glas. »Auf die Zukunft, was immer sie uns bringen mag. Und auf ein schönes Leben in Ihrem neuen Haus.«

Er nahm ebenfalls sein Glas. »Auf die Zukunft.«

Schweigend tranken sie. Er hatte ihr erzählt, dass seine Mutter ebenfalls von Aberdeen hierher ziehen wollte, was wohl schon bald der Fall sein würde, nachdem er festgestellt hatte, in welch gutem Zustand das Nachbarhaus war. Sie hatte als Hebamme gearbeitet, wollte sich jetzt hier in Kirkwall zur Ruhe setzen und nur dann und wann ihrer Freundin, der hiesigen Hebamme, aushelfen, wenn's pressierte.

»Und jetzt, Mr. Walter, muss ich ins Bett.« April unterdrückte ein Gähnen. »Wann möchten Sie morgen frühstücken?«

»Um neun. Aber bemühen Sie sich nicht. Ich finde mich ja nun prächtig in Ihrer Küche zurecht«, gab er lächelnd zur Antwort.

Wieder durchzuckte April ein Gefühl, dass sie noch nicht gut kannte: Da war jemand, der Rücksicht auf sie nahm, der sie verwöhnte. Nigel hatte sie nicht verwöhnt, den hatte sie verwöhnt. Hier war nun jemand, der schlicht nett mit ihr umging. Wie wunderbar!

Sie stand auf. Ihre Wangen glühten, aber daran war nicht allein der Wein Schuld. Ihre Glieder fühlten sich bleischwer an. »Dann, Mr. Walter, werde ich versuchen, morgen in aller Frische für das Frühstück zu sorgen. Wenn ich noch schlafen sollte, bedienen Sie sich bitte selbst. Und … herzlichen Dank, dass Sie unser Haus kaufen werden.«

»Im Gegenteil, vielen Dank an Sie, dass Sie es mir verkaufen wollen – einschließlich der Scheune.«

»Natürlich, die gehört ja zum Grundstück«, sagte sie und dachte einen Moment, dass der Verkauf der Scheune ziemlich dumm gewesen war. Andererseits, wenn sie sie ihm nicht verkauft hätte, hätte er sich eine neue gebaut, um dort seine Weberei zu eröffnen. Also …

Sie schleppte sich in die Küche, wo sie eine Wärmflasche füllte, um gleich darauf ins Bett zu gehen. Den Abwasch ließ sie stehen, stellte lediglich alles zusammen ins Spülbecken, um sich morgen früh damit herumzuplagen.

Schließlich sank sie mit einem wohligen Seufzer ins Bett und überdachte nochmals den Tag. Mit dem Geld aus dem Verkauf des Hauses würde sie es schaffen! Und sie würde sich durch Konkurrenten wie Eric Walter nicht den Mut nehmen lassen.

5

Am nächsten Morgen, es war ein Mittwoch, erwachte April mit leichten Kopfschmerzen. Sie legte die Hände an die Wangen, aber die Temperatur schien zurückgegangen zu sein. Gähnend schaute sie auf die Uhr – zehn nach neun. Sie rappelte sich hoch und horchte hinaus. Gott sei Dank, ihr Gast schien noch zu schlafen. Rasch wusch und kämmte sie sich – ihre Haare standen wie jeden Morgen wild zu Berge – und wankte dann in die Küche.

Diese verdammte Erkältung! April fühlte sich immer noch schlapp, dabei hätte sie am liebsten sofort mit der Arbeit in der Scheune begonnen, sich um die Maschine zum Spinnen der Wolle gekümmert und einen kleinen Probelauf gestartet.

Gerade hatte sie das Kaffeewasser aufgesetzt, als sie Eric Walter schon herunterkommen hörte.

»Guten Morgen. Frühstück ist gleich fertig«, empfing sie ihn mit krächzender Stimme.

Er sah wieder einmal umwerfend aus, befand sie. Die Jeans betonte seine schlanke Figur, und sein roter Pullover passte perfekt dazu.

»Guten Morgen«, sagte er munter. »Sie klingen, als hätten Sie einen ausgewachsenen Kater – und das von der Pfütze, die Sie gestern Abend getrunken haben.«

»Ihre Ohren täuschen sich – ich hab tatsächlich so einen blöden grippalen Infekt.«

»Das sagen alle«, neckte er sie, »wer weiß, was Sie sich gestern Abend noch still und leise hinter die Binde gekippt haben.« Er kam auf sie zu und drehte sie ganz zu sich herum. »Setzen Sie sich hin!« Er nahm ihr die Kaffeekanne aus der Hand und stellte sie auf den Tisch.

April setzte sich auf das Küchensofa. Er trat auf sie zu und ergriff ihre Hände.

Sein prüfender Blick wanderte über ihr Gesicht, und sie hatte Mühe, nicht die Augen niederzuschlagen. Das eindringliche Mustern ließ April erschauern – eine natürliche Begleiterscheinung der Erkältung, dachte sie.

»Sie haben immer noch Fieber und gehören ins Bett.«

»Nein, ich habe höchstens leicht erhöhte Temperatur.«

»Eine Erkältung kuriert man am schnellsten mit Wärme und Schonung«, beharrte er.

Eigentlich könnte er langsam ihre Hände loslassen, befand sie. »Aber Ihr Essen –«

»Ich werd schon nicht verhungern, wie Sie gestern bemerkt haben. Und kochen können Sie doch sowieso nicht, wie Sie mir glaubhaft versicherten.« Er grinste. »Also tun Sie, was Ihr Gast befiehlt!«

»Na gut!« Obwohl sie zu gern mit Arbeiten losgelegt hätte, anstatt zu ruhen, merkte sie doch, dass sie in der Tat viel zu schlapp war und noch einen Tag warten sollte, bis sie in die kühle

Scheune hinüberging. »Aber der Abwasch von gestern steht auch noch da!« Ihre Stimme klang aufregend rau. Eigentlich schade, dass dieser Zustand nicht von langer Dauer sein würde. Er ergriff sie bei den Schultern – ein durchaus angenehmes Gefühl – und schob sie sanft zur Tür.

»Den übernehme ich.«

Ein Gast, der selbst spülte – wunderbar!

»Ich habe noch nicht gefrühstückt«, protestierte sie.

»Kommt sofort. Sie gehen ins Bett, um alles andere kümmere ich mich.«

»Sie befehlen wohl gern«, murmelte sie.

»Merkt man das?«

»Nicht zu überhören. Ein weiterer Grund, mit Ihnen keine Partnerschaft einzugehen.«

»Sie urteilen zu rasch.«

»Ich habe Verstand für zwei und weiß die Zeichen zu deuten.«

»Sie sind durch Ihre Erkältung gehandicapt. Warten wir's ab«, sagte er, doch in seiner Stimme schwang kein neckender Unterton.

In ihrem Zimmer hatte sie gerade überlegt, ob sie ins Bett gehen oder doch lieber aufbleiben sollte, bis er ihr das Frühstück brachte, da wurde ihr die Entscheidung abgenommen, denn er rief vom Flur: »Frühstück ist fertig.«

Sie ging zur Tür und öffnete ihm.

Er betrat den Raum und stellte ein voll beladenes Tablett auf den Tisch unter dem Fenster. »Wünsche guten Appetit. Ich hoffe, Sie mögen Eier mit Speck.«

Es gab nicht nur Eier mit Speck, sondern auch Toast mit Orangenmarmelade, Kaffee und ein Glas mit frischem Orangensaft. »Perfekt, danke vielmals. Sie sind ein Schatz.« Was es zu beweisen gilt, fügte sie in Gedanken hinzu. Doch im Moment zeigte sich dieser attraktive Mann tatsächlich von einer besonders reizenden Seite.

»Essen Sie, vielleicht ist Ihnen dann besser.«

Das bezweifelte sie zwar angesichts der riesigen Portion, aber Erics Fürsorglichkeit tat ihr gut. »Jetzt werden Sie jedem erzählen, hier auf den Orkneys wäre es Sitte, dass die Gäste ihre Vermieter bedienen.«

Der Blick, den er ihr zuwarf, erinnerte stark an Dr. Johnson, ihren gutmütigen Hausarzt. »Keine Sorge, mit der Gastlichkeit der Orcadians bin ich schließlich aufgewachsen – schon vergessen?«

»Stimmt.« Er hatte erzählt, dass seine Eltern, als er neun war, den Hof verkauft hatten und sie gemeinsam nach Aberdeen gezogen waren, wo bereits der Bruder seiner Mutter lebte.

»Und jetzt versuchen Sie, noch etwas zu schlafen, ich werde meinen Hausmanns-Pflichten nachgehen. Danach habe ich noch was zu erledigen.«

»Morgen bin ich wieder auf dem Damm, dann kann ich Sie verwöhnen«, sagte sie mit einem Hauch – einem federleichten Hauch – von schlechtem Gewissen. Erst sein flüchtiges Grinsen machte ihr die Doppeldeutigkeit ihrer Worte bewusst, was eine erneute Hitzewelle in ihr auslöste.

»Haben Sie genügend Lesestoff, oder soll ich Ihnen etwas mitbringen?«, erkundigte er sich.

»Alles da«, entgegnete sie und deutete auf den Stapel Bücher auf ihrem Nachtschrank. »Und danke für das Frühstück.«

»Gute Besserung.« Mit diesen Worten verließ er ihr Zimmer.

Sie seufzte, dann setzte sie sich an den Tisch und verputzte alles bis auf den letzten Krümel.

Als sie das Tablett zurück in die Küche brachte, war er bereits dabei, den Abwasch zu bewältigen. »Soll ich nicht doch helfen?«

Heftig schüttelte er den Kopf. »Sie gehen ins Bett. Ich bestehe darauf!«

Da sie sich immer noch nicht fit fühlte und zudem Kopfschmerzen hatte, tat sie, wie ihr geheißen, und schlief mit einem tiefen Seufzer ein.

Spät am Nachmittag erwachte sie, als sie seine Anwesenheit spürte. Er stand in der Tür, ein Glas Wasser und eine Tablette in der Hand.

»Hallo, Murmeltier. Ich hab Ihnen was Schönes mitgebracht. Darf ich hereinkommen?«

»Sie sind ja schon drin«, murmelte sie schlaftrunken.

Er trat näher und hielt ihr auffordernd eine Tablette entgegen.

»Was ist das?«

»Aspirin. Davon wird man wieder gesund. Also nehmen Sie!«

»Ich schlucke keine Pillen«, erwiderte sie heiser. »Sie könnten mir wer weiß was geben. Womöglich wollen Sie mich als ihre Konkurrentin vergiften.«

»Nur, wenn sich's nicht vermeiden lässt«, erwiderte er so todernst, dass sie lachen musste, was prompt einen Hustenreiz auslöste.

Schließlich nahm sie das Glas und schluckte die Tablette.

»Also schlafen Sie sich aus und machen Sie sich keine Sorgen.«

Er hatte kaum das Zimmer verlassen, als sie bereits fast wieder schlief.

Am Abend löffelte sie ein wenig von der Suppe, die am Vorabend übrig geblieben war, dann sank sie zurück in die Federn und schlummerte erneut ein.

Am folgenden Morgen ging es ihr schon bedeutend besser, wenn sie auch noch stark verschnupft war und sich ihre Knie ein wenig weich anfühlten. Als Eric Walter um neun die Küche betrat, begrüßte sie ihn mit einem kleinen Lächeln. »Ihr Aspirin hat Wunder gewirkt. Ich könnte fast Bäume ausreißen, wenn es welche auf der Insel gäbe.«

»Sie sollten eben öfter auf einen männlichen Rat hören.«

»Ich denk nicht dran!«, erwiderte sie lachend.

»Darum ist die Welt so, wie sie ist.« Er schüttelte den Kopf und setzte sich mit übertriebenem Ächzen an den Tisch.

»Es kann nur besser werden, Wassermann-Zeitalter und so, Sie verstehen? Wir Frauen werden's schon richten.«

Er bedeckte mit übertriebenem Stöhnen theatralisch die Augen, bevor er sich daran machte, mit gesundem Appetit den Schinken mit den drei Rühreiern zu vertilgen.

Nachdem sie das Frühstück beendet hatten – entgegen ihrer sonstigen Gewohnheit frühstückte sie heute mit ihm zusammen, was sie normalerweise nie mit den Gästen tat – wollte sie sich daran machen, sein Zimmer zu reinigen.

»Oh, nein. Das lassen Sie schön bleiben«, forderte er und betrat das Wohnzimmer. »Das Bett ist gemacht, die Toilette geputzt, und gesaugt muss nicht werden, denn ich habe keinen Schmutz gemacht.«

»Wunderbar«, ergab sie sich in ihr Schicksal. »Was halten Sie davon, wenn ich mich mit unserem Notar, Mr. Alistair McNeal in Verbindung setze? Er könnte schon einmal den Kaufvertrag aufsetzen, sodass alles schnellstens über die Bühne geht, was sicherlich auch in Ihrem Sinne wäre?«

»Das ist eine gute Idee«, sagte er aus den Tiefen des Sessels, in dem er es sich mit dem *Orcadian,* der Inselzeitung, soeben gemütlich machen wollte. »Vergessen Sie nicht mein Angebot«, forderte er, »wir könnten gleichzeitig eine Partnerschaft mit ihm besprechen.«

»Vergessen Sie's«, rief sie vergnügt, dann ließ sie ihn allein.

Nach dem Telefonat mit dem Notar begab sie sich zur Scheune neben dem Haus. Die Luft an diesem Morgen war herrlich frisch. Der Himmel erstrahlte blau wie das Meer in der Ferne, und die

Heide setzte rotbraune Tupfen in das verblassende Wiesengrün. Es waren diese Naturfarben, die sie zu immer neuen Ideen für ihre Decken und Jacquard-Stoffe inspirierten. Bereits früher hatte sie ihren Vater mit ihren Ideen begeistert.

Sie zog die Jacke enger und dachte daran, dass es in der Scheune im Winter recht kalt werden würde. Sie musste also prüfen, ob sie noch genug Gas für die Heizung hatte, die ihr Vater in der größten Kälte immer eingeschaltet hatte. Natürlich verfügte die Scheune nicht über eine fest installierte Heizung, das wäre einfach zu teuer. Doch wenn sie oder ihr Vater den Jacquard-Webstuhl einrichteten, hatten sie immer links und rechts eine Gastherme aufgestellt, sodass es auszuhalten gewesen war.

Die Stube, wie sie den kleinen Raum an der Schmalseite der Scheune, die dem Meer zugewandt war, noch heute nannten, verströmte hingegen rasch eine angenehme Wärme. Diesen kleinen Raum hatte ihr Vater einmal mit zwei Leichtbauwänden, deren Zwischenraum er mit der Wolle der Schafe gefüllt hatte, von der riesigen Scheune abgetrennt. So war man einerseits vor dem vom vollautomatischen Jacquard-Webstuhl produzierten Lärm und andererseits dank der herrlichen Isolation auch vor der Kälte so weit geschützt, dass der kleine Ölofen selbst im härtesten Winter zum Heizen ausreichte.

Hier stand der Handwebstuhl mit dem Drehstuhl davor. Das von ihrem Vater später eingebaute Fenster ermöglichte einen freien Blick auf die Wiesen, die segelnden Möwen über dem Wasser und das ständig wechselnde Wolkenspiel. Und wenn sie zudem das betagte Transistorradio einschaltete und klassische Musik, Pop oder traditionelle schottische Klänge den Raum erfüllten, strahlte dieser eine wohlige Atmosphäre aus, die sie die kleinen Alltagsärgernisse vergessen ließ.

Sie schaltete den Strom an der Tür zur Scheune ein. Das Licht flackerte auf und versetzte den dunklen Raum in einen dämmrigen Zustand. Sie spürte ihr Herz heftig pochen, als sie sich dem großen Lochkarten-Webstuhl näherte, in dem noch immer die Wolle eingespannt war, mit der der Vater gearbeitet hatte. Langsam ging sie zur Maschine – ein Monstrum, das sie einst geliebt hatte.

Sie holte tief Luft, drückte den Knopf, und die Maschine sprang an. Ohne Murren und Gezicke. Das laute Rasseln war Musik in ihren Ohren. Ihr Altertümchen, der Jacquard-Lochkarten-Webstuhl, er funktionierte wie am Schnürchen. Sie war glücklich.

Der Franzose Joseph-Marie Jacquard aus Lyon hatte 1790 mit der Konstruktion eines Webstuhls begonnen, der den damals üblichen Zugwebstuhl ersetzte, an dem stets zwei Personen arbeiten mussten. Seine Vorrichtung machte den Ziehjungen überflüssig. Doch das genügte Jacquard nicht, und er überlegte, wie man die Webtechnik noch verbessern könnte. Es war nämlich ziemlich mühsam, bei komplizierten Mustern die Fäden der jeweiligen Farbe abzuzählen. Und so entstand sein revolutionäres Lochkartensystem, das die Steuerung komplizierter Webmuster übernahm. 1805 stellte er seinen neuen »Jacquard-Webstuhl« vor, dessen Lochkarten den Weg für die modernen Computer bereiteten – ein mechanisches Speichermedium für Daten, das in der Lage war, schwierigste Muster mühelos zu weben, was zur Folge hatte, dass durch diese neue Technik vor allem viele Webergehilfen ihre Arbeit verloren.

Allein um den Webstuhl einzurichten, der über eine komplizierte Bindungstechnik mit mehreren Kett- und Schusssystemen verfügte, würde sie mindestens zwei Tage, wenn nicht mehr brauchen, denn die hatte schon ihr Vater mit ihrer Hilfe benötigt.

Eine Weile sah sie versonnen zu und dachte an ihren Vater. Ob er sie jetzt sah? Spürte er, dass sie seine Arbeit fortsetzen würde? Wünschte er ihr Glück? – Ganz sicher!

Versonnen ging sie hinüber in den abgeteilten Raum mit dem Handwebstuhl. Er stammte aus Schweden. Auch hier hatte sie schon früh gesessen und selbst gewebt, nachdem sie ihren Vater bereits als Kind gedrängt hatte, ihr alles beizubringen.

Ihr Webstuhl war 1876 in Schweden für die damaligen niedrigen Räume der Weber entwickelt worden. Auch hier hatte sie nach dem Tod des Vaters nicht mehr gearbeitet, und die angefangene Decke war noch lange nicht fertig. Sie schaltete den Ölofen an und setzte sich lächelnd auf den Stuhl vor der Webmaschine.

Alles würde gut werden.

Sie hatte den Gedanken kaum zu Ende gedacht, da gab es ein lautes Kreischen, gefolgt von einem Knirschen und einem Quietschen, das sie an die Bremsen ihres Autos erinnerte. Dann trat Stille ein.

Ihr schoss das Blut in die Wangen, sie stand auf und eilte nach nebenan. Verzweifelt ließ sie den Blick schweifen, doch es hatte keinen Sinn. Sie konnte nichts Unnatürliches entdecken. Dass sie diesen Webstuhl eigenhändig auseinander und wieder zusammenbauen konnte, war natürlich übertrieben, allein die Fehlersuche könnte sie bereits überfordern.

Sie schlug die Hände vors Gesicht. Jetzt nur keine Panik. Ein Mechaniker musste her. Und wer konnte das anderes sein als Magnus? Magnus Morgan hatte schon ihrem Vater geholfen.

Ängstlich verließ sie die Scheune. Ihre Beine zitterten gewaltig, als sie hinüber ins Haus lief. Eric Walter hatte das Haus bereits verlassen, wie sie sehen konnte. Er würde heute sein Auto reparieren lassen. Gut so, dann konnte er keine Fragen stellen.

Sie nahm das tragbare Telefon und das Telefonverzeichnis, in dem sich sämtliche Nummern befanden, die ihr Vater je für seine Arbeit benötigt hatte, sehr zu ihrer Freude. Es enthielt nicht nur wertvolle Adressen seiner alten Kunden, sondern auch die der Leute, die ihm mit ihrem handwerklichen Geschick ausgeholfen hatten. Sie hatte Glück, und Magnus, der alte Kumpan ihres Vaters, ging sogleich an den Apparat. In kurzen Worten schilderte sie, was los war, und er versprach, sofort herüberzukommen. Er wohnte gleich vor der Abkürzung zu ihrem Haus und würde in wenigen Minuten eintreffen.

April ging zurück in die Scheune und schaltete die armselige Gasheizung ein. Gas war noch genügend vorhanden, wie sie festgestellt hatte. Irgendwann, wenn das Geschäft blühte, würde sie natürlich aufrüsten lassen, sodass man sich nicht immer erst anziehen musste, als wolle man zu einer Tour durch Sibirien aufbrechen.

Als Magnus ankam, begrüßten sie sich kurz, aber herzlich. Er sah aus, wie sie ihn seit ihrem Weggang in Erinnerung behalten hatte, nur kleiner schien er geworden zu sein. Sein Haar war immer noch dicht und voll, jetzt aber schneeweiß. Es harmonierte auf das Wunderbarste mit seiner grauen Kappe, von der man nicht wusste, ob er sie je gegen eine neue ausgetauscht hatte, da man ihn nur mit einer solchen kannte. Ihm fehlten einige Zähne, was ein wenig seine Sprache beeinträchtigte, doch das störte sie nicht.

Zuerst trat ein zufriedenes Leuchten in seine Augen, als sie ihm schilderte, dass sie die Weberei ihres Vaters fortführen wollte. Dann trat er bedächtig an die Maschine heran. Sein Blick erinnerte an den eines liebenden Vaters, der seinen ungezogenen Sohn mit einer Mischung aus Hingabe, Wohlwollen und einer Spur Besorgnis betrachtete. Er umrundete die Maschine, kniff die Augen zusammen und schwieg. April biss sich angespannt auf die Lippen und hielt den Mund, so als könnte jedes falsche Wort von ihr die Katastrophe vergrößern.

Es dauerte eine beträchtliche Weile, bis er den Fehler gefunden hatte. »Hm, hab ich mir doch gedacht«, murmelte er mehr für sich, trat an seine zerbeulte Werkzeugkiste und entnahm ihr ein Instrument, das April nicht kannte. Dann machte er sich an die Arbeit. Es dauerte erneut über eine halbe Stunde, dann hatte er das kaputte Teil ausgebaut, daran herumgefeilt – oder was auch immer er damit angestellt hatte – und wieder eingebaut.

»So, das hätten wir«, sagte er, als er die Maschine erneut angestellt und sie ihr Dröhnen wieder aufgenommen hatte. »Leider wirst du da zeitnah erneut Probleme haben.« Mit ernster Miene sah er sie an. »Wenn du klug bist, wendest du dich an die Kanadier und sicherst dir einige der Ersatzteile, die ich dir aufschreiben werde, denn irgendwann werd ich sie dir nicht mehr richten können.«

Seine Worte ließen ihr die Haare zu Berge stehen. »Das ist leider unmöglich, die hat sich schon ein anderer unter den Nagel gerissen«, gab sie mit trockener Kehle von sich.

»Dann hast du über kurz oder lang ein echtes Problem.«

Sein trockener Kommentar trieb ihr die Tränen in die Augen. »Aber bisher hast du doch noch alles reparieren können!«

»Keine Sorge, Mädchen, das werd ich auch weiterhin. Aber trotzdem, wir alle werden älter.«

Sie verabschiedeten sich, wobei er protestierte, als sie ihm seine Arbeit bezahlen wollte. »Aber dann darf ich dir wenigstens regelmäßig deinen Lieblingskuchen vorbeibringen, den nur ich so gut hinkriege«, sagte sie mit einem Lächeln.

»Da sag ich nicht nein.«

Sie konnte nicht gut kochen, doch sie konnte backen, das hatte ihr selbst Fiona bestätigt, die Backen verabscheute. Ganz besonders liebte Magnus ihren fruchtigen Teekuchen, den würde sie gleich morgen in Angriff nehmen, wenn sie die benötigten Zutaten eingekauft hatte.

Gegen fünf war sie mit sich und der Maschine zufrieden. Die Maschine war den ganzen Tag ohne Unterbrechung gelaufen, sodass sie die letzte Arbeit ihres Vaters hatte beenden können. Diesen Stoff würde ich natürlich nie verkaufen, dachte sie, als sie ihn beinahe zärtlich zusammenlegte.

»Alles wird gut«, wiederholte sie ihr Mantra.

Bevor sie mit den Vorbereitungen fürs Abendessen begann, wollte sie sich noch ihren Nachmittagstee gönnen, den sie wie die meisten um fünf mit zwei Scheiben Toast und Orangenmarmelade einnahm. Gerade machte sie es sich auf dem Sofa gemütlich, als Eric hinzukam. Sie wollte aufstehen, um ihm eine Tasse zu holen.

»Möchten Sie auch einen Toast?«

»Gern. Aber bitte bleiben Sie sitzen, das mache ich schon selbst.«

»Ich kann wieder für Sie sorgen, ich bin beinahe wieder ganz in Ordnung«, widersprach sie und stand auf, schließlich handelte es sich bei ihm um einen zahlenden Gast.

Sie stellte kurz darauf Tee und Toast für ihn auf den niedrigen Beistelltisch vor dem Feuer, das sie im Kamin entzündet hatte, und nahm den »Orcadian« zur Hand, während Eric die Zeitung las, die er sich mitgebracht hatte. Wie immer begann sie auch heute, die Zeitung von hinten zu lesen, wo die Lokalnachrichten zu finden waren.

Plötzlich schrie sie auf: »Wahnsinn!«

»Wie bitte?«

»Da sucht eine –« Erschrocken hielt sie inne.

Ja war sie denn verrückt? Hier suchte eine große Interior-Firma aus Aberdeen jemanden, der hochwertige Wolldecken liefern konnte. Und das bald! Das war ihre Chance, und sie würde den Teufel tun und ihren Konkurrenten darüber brühwarm informieren. »Ach, nichts, da will eine Frau eine Pension kaufen, aber wir haben unser Haus ja schon an Sie verkauft«, beeilte sie sich zu sagen.

»Ja, und vergessen Sie das bitte nicht. Wann war noch mal der Notartermin?«

Sie nannte ihm das Datum. »Übrigens, haben Sie die Zeitung schon gelesen?«, fragte sie wie nebenbei.

»Nein, ich bevorzuge die Times«, verneinte er, ohne hochzuschauen.

Ein Glück, dachte sie. Als Erstes würde sie dieses Blatt jetzt mit in ihr Zimmer nehmen, damit er erst gar nicht dazu verleitet werden konnte, sich in dieses zu vertiefen. Nur mit Mühe gelang es ihr, ihre Teestunde in aller Ruhe zu beenden.

»Kann ich abräumen?«, fragte sie nach einer Weile.

»Danke, ja, ich bin fertig.«

Sie stand auf, brachte das Tablett in die Küche und eilte dann in ihr Zimmer. Jetzt, um viertel nach fünf, war hoffentlich noch jemand zu erreichen, dem sie ihr Angebot unterbreiten konnte. Sie wäre in der Lage, pünktlich zu liefern, schließlich gab es immer noch eine gehörige Anzahl der Decken, die ihr Vater gefertigt hatte.

Sie setzte sich ans Fenster, nahm das Telefon zur Hand und wählte die Nummer der Firma in Aberdeen. Man erklärte sich sofort bereit, sie zu sehen, und bat sie zu ihrer Freude, bereits am Montag, den dritten September um zehn Uhr in der Firma zu erscheinen. Selbstverständlich nicht, ohne einige ihrer Modelle mitzubringen.

Das war ihre Chance – und sie würde sie nutzen! Ihr nächster Anruf galt Fiona. Mit bebenden Fingern wählte sie die Nummer und wartete aufgeregt, dass Fiona an den Apparat ging.

»Aber April, wer soll sich denn dann um unseren Gast kümmern, ich kann doch nicht von hier weg«, rief Fiona bestürzt, als April ihr hastig von der Annonce erzählt hatte.

Typisch Fiona. Immer musste sie alles verkomplizieren. »Margret wäre jederzeit bereit, auszuhelfen, das weißt du doch«, beschwichtigte April die Schwester. Margret Miller, ihre Nachbarin, die einige Hundert Meter weiter Richtung Kirkwall eine Pension besaß, war groß, hager und ständig in Eile, aber auch stets hilfsbereit, denn natürlich half man sich gegenseitig, wann immer Not am Mann war. Zur Not war ihr zahlender Gast ja auch in der Lage, sich selbst zu verköstigen, schob April in Gedanken hinterher. Ob mit oder ohne Hilfe von Margret, fest stand jedenfalls, dass nichts und niemand sie davon abhalten konnte, die Fahrt, genauer den Flug, nach Aberdeen zu unternehmen.

»Keine Panik. Ich bin ja nur über den Tag fort. Wahrscheinlich kann ich schon mittags wieder einen Flug zurück erreichen. Das Frühstück wäre kein Problem für unseren Gast, da bin ich ganz sicher.« Sie grinste.

»Ach, fliegen willst du auch noch!«, sagte Fiona kühl.

»Sicher, mein Schatz. Zu Fuß wäre es ein bisschen weit. Und meinem Ford will ich die lange Fahrt nicht mehr zumuten. Ich würde womöglich im Straßengraben landen, weil ich so aufgeregt bin«, sagte April unwirsch. »Nein, nein. Ich muss fliegen. Wir haben doch jetzt Geld«, fügte sie schmeichelnd hinzu.

»Du hast ja recht, auch wenn wir bisher noch nichts in der Hand haben. Erst, wenn der Vertrag beim Notar unterzeichnet ist, fließt der Geldsegen.«

April verdrehte die Augen. »Jetzt hör auf zu nörgeln und wünsche mir Glück«, bat sie.

»Das tu ich ja«, entgegnete Fiona lachend. »Und guten Flug. Komm gesund wieder heim.«

»Ich werde mein Bestes tun«, sagte April fröhlich und legte auf. Ja, es war gut, sich auf nette Nachbarn verlassen zu können. Und auf gute

Freunde. In der Not würde sich auch Sandy bereiterklären, für zwei Tage herüberzukommen, da war April ganz sicher. Auf ihre Freundin war schließlich Verlass.

Einen Moment blickte sie aus dem Fenster und spürte erregt, wie stark ihr Herz klopfte. Die schillernde Welt jenseits des Meeres – ihre Unabhängigkeit – wartete auf sie. Sie musste nur fest zugreifen.

»Ich werde mit Ihnen nach Aberdeen fliegen«, entschied Eric Walter mit sachlicher Stimme, nachdem sie ihm kurz darauf dummerweise doch von ihrem Geschäftsbesuch erzählt hatte. Zum Glück konnte sie sich gerade noch zurückhalten, ihm auf die Nase zu binden, wen sie in Aberdeen aufzusuchen gedachte.

»Warum das denn?« Verdutzt betrachtete April die Gestalt, die mit dem Rücken zu ihr am Fenster stand. »Ich bin schon seit Langem in der Lage, allein zu reisen, wissen Sie.«

»Ich habe sowieso in den nächsten Tagen heimfahren wollen. Übrigens, morgen ist Samstag, der erste Samstag im September – Beginn der Spiele in Braemar. Wollten Sie sich die nicht gern einmal wieder ansehen?«, fragte er.

»Wir könnten im Haus meiner Mutter übernachten und wären in weniger als eineinhalb Stunden in Braemar. Wäre doch eine nette Idee. Und am Montag könnten Sie in aller Ruhe ihren Termin wahrnehmen.« Eric Walter drehte sich zu ihr um. »Das befreit Sie von dem Problem, mich vor dem sicheren Hungertod zu bewahren.« Trotz seiner scherzhaften Worte machte der entschlossene Zug um seinen Mund deutlich, dass es ihm ernst war.

April war einen Moment sprachlos. Braemar, Besuch bei seiner Mutter ... Die Aussicht auf die Hochlandspiele war wirklich verlockend. Und ehrlicherweise verlockte auch die Aussicht, mit diesem Mann unterwegs zu sein, gestand sie sich ein. »Nun gut, Sie müssen wissen, was Sie tun«, erwiderte sie und merkte, wie sehr sie sich bereits jetzt auf diesen »Ausflug« freute.

»Seien Sie versichert, ich weiß es.«

»Aber vielleicht bekommen Sie gar keinen Flug mehr«, sagte sie ins Blaue, dabei wusste sie genau, dass die Maschine nur halbvoll war, als sie sich gleich nach dem Gespräch mit ihrer Schwester übers Internet einen Platz gesichert hatte.

»Das glaube ich nicht. Die Maschinen von hier nach Aberdeen sind selten ausgebucht, das weiß ich zufällig. Ich fliege die Strecke nicht zum ersten Mal.«

»Na dann, in Ordnung«, erwiderte sie strahlend. Wie bunt sich auf einmal ihr Leben gestaltete!

»Übrigens, Sie können sich ganz dem Packen hingeben und brauchen für mich heute nicht zu kochen, ich esse auswärts.«

»Haben Sie so große Angst vor meinen Kochkünsten?«

Er drehte sich um und grinste. »Ich gehöre zu den mutigen Menschen, die nicht einmal Ihr

Essen schrecken kann. Nein, ich besuche meine Verwandten auf der Insel.«

»Dann bin ich beruhigt«, antwortete sie lächelnd. »Ich werde heute Abend meiner Freundin einen Besuch abstatten, sodass wir uns vor morgen früh wohl nicht mehr sehen werden.« Sie wollte nach Stromness zu ihrer Freundin hinüber, die sie schon seit einiger Zeit nicht mehr gesehen hatte.

Aufgeregt ging sie in ihr Zimmer und packte in Windeseile. Keine halbe Stunde später stieg sie ins Auto und machte sich auf den Weg zu Sandy, die zu ihrem Leidwesen nach Stromness geheiratet hatte. Auf der A 965 kam sie zügig voran, so erreichte sie in kurzer Zeit die kleine Hafenstadt.

Während der Fahrt hing sie ihren Gedanken nach. Nicht nur der bevorstehende Termin mit der Interior-Firma beschäftigte sie. Eine Frage, die sie schon eine ganze Weile mit sich herumtrug, nagte an ihr: Sollte sie mit Sandy über die Sache mit ihrem Vater reden? Sollte sie ihr offenbaren, dass sie immer drängender den Wunsch verspürte, diesen Mann kennenzulernen? Die Neugierde auf ihn wurde immer größer – doch zugleich lauerte im Hintergrund die Angst vor einer solchen Begegnung. Es war nicht nur die Furcht, dieser Mann, dessen Gene sie geerbt hatte, könnte ihr unsympathisch sein, sondern zugleich ein diffuses Gefühl von Illoyalität ihrem richtigen Vater gegenüber – dem Mann, der sie großgezogen und der sie geliebt hatte. Sie befand sich in einem fürchterlichen Zwiespalt.

Sandy war sensibel, eine verständnisvolle Freundin, die sich in sie hineinversetzen konnte – sie wäre der einzige Mensch, dem April sich anvertrauen würde. Vor allem verfügte Sandy über eine beinahe noch wichtigere Eigenschaft – sie konnte schweigen. Geheimnisse waren bei ihr sicher. April verspürte einen beinahe übermächtigen Drang, es ihr zu erzählen. Wenn nicht Sandy, wem dann?

Man würde sehen. Vielleicht …

Nach einer knappen halben Stunde hatte sie die ersten Häuser des kleinen Ortes, der den Charakter einer Hafenstadt und das Stadtbild des 18. und 19. Jahrhunderts bewahrt hatte, erreicht. Sie parkte das Auto nahe dem Museum und bummelte dann die alten Piers, Slipways und Speicher am Hafen entlang. Langsam stieg sie hügelan, von der Front Road zur oberen Back Road, der alten Umgehungsstraße des Ortes. Sie ging auf den gleichen alten Steinplatten, die es auch in Kirkwall gab, durch die engen, gewundenen Gässchen mit den grauen Steinhäusern, deren Giebel zur Seefront ausgerichtet waren. Die Luft war immer noch angenehm warm, der Himmel von einem hellen Blau. Sie öffnete ihre Jacke und hob das Gesicht in den leichten Wind, der vom Meer herüberblies. Sie freute sich sehr, Sandy, die Jugendfreundin, endlich einmal wiederzusehen, die in einem der typischen, fast zweihundert Jahre alten Häuschen wohnte.

April klingelte, doch es kam niemand, um zu öffnen. Da sie sich bei Sandy angemeldet hatte, konnte die Freundin nicht weit sein. Sie ging zur mannshohen Pforte, die zum Garten führte, und hämmerte gegen die Holzlatten, als sie merkte, dass abgeschlossen war. »Sandy, wo steckst du?«, rief sie. Gerade als sie überlegte, ob sie darüberklettern sollte, nahm sie eine Bewegung auf der anderen Seite des Tors wahr.

»Warte, ich schließe auf.«

Kurz darauf umarmten sich die Freundinnen herzlich. Sandy, die sanfte, mädchenhafte Brünette, war einen Kopf kleiner als April und trug einen modischen Bob. Sie waren sich überhaupt nicht ähnlich, fand April, dennoch hatten sie sich von Anfang an zueinander hingezogen gefühlt.

»Tut mir leid, dass du warten musstest. Ich muss mich körperlich betätigen, sonst werde ich verrückt«, stöhnte Sandy und wischte sich mit dem Handrücken die langen Ponyfransen aus den Augen.

April folgte ihrer zierlichen Freundin, die über engen Jeans eine rot karierte, mit feuchten, erdigen Flecken übersäte Bluse trug. »Diese Arbeitslosigkeit macht einen entweder zum Säufer oder zum Schwachsinnigen.«

»Wie lange bist du jetzt schon zu Hause?«

»Über ein halbes Jahr. Ich fürchte, ein weiteres halbes Jahr als Heimchen am Herd werd ich nicht überstehen, ohne bleibende Schäden davonzutragen.«

»Die Gefahr könntest du verringern, wenn du mich öfter besuchen kämst.« April nahm die Harke, die an der grauen Steinmauer lehnte, die den winzigen Garten umzäunte, und harkte das Unkraut zusammen, das Sandy auf den schmalen Gartenweg befördert hatte. »Du weißt doch, wie ich mich freue, dich zu sehen.«

»Und du solltest wissen, wie Percy sich anstellt, wenn er nicht jeden Mittag pünktlich sein Essen auf dem Tisch stehen hat«, erwiderte Sandy trocken.

»Stromness verfügt über ausgezeichnete Imbissbuden.«

»Und Percy über die Begabung, sich beim Genuss einer solchen Mahlzeit dermaßen in seine Sorge um alle möglichen Krankheiten, die Fastfood bei ihm auslösen wird, hineinzusteigern, dass er tatsächlich erkrankt und ich eine Woche damit verbringen darf, ihn wieder hochzupäppeln.«

April lehnte die Harke an die Mauer und stemmte die Hände in die Hüften. »Er wird lernen müssen, mit seinen Sorgen fertigzuwerden. Das Leben ist nun mal eine einzige Kette von tödlichen Klippen, die es zu umschiffen gilt.«

»Percy ist kein Seemann, der selbstbewusst auf seine Fähigkeiten setzt – ohne mich wird er zum Baby«, murrte Sandy, nahm den Sauzahn und zog ihn kraftvoll zwischen den Blumenrabatten hindurch.

»Wenn man vom Teufel spricht …«, murmelte April, als Knirschen auf dem Kiesweg ankündigte, dass Sandys Ehemann nahte.

»Sag bloß, es ist schon sechs?«, stöhnte Sandy, »ich hab völlig die Zeit vergessen.« Sie warf den

Sauzahn in hohem Bogen von sich und stürzte in die Küche.

April verzog die Lippen und arbeitete weiter. Percy würde sie nicht vermissen, da war sie ganz sicher. Zehn Minuten später folgte sie Sandy und begrüßte ihn reserviert. Sie konnte ihn einfach nicht ausstehen. Zum Glück verschlang er in sich gekehrt, wie er stets im Beisein anderer war, seine aufgewärmte Gemüsesuppe und verschwand dann mit einem knappen Gruß, bei dem er April nicht in die Augen sah.

April gestattete sich nach Sandys Heirat keine weiteren abfälligen Äußerung über Percy – das hatte sie ausgiebig vor der Heirat getan, doch zu ihrem Leidwesen war Sandy dennoch nicht davon abzuhalten gewesen, diesen Menschen zu heiraten. Als er ging, hatte sie Mühe, sich ihre Erleichterung nicht anmerken zu lassen.

Sandy machte sich daran, Kaffee zu kochen, und April nahm den Gesprächsfaden wieder auf; bei Tisch hatten beide wie auf Kommando vermieden, über Aprils Zukunftsträume zu sprechen. Sie erzählte alles und ließ auch den »Ausflug« mit ihrem Gast Eric Walter nicht aus. »Diesmal hab ich ein gutes Gefühl. Und du weißt, dass ich mich immer auf mein Gefühl verlassen kann.«

»Ich wusste es nicht«, erwiderte Sandy grinsend, »aber ich wünsche es dir wirklich. Wie ist denn dieser Mr. Walter so?«

»Er ist … nett«, erwiderte April vage.

»Nett, soso!«

»Ja, und *nur* nett. Und außerdem mein Konkurrent, also denk dir nicht, er wäre ein potenzieller Ehemann«, warnte April.

»Ach, man kann auch ohne Mann glücklich sein … glaube ich«, sagte Sandy, und April hatte das Gefühl, dass es um die Ehe ihrer Freundin nicht zum Besten stand. Das betrübte sie. Gerade Sandy hatte ihre Hochzeit so märchenhaft gefeiert, mit Kutsche, Schleier und allem Drum und Dran.

»Wenn ich doch auch nur Arbeit hätte!«

»Du solltest dir Kinder anschaffen«, schlug April spaßeshalber vor.

»Sprich nicht drüber«, murrte Sandy augenrollend. »Meine Ärztin beschwört mich seit Monaten, nicht ständig daran zu denken, damit wir endlich Erfolg haben. Schließlich versuchen wir es mittlerweile seit zwei Jahren.«

Kein Wunder, dass es nicht klappt, dein kränkelnder Mann – dieser Hypochonder – müsste als der Ältere dann Mama Sandy mit dem Nachzügler teilen, dachte April bissig. Das würde Percys Kräfte übersteigen.

»Aber es ist ja auch kein Wunder, dass es nicht klappt«, fuhr Sandy betrübt fort, »bei dem Stress, dem Percy tagein, tagaus ausgesetzt ist.«

April biss die Zähne zusammen, damit ihr kein Gift über die Lippen kam.

Sie setzten sich an den Tisch, und Sandy goss die Kaffeebecher voll.

»Also lass die Kinder vorerst sein«, schlug April vor, »und schreib dafür ein Buch – wozu hast du schließlich unsere Schülerzeitschrift geleitet?«

Sandy schmunzelte. »Danke für deine hilfreichen Ratschläge.«

»Aber bloß kein Kinderbuch!«

Die Freundin lachte lauthals auf. »Ich schreib überhaupt nicht, ich will doch nicht das Image von Stromness versauen. George Mackay Brown wird sich im Grabe herumdrehen, sollte ich es wagen, zur Feder zu greifen.«

»Ich fürchte, du hast recht.« Gedankenverloren häufte April sich zwei volle Löffel Zucker in ihren Kaffee. »Was für ein Dichter. An seinen klaren Sprachstil, seinen bodenständigen Humor und seine hintergründige Ironie kommt so schnell niemand ran.«

»Selbst ich nicht.« Sandy schmunzelte.

April schaute düster in ihre Tasse. »In Ordnung, du hast mich überzeugt.« Sie hob den Kopf und sagte mit glitzernden Augen: »Vielleicht solltest du malen?«

Sandy nickte gespielt ernst. »Gute Idee. Das Wohnzimmer hätte es bitter nötig – und mein lieber Mann besitzt ja leider zwei linke Hände.«

»Na also, haben wir doch was für dich gefunden!« April schwang amüsiert den Kaffeelöffel durch die Luft. »Glaub mir, wenn du einmal an einer Ecke anfängst, kannst du gar nicht mehr aufhören mit der Kleckserei, und du malst das ganze Haus neu. Durch die Malerei ist hinterher alles voll – du putzt, bis dir die Haut von den Händen abgeht und bist anschließend so groggy, dass dich nur noch der Wunsch beseelt, endlich Zeit für dich zu haben. Und Simsalabim, schon bist du schwanger.«

Sandy nahm eine der Mokkapralinen, die April ihr mitgebracht hatte, und schnupperte daran. Dann steckte sie sie seufzend in den Mund. »Du hast es noch immer geschafft, mich aufzumuntern, danke, liebste Freundin«, nuschelte sie, ließ die Holzpantinen auf den Boden plumpsen und streckte sich der Länge nach auf dem Küchensofa aus.

Einen Moment verfielen sie in freundschaftliches Schweigen. Das vertraute Möwengeschrei, das durch das offene Fenster drang, nahmen sie nur unbewusst wahr. Die Luft roch frisch und trug den Duft des Meeres herein. Alles war friedlich.

April angelte nach der Fußbank und stellte die Füße darauf. Versonnen nahm sie einen Schluck Kaffee. »Himmel, Sandy, ich hab's«, schrie sie plötzlich auf.

»Was hast du? Spuck's aus«, befahl Sandy belustigt.

»Na, du wirst meine Buchhalterin«, rief April aufgeregt. »Du weißt, dass Zahlen für mich böhmische Dörfer sind. Und wenn ich den Auftrag in Aberdeen erhalten habe, brauche ich jemanden, der sich mit meiner Buchführung herumschlägt.«

Sandy nickte. »Klar, mach ich gern. Aber erst musst du mal den Auftrag erhalten.«

April seufzte laut. Sie war wie immer ihrer Zeit voraus. »Ich werde nicht nur diesen Auftrag bekommen, sondern auch über's Internet verkaufen, und dann rollt der Rubel.«

»Wart's ab, aber wenn, dann kannst du auf mich zählen.«

Einen Moment widmeten sie sich dem Verzehr der köstlichen Pralinen. Jetzt wäre eigentlich ein guter Zeitpunkt, dachte April. Sollte sie Sandy jetzt von dem Brief erzählen? Sie erstickte beinahe an ihrem Geheimnis. Sie war noch nie der Typ gewesen, der etwas für sich behalten konnte – leider.

»Bist du müde vom ungewohnten Arbeiten?«, erkundigte Sandy sich mit einem Augenzwinkern.

April zögerte einen Moment. »Scheint so.« Sie fuhr sich mit der Zunge über die Lippen. »Du, Sandy, ich möchte dir –«

»Aber jetzt zum neuesten Inselklatsch. Stell dir vor«, wurde sie von Sandy lebhaft unterbrochen, »Terry McGuire, unsere liebste Feindin aus der Schule, ist von ihrem Mann Ben sitzengelassen worden. Sie hat es mit seinem Freund getrieben, Ben machte sich vom Acker, und jetzt sitzt unsere liebe Terry da, schwanger und kreuzunglücklich … es trifft doch immer die Falschen«, setzte sie mit einem Seufzer hinterher.

»Hm«, murmelte April.

»Aber ich hab dich unterbrochen. Was wolltest du eben sagen?«

April schüttelte langsam den Kopf. Nein, beschloss sie. So sehr sie sich wünschte, mit jemandem über ihr spezielles Problem zu reden, diese

Sache musste sie allein mit sich ausmachen. Selbst Sandy konnte sie nicht erzählen, dass ihre Mutter ihren Vater betrogen hatte und ihr leiblicher Vater sich irgendwo auf dem Festland herumtrieb – nach den Worten ihrer Mutter.

»Weiß nicht mehr, war nicht so wichtig.« Mein liebes Kind, ob du es willst oder nicht, diese Angelegenheit hat dich erwachsen gemacht, sinnierte April wehmütig.

»Wir können wählen, entweder schlafen wir jetzt und hier auf der Stelle ein, oder wir gehen ins Wohnzimmer und sehen uns unsere Lieblingsserie an«, sagte Sandy gähnend.

»Letzteres ist entschieden schlecht für unsere Figur. Ein Spaziergang wäre besser«, erwiderte April.

»Wen interessiert meine Figur?« Sandys spitzbübisches Lächeln bewies, dass sie es nicht ernst meinte.

Ohne sich ihre plötzliche Melancholie anmerken zu lassen, folgte April der Freundin ins Wohnzimmer.

Um zehn schließlich verabschiedete sie sich und fuhr zurück nach Kirkwall, wo sie den Rest des Abends mit Kofferpacken verbrachte. Erst gegen elf hörte sie die Haustür, die ankündigte, dass auch ihr Gast zurückgekehrt war.

6

April und Eric erreichten Aberdeen am Samstagmorgen um acht nach einem knapp einstündigen Flug, auf dem April die feuchten Hände nur selten voneinander löste und die Minuten bis zur Landung zählte. Nach dem Start, bei dem es bereits hart zur Sache gegangen war, wurde es nicht ruhiger, wie sie die ganze Zeit hoffte, sondern sie waren von einem Luftloch ins nächste gestürzt. Und obwohl sich der Flug nach einer halben Stunde ein wenig beruhigt hatte, war sie dennoch heilfroh, als sie wieder schottischen Boden unter den Füßen spürte. Dabei hatte Eric sich alle Mühe gegeben, sie abzulenken, und wieder war ihr aufgefallen, wie einfühlsam er war. Und wie viel Humor er besaß.

Er war in letzter Zeit öfter geflogen, um seinen Umzug zu organisieren und sich um die Anlieferung seines Webstuhls zu kümmern – oder aus anderen Gründen, die er nicht erwähnte. »Außerdem will ich meiner Mutter bei dem Schriftverkehr helfen. Sie ist schon ganz aufgeregt wegen des Umzugs, auch wenn sie sich natürlich sehr freut.«

Er hatte April erzählt, dass Hetty Walter in Kirkwall geboren und aufgewachsen und nur ihrem Mann zuliebe nach Aberdeen gezogen war.

»Sie hat zeitlebens als Hebamme gearbeitet und möchte nun kürzertreten. Das heißt, in Kirkwall wird sie nur noch dann und wann für ihre alte Freundin einspringen, die auf Mainland als Hebamme tätig ist«, erklärte er April.

April nickte wortlos. Sie war gespannt auf seine Mutter und auf das Haus, das sie in Aberdeen bewohnten. Ihre Wangen glühten, es war einfach alles schrecklich aufregend. Beinahe selbstverständlich hatte Eric die Organisation ihres Wochenendes in die Hand genommen, und sie gestand sich ein, dass sie das äußerst angenehm fand. Entgegen ihrer Annahme hatte er wie von Zauberhand sogar zwei der begehrten Sitzplatzkarten ergattert, womit sie nicht gerechnet hatte. Ihr war das bisher nie gelungen, sie hatte sich einfach immer zu spät angemeldet. Dann hatte er ein Auto organisiert, mit dem sie von Aberdeen nach Braemar fahren würden. Übernachten würden sie in Aberdeen – bei seiner Mutter. Wobei er nicht ausschloss, dass sie die erste Nacht nicht doch in Braemar bleiben würden. Oder viele, viele Kilometer außerhalb, dachte April insgeheim, denn sie konnte sich bei aller Liebe nicht vorstellen, dass er auch noch zwei Einzelzimmer aus dem Zylinder zaubern würde, schließlich waren sie nicht die einzigen Besucher dieser Spiele. Das wiederum würde bedeuten, dass einer von ihnen beiden auf Alkohol verzichten musste, aber das sollte ihre Sorge an diesem wunderschönen Samstagmorgen nicht sein. Sie konnte sich auch bei Wasser vergnügen, allein die Aussicht auf das

Theater der Spiele ließ ihr Herz höher schlagen. Vielleicht würde sie ja heute einen Blick auf einen Vertreter der königlichen Familie ergattern. Wenn nicht gar auf die Queen persönlich.

Doch nicht allein diese Aussicht gefiel ihr. Es war schlicht die Anwesenheit von Eric, die sie immer mehr ihrer Ruhe beraubte. Er war einfach ein aufregender Mann – und sie war schon viel zu lange ohne männliche Begleitung gewesen, abgesehen von ihren Freunden auf der Insel.

Von Sonntag auf Montag würden sie auf jeden Fall im Haus seiner Mutter schlafen, was zudem den Vorteil hatte, dass sie es nicht weit zur Interior-Firma haben würde, die ganz in der Nähe ihre Niederlassung hatte.

Wie eigentlich nicht anders zu erwarten, ließ er die Taxis links liegen und steuerte zielbewusst zur Autovermietung am Flughafen. Keine Viertelstunde später saßen sie im Mietwagen, mit dem sie seiner Mutter einen kurzen Besuch abstatten wollten.

April lehnte sich entspannt zurück.

»Vorab eine kleine Stadtrundfahrt gefällig?«, fragte er sie.

»Gern«, sie nickte erfreut.

»Aberdeen ist eine alte Universitätsstadt, die 1495 als dritte Universität in Schottland gegründet wurde. Studenten machen rund zehn Prozent der Bevölkerung aus«, informierte Eric sie. »Sie hätten in der ersten Augusthälfte hier sein sollen, da findet das International Youth Festival statt, in dem Nachwuchsgruppen aus aller Welt mit Chören, Volkstänzen und Theater vertreten sind. Überall gibt es Straßenmusiker – ein buntes, unterhaltsames Fest.«

»Ja, schade, aber da habe ich Sie ja noch nicht gekannt«, antwortete April.

»Äußerst schade«, bemerkte er und warf ihr einen kurzen Seitenblick zu.

Den Ausdruck in seinen Augen konnte sie nicht recht deuten, es war eine Mischung aus Ernst und Ausgelassenheit. April wurde warm ums Herz. Sie hob die Hand. »Wie hübsch die Häuser sind! Wenn die Sonne darauf scheint, funkeln sie. Einfach malerisch«, rief sie begeistert aus.

»Das ist der silbergraue Granit. Er stammt aus den einstigen Steinbrüchen, und wenn die Sonne lacht, glitzert der Glimmeranteil an den Fassaden.«

»Ach, darum wird die Stadt ›Silver City‹ genannt.«

»Aber bei Regen kann es natürlich auch richtig trostlos aussehen. Dann taufen wir Aberdeen einfach um in ›Flower City‹.«

»Wegen der ganzen Blumenanlagen hat die Stadt schon häufiger diesen Blumen-Wettbewerb gewonnen«, fügte April an, »Britain in Bloom – ich weiß.«

Er hob den Arm und wies zum Meer. »Schauen Sie, heute herrscht so gute Sicht, da können Sie hinten sogar eine der Ölplattformen erkennen.«

April folgte seinem Blick. »Tatsächlich!«

»Die ersten Ölfelder, die von den Offshore-Plattformen ausgebeutet werden, wurden in den Siebzigern erschlossen. Ein Boom für die Stadt. Und unser Fischmarkt gehört zu den größten Schottlands«, bemerkte er nicht ohne Stolz. »Leider findet der nur unter der Woche statt. Das Getümmel ist witzig: Das Geschrei der Händler, dazwischen die Käufer, die Kneipen haben geöffnet, und man bekommt überall ein gehaltvolles Frühstück mit geräuchertem Hering.«

»Lecker. Ich liebe *kipper*«, lachte April, die sich vornahm, ihm beim nächsten Frühstück ebenfalls Bücklinge zu servieren.

Sie kamen zu den Kaianlagen, die von der Market Street abzweigten. An der Greyhope Road parkte er kurz, weil man von hier den besten Blick auf die Frachter, Transportschiffe und Bohrinseln hatte.

Sie fuhren weiter und passierten die breite Union Street im Zentrum Aberdeens. Jetzt zur Rush Hour wälzten sich Autos, Busse und Fußgänger durch die Hauptgeschäftsstraße, die an ihrem östlichen Ende zum Marktplatz führte, der überquoll mit Blumen- und Lebensmittelständen. Ein bunter Flohmarkt erfreute Aprils Augen, als sie ihn erblickte.

Dann lenkte Eric den Wagen zum westlichen Ende, wo sich die Union Street in mehrere kleine Straßen verzweigte. Am besten gefiel ihr die Queen Street, eine Prachtstraße mit herrschaftlichen Häusern und einer wundervollen Allee. Die

Altstadt wirkte selbst an diesem quirligen Morgen sehr romantisch mit ihrem Kopfsteinpflaster und dem wilden Wein, der an den Häusern emporwucherte.

»Ganz schön viel los«, wunderte sich April.

»Ja, heute am Samstag. Aber warten Sie's ab. Morgen ist alles wie ausgestorben«, lachte Eric.

Sie passierten die festungsartige, zum großen Teil im 15. Jahrhundert erbaute St. Machar's Kathedrale aus Granit und Buntsandstein. Schließlich erreichten sie das vierstöckige Haus seiner Mutter, einen Quader aus dem gleichen grauen Stein wie alle Häuser in der Stadt.

Er parkte vor dem Haus, das in einer stillen Seitenstraße lag. Sie stiegen aus und gingen die Stufen zu der rot lackierten Eingangstür hinauf. Eric betätigte jedoch nicht den golden schimmernden Türklopfer, sondern klingelte zweimal kurz und schloss die Tür auf. Sie betraten den länglichen Flur, der von zwei Buntglasfenstern links und rechts der Tür in heiteres Licht getaucht war.

April schaute sich kurz um. Vier Türen gingen von dem Flur ab, der von einer Treppe, die ins obere Stockwerk führte, geteilt wurde. Es roch nach frischem Kaffee.

Sie hatten gerade ihre Mäntel abgelegt, da öffnete sich die hintere Tür, neben der ein Fenster zum Garten wies, wodurch das einfallende Licht diesen Teil des Flurs erhellte. Aus dem Raum trat eine kleine, mollige Frau, die April auf Ende fünfzig schätzte. Ihre dunkle Kurzhaarfrisur mit dem schrägen Pony war von silbrigen Strähnen durchzogen, was ihre helle Augenfarbe unterstrich, die zwischen Grau und Blau changierte. Die ältere Dame hielt sich sehr gerade, dennoch war sie fast einen Kopf kleiner als ihr Sohn. Ihr Blick wanderte aufmerksam von April zu Eric.

»Ach, wie nett, ihr seid schon da. Hallo, Junge«, sagte sie zu Eric, der sich hinabbeugte und sie kurz umarmte.

»Hallo, Ma«, begrüßte er sie. »Darf ich dir April Gowrie vorstellen, unsere zukünftige Nachbarin. Miss Gowrie, das ist Hetty Walter, meine Mutter.«

»Freut mich, Sie zu sehen. Ich bin schon so gespannt auf Sie«, wandte diese sich an April. Mit einem herzlichen Lächeln reichte sie ihr die Hand.

April nickte. »Hallo, Mrs. Walter. Ich freue mich ebenfalls, Sie kennenzulernen.«

Trotz des herzlichen Lächelns entging April nicht, wie aufmerksam Mrs. Walter sie taxierte. Der oft etwas streng wirkende Eric und seine Mutter hatten keinerlei Ähnlichkeit miteinander, außer den dunklen Haaren. Alles an der Frau verströmte Wärme und Herzlichkeit. Wenn sie lächelte, erschien ein Strahlenkranz von kleinen Fältchen um ihre Augen, was den Eindruck einer die Menschen liebenden Persönlichkeit noch unterstrich. Ihr Händedruck war angenehm, nicht zu weich und nicht zu fest, die Bräune in ihrem Gesicht zeugte davon, dass sie sich häufig im Freien aufhielt.

»Ich weiß nicht, ob ihr Zeit genug habt, aber wenn ihr wollt – ich habe gerade Frühstück gemacht, und ihr seid herzlich eingeladen«, sagte sie nun und sah die beiden abwechselnd an.

»Ich denke, dagegen ist nichts einzuwenden. Die Fahrt dauert zwei Stunden, und es ist schon eine Weile her, dass wir etwas gegessen haben.« Eric wandte sich zu April um, die zustimmte.

»Dann kommt.« Mrs. Walter ging voran in die geräumige Küche, in der bereits für drei gedeckt war. Sie lud April ein, auf der Eckbank Platz zu nehmen. Eric setzte sich in die andere Ecke, und sie selbst ließ sich auf einem der mit karierten Kissen bestückten Stühlen nieder, nachdem sie reihum den Kaffee eingeschenkt hatte.

»Wie wär's mit einer unserer berühmten *rolls*?«, fragte sie April und hielt ihr den Brotkorb hin, in dem sich seltsam unförmige Gebäckstücke befanden.

»Wundern Sie sich nicht, diese Fladen schmecken besser, als sie aussehen«, sagte Eric.

April nahm von dem Gebäck, bei dem es sich um ein süßliches Blätterteig-Teilchen handelte, das wunderbar duftete.

»Sie sind eine Spezialität. Unsere *rowies*, wie wir sie nennen, gibt es nur hier in Aberdeen«, Mrs. Walter nickte. »Probieren Sie dazu auch ›Baxters Jam‹, die beste Marmelade, die es gibt. Ich mag am liebsten Rhabarber mit Ingwer. Aber die Drei-Früchte-Marmelade ist genauso gut.«

»Stimmt. Wir schmieren sie uns gleich pfundweise aufs Brot.« Eric grinste, bediente sich jedoch beim Schinken und den Rühreiern, die einladend und goldgelb in der Pfanne auf dem Stövchen standen.

»Und ich muss gestehen, dass sie genauso gut schmecken wie meine selbst gemachten Konfitüren. Ach, Liebes«, Mrs. Walter hob den Kopf und sah April an, »haben wir eigentlich auch einen Garten an unserem neuen Haus? Es ging alles so schnell, ich habe mich völlig auf Eric verlassen und ganz vergessen, ihm zu sagen, dass ich dringend einen Garten benötige.«

»Mutter, als könnte ich das vergessen! Natürlich hast du einen Garten am Haus«, beruhigte Eric sie, »schließlich wollte ich nicht Gefahr laufen, bei deinem Einzug um einen Kopf kleiner gemacht zu werden.«

April strich Marmelade auf ihr Gebäck und stellte den Löffel zurück ins Marmeladenglas. »Ja, Sie haben einen schönen eigenen Gemüsegarten von tausend Quadratmetern. Mein Vater und unser alter Nachbar lagen immer im Wettstreit zueinander, wer das Meiste aus dem Boden herausholt«, lächelte sie. »Die anderen Nachbarn haben anfangs gestaunt, wie viel Ertrag die beiden erzielt haben. Unsere Tomaten gehörten zu den besten weit und breit und schmeckten zuckersüß.«

»Das klingt wunderbar, denn ich muss gestehen, dass mir der Verzicht auf einen kleinen Garten doch schwergefallen wäre.« Mrs. Walter seufzte.

»Ich bin ohnehin erstaunt, dass Sie so viel Vertrauen in Ihren Sohn haben«, rutschte es April heraus. »Ich meine ... Sie haben das Haus ja noch gar nicht gesehen«, sagte sie ein wenig verlegen.

»Oh doch, Liebes«, schmunzelte Mrs. Walter. »Ich kenne ja seine wunderbare Lage unweit vom Meer und weiß zumindest, dass es dem Ihren sehr ähnlich ist. Und Ihr Haus gefällt mir sehr. Ich könnte mir kein schöneres vorstellen.«

»Ja, aber ... woher wollen Sie wissen ... hat Ihr Sohn bereits Fotos gemacht?« Verdutzt hielt April inne.

»Ach, dann hat mein Sohn Sie noch gar nicht aufgeklärt.« Mrs. Walter lächelte verschmitzt. »Also, es ist so, dass ich Sie quasi auf die Welt gebracht habe.«

»Ach, nein, das wusste ich wirklich nicht«, rief April erstaunt aus. Sie hatte die lebhafte Frau mit den wachen Augen, die leuchteten wie bei einem jungen Mädchen, wenn sie sich begeisterte, sofort ins Herz geschlossen.

Mrs. Walter nickte. »Ich bin Hebamme von Beruf und war damals jünger als Ihre Mutter. Als ich anstatt der alten Mrs. Swansey bei ihr aufkreuzte, da hat Ihre Mutter zuerst die Hände über dem Kopf zusammengeschlagen. Sie wollte unbedingt, dass Annie käme. Aber die war verhindert und musste dringend zu der anderen jungen Mutter, bei der Komplikationen zu erwarten waren. Da Sie das zweite Kind Ihrer Mutter waren und alles in Ordnung schien, wurde ich zu ihr abkommandiert. Sie war gerade dabei, mich aus dem Haus zu schieben, als es bei ihr losging und sie mit mir vorliebnahm. Sie waren, um ehrlich zu sein, das erste Baby, das ich auf die Welt gebracht habe«, verriet sie augenzwinkernd. »Aber das habe ich Ihrer lieben Mutter natürlich nicht gesagt«, gestand sie. Ich habe ganz schön gezittert, ob auch nur ja alles gut gehen würde, kann ich Ihnen sagen.«

»Und du hast deine Sache gut gemacht«, mischte sich Eric ein, »wie du an April sehen kannst, so hübsch, wie sie ist.«

April warf ihm einen kurzen Seitenblick zu. Sie freute sich über das Kompliment. Natürlich waren ihre Wangen nur durch den Kaffee so heiß, redete sie sich ein.

»Ach, Sie waren aber auch wirklich ein so niedliches Ding. Ihr Kopf war voller rotbrauner Locken, und die Augen funkelten von Anfang an so wach, als wären Sie bereits Stunden auf der Welt«, erinnerte sich Mrs. Walter mit leuchtenden Augen. »Ja, ich war beinahe genau so stolz auf Sie wie Ihre Mutter.«

April glaubte ihr aufs Wort. Welch ein Glück Eric Walter hatte, eine derart warmherzige Frau als Mutter zu haben!

»Und aus diesem Grunde war ich natürlich sofort damit einverstanden, als Eric mir genaueres über das Haus erklärte.« Sie nahm einen Schluck Kaffee. »Auf den Umzug auf die Orkneys freue ich mich sehr. Hier habe ich zwar einen kleinen Garten am Haus, aber er ist zu klein, um ihn zu bewirtschaften. Es ist doch immer wieder schön, wenn man sein eigenes Gemüse ziehen kann. Und Blumen pflanzen, und wunderbar duftende Kräuter, ach …« Sie hielt inne und schaute einen Moment sinnend hinaus in ihren eigenen, von einer halbhohen Mauer umschlossenen Garten, den April auf höchstens hundert Quadratmeter schätzte, soweit sie es von ihrem Platz aus beurteilen konnte.

»Sie müssen wissen, dass meine Mutter leidenschaftlich gern in Gartenerde buddelt«, informierte Eric sie.

»Keine Sorge, Sie werden sehen, dort wächst es genauso gut wie hier«, versuchte April ihr die Sorgen zu nehmen, wobei sie ein wenig schuldbewusst daran dachte, dass ihr eigener Garten seit dem Tod der Eltern sich mehr in eine Wüstenei verwandelt hatte. Ihr hatte schlicht die Zeit gefehlt, sich auch noch um das Unkraut zu kümmern, dabei werkelte sie ebenfalls gern im Garten – etwas, das sie wie so vieles mit ihrem Vater gemein hatte, dachte sie, auch wenn er nicht ihr genetischer Vater war.

»Und besonders freut es mich, dass das Haus in einem so guten Zustand zu sein scheint«, fuhr Erics Mutter fort. »Mein Sohn sagte, Sie hätten ganz allein alles von Grund auf neu gestrichen. Respekt, Liebes. Ich glaube, ich hätte nicht so viel Enthusiasmus dafür aufbringen können.«

»Ich habe ja nur innen gestrichen. Und am Enthusiasmus hat es manchmal gehapert. Es war eine Frage des Geldes«, stellte April richtig.

»Natürlich, wie dumm von mir, entschuldigen Sie«, sagte Mrs. Walter und legte spontan ihre warme Hand auf Aprils. »Es ist nur so, dass ich absolut unpraktisch bin, was das Werkeln im

Haus anbelangt. Aber dafür habe ich ja zum Glück Eric. Er kommt darin ganz nach seinem Vater, der früher auch alles selbst gerichtet hat. Ich wurde sehr von ihm verwöhnt, und als er so plötzlich umkam, stand ich da wie ein Ochs vorm Berg.«

April sah, wie sich die Augen von Mrs. Walter verdunkelten und ein melancholischer Zug um ihre Lippen entstand. Ob sich auch hier der Spruch *unter jedem Dach ein Ach* bewahrheitete, wie ihre Mutter immer gesagt hatte?

Es entstand ein Moment der Stille, den Eric rasch unterbrach: »Wie du sagtest, du hast ja mich, Mutter. Außerdem ist das Haus in so gutem Zustand, dass so rasch nichts daran getan werden muss.«

April tat sein positives Urteil gut, und sie merkte, wie ihre Wangen sich erneut röteten. Und diesmal war klar, dass es nicht am Kaffee lag. Oh ja, sie mochte diesen Mann. Sie mochte ihn sogar sehr. Dabei wusste sie im Grunde wenig über ihn. Ob er liiert war? Oder war er möglicherweise geschieden und hatte zwei Kinder? Auch das schloss sie aus, aus welchem Grund auch immer. Er mochte zurückhaltend sein, seine Kinder jedoch hätte er sicher einmal erwähnt. Sie seufzte innerlich und widmete sich wieder dem schmackhaften Frühstück.

Nach einer halben Stunde, die April wie im Flug verging, hatte sie das Gefühl, bis zum Abend keinen Bissen mehr herunterzubringen. Mit einem herzlichen Dankeschön und Mrs. Walters guten Wünschen für einen herrlichen Tag bei den Hochlandfestspielen verabschiedeten sie sich.

Auf die Frage, ob sie am Abend bei ihr übernachten würden, hielt Eric sich die Antwort offen. »Ich weiß es noch nicht, Mutter. Ich rufe auf jeden Fall früh genug an, damit du Bescheid weißt.«

Sie traten hinaus auf die Straße und stiegen ins Auto. April hob den Arm und winkte Mrs. Walter ein letztes Mal zu. »Was für eine reizende Frau.«

»Ja, nicht wahr?«, erwiderte Eric, und April merkte, dass sie ihren Gedanken laut ausgesprochen hatte.

»Wobei ich sie manchmal daran erinnern muss, dass ich bereits erwachsen bin.« Schmunzelnd warf er einen Blick zu jeder Seite und verließ dann den Parkstreifen vor dem Haus, wobei auch er den Arm zum Abschied hob.

»Haben Sie noch Geschwister?«

»Nein, ich war ein Einzelkind. Jedoch ein glückliches, das ohne Probleme durchs Leben ging. Und das heute noch, obwohl ich jetzt kein Kind mehr bin«, lächelte er.

»Sie scheinen mir ohnehin eine glückliche Familie zu sein«, sagte April spontan.

»Ja, im Grunde waren wir das. Bis vor einem Jahr. Da änderte sich vieles. Mein Vater kam bei einem Flugzeugunglück ums Leben.«

»Oh, wie traurig«, rief April leise.

»Ja, das war es. Dabei hatten die beiden noch so viel vor«, antwortete Eric.

Seine Stimme klang belegt, und April vermied es, ihn anzuschauen.

»Er war auf dem Rückflug von einer geschäftlichen Besprechung in den USA. Die Maschine stürzte ins Meer. Niemand hat überlebt«, sagte er leise. »Das Schlimmste für mich und meine Mutter war jedoch, dass ihre Leichen bis heute nicht geborgen werden konnten. Sie werden wohl niemals gefunden werden.«

»Das tut mir so leid.«

»Das ist auch der wahre Grund, weswegen meine Mutter noch nicht ihr neues Haus besichtigt hat. Sie weigert sich strikt, zu fliegen. Und da die Fahrt sehr lang ist, muss sie Geduld haben.«

»Das kann ich verstehen. Ich erinnere mich an das Unglück, es stand ja in allen Zeitungen. Wie traurig für Sie und Ihre Familie.«

Er umklammerte fest das Steuer, sodass die Knöchel seiner Hände weiß hervortraten. »Gerade auch für meine Mutter. Das Leben hatte es bis dahin immer gut mit ihr gemeint, und der Schlag hat sie womöglich noch mehr getroffen als mich. Mein Vater hat Mutter sehr geliebt und sie verwöhnt, wo er nur konnte. Wenn es nach ihm gegangen wäre, hätte sie auch nicht arbeiten müssen. Doch sie liebte ihre Arbeit so sehr, und die hat ihr auch in der schwersten Zeit geholfen, sich in ihrem neuen Leben zurechtzufinden. Sie war anfangs ja völlig hilflos, auch wenn ich sofort aus Kanada zu ihr gezogen bin. Erst jetzt beginnt sie, sich ein wenig zu fangen. Da kommt der Umzug nach Orkney natürlich ganz recht. Sie hat die

Insel immer geliebt, hier in Aberdeen hält sie nichts mehr.« Er schaltete das Radio ein.

April nickte schweigend. Sie hätte ihn gern so vieles gefragt, doch sie hielt den Mund. Es war zu früh für Fragen, sie hatten ja noch so viel Zeit übers Wochenende.

Sie verließen die Stadt und kamen zügig voran. Von einem wolkenlosen blauen Himmel strahlte die Sonne auf das malerische Hochland. Auf baumlosen Hügeln in grünbraunen Schattierungen blühten überall Heidebüsche, die ein violettes Feuerwerk versprühten, und April freute sich, dass der Wetterbericht gutes Wetter für das gesamte Wochenende versprach, wenn es auch ziemlich kühl zu werden schien.

Gegen eins hatten sie endlich einen Parkplatz in dem völlig überfüllten Braemar gefunden. April hatte das Gefühl, dass sich Tausende Menschen aus aller Welt in der Stadt aufhielten.

»Wie sind Sie eigentlich an die Sitzplatz-Karten gekommen?«, erkundigte sie sich, als sie nach dem Genuss eines Hotdogs den Platz aufsuchten, auf dem die ersten Spiele stattfinden sollten.

»Ich habe einen Freund, der hat sie an mich abgetreten. Seine Freundin hat die Spiele schon oft miterlebt, und auch er vermisst das Spektakel nicht, wie er mir sagte.«

»Ich mag sie jedes Jahr aufs Neue sehen«, seufzte April und ließ ihren Blick über die Zuschauermenge schweifen. Vielleicht hatte sie diesmal Glück und bekam einen der Royals zu Gesicht, was bisher nie der Fall gewesen war, obwohl die Spiele dafür berühmt waren, dass sich immer ein Mitglied der Familie blicken ließ. Schloss Balmoral, in dem die Queen traditionell die Ferien verbrachte, lag ganz in der Nähe. Die Dudelsackspieler legten los, und angesichts des sagenhaften Lärms, den sie verursachten, legte sie den Kopf in den Nacken und lachte vergnügt.

»Fiona würde sich jetzt Ohrstöpsel rausholen«, rief sie Eric zu. Der jedoch schüttelte den Kopf und deutete auf seine Ohren. Sie wiederholte den Satz und neigte den Kopf dabei weit in seine Richtung.

Wie angenehm er duftete. Ihr Herzschlag beschleunigte sich, vor allem, als beim Baumstamm-Wettbewerb ihr gemeinsamer Favorit gewann und Eric vor Begeisterung ihre Hand im Freudentaumel hochriss. Wahrscheinlich lag es am Biergenuss, dass er seine Zurückhaltung aufgab, dachte sie, als er ihr sogar einen Kuss auf die Wange drückte. Eins stand fest – heute Abend würde keiner von ihnen beiden mehr mit dem Auto irgendwohin fahren. Sie hatte ohnehin keine Ahnung, wo sie heute Abend schlafen würden, es kümmerte sie nicht. Zur Not würden sie eben im Auto übernachten.

Doch das blieb ihr erspart. Ein weiteres Mal überraschte er sie, indem er sie mitten ins Zentrum von Braemar führte, nicht weit vom Parkplatz ihres Autos.

»Darf ich bitten, Madame?«, sagte er galant, als er ein schmales, zweistöckiges Gebäude betrat und die Wohnungstür im ersten Stock aufschloss. »Mein Freund hat mir seine Wohnung überlassen, wir dürfen hier das Wochenende verbringen, wenn wir wollen.«

Überrascht betrat sie die hell und freundlich eingerichtete Wohnung mit zwei Zimmern und einem winzigen Bad. Auf einen Blick erkannte sie, dass einer von ihnen beiden auf dem Sofa im Wohnzimmer schlafen musste. Sie ahnte ebenso, dass derjenige kaum ein Auge zumachen würde, denn das Sofa bot gerade einmal im Sitzen zwei Personen Platz. Und die mussten sehr schlank sein. Doch sie hielt den Mund. Sie war viel zu aufgeregt und zu allem bereit, denn eins stand fest: Sie hatte sich restlos verliebt. Wenn sie der Schein nicht trügte, dann erging es Eric ebenso. Dennoch freute es sie, dass er hier in dem intimen Raum des Wohnzimmers ein wenig verlegen wurde, als sie auf das Sofa zeigte und ihm ihre Bedenken klarmachte. Nach dem ungewohnten Bier war jegliche Scheu von ihr abgefallen.

Er fuhr sich durch sein dichtes Haar. »Ich … hatte gehofft, dass wir dieses Problem relativ leicht aus der Welt schaffen würden«, sagte er schließlich, und sie bemerkte, dass sich seine gesunde Gesichtsfarbe bei seinen Worten noch verstärkte.

»Indem du dich hier auf den Teppich legst, während ich nebenan ruhe«, sie lächelte. Im Laufe des vergnügten Tages waren sie dazu übergegangen, sich zu duzen. Ach, wie sehr wünschte sie sich, die Nähe dieses attraktiven Mannes zu spüren. Sie mochte ihn, sie mochte ihn sogar sehr, und er fand augenscheinlich ebenfalls Gefallen an ihr. Auf besondere Weise zog er sie an, und sie fühlte, wie die Luft um sie herum beinahe elektrisiert prickelte.

Er trat auf sie zu und zog sie in die Arme. »Eigentlich gäbe es da noch eine zweite Möglichkeit.«

Sie schmiegte sich an ihn. »Wir verlassen das Haus und machen die Nacht in den Kneipen durch«, murmelte sie verschmitzt. Auf einmal war die Müdigkeit, die sie noch vor einer Viertelstunde überfallen hatte, verschwunden.

»So ähnlich. Die Nacht durchmachen klingt gut, außer dass wir die Kneipen dafür links liegen lassen und hier in der Wohnung bleiben«, raunte er leise in ihr Ohr.

»Wir zwei allein …«, raunte sie ihm kokett zu. Zugleich spürte sie, wie sein durchdringender Blick und sein berauschender Duft sie zu überwältigen drohten. Seine Berührungen hinterließen ein angenehmes Kribbeln auf ihrer Haut. Ihr Herzschlag ging schneller vor Aufregung darüber, was als Nächstes kommen sollte. Ja, sie mochte Eric sehr.

»Ich möchte dir nur vorher sagen, dass das normalerweise nicht meine Art ist. Ich meine –«, begann er.

»Du meinst?«

»Dass ich nur mit Frauen die Nacht verbringe, die ich sehr mag, also nicht nur für eine Nacht oder so …«

Sie lächelte. Seine Worte gefielen ihr, denn auch sie war kein Mädchen für eine Nacht. Ja, er fühlte sich gut an, dieser Mann. Sie war sich ganz sicher, dass sie ihm vertrauen konnte.

»Das hast du sehr schön gesagt.«

Zärtlich umfasste er ihr Gesicht und bedachte sie mit einem intensiven Blick. April hatte das Gefühl, dass sie das Verlangen gleich überwältigen würde. Sanft legte er seine warmen, weichen Lippen auf die ihren. Während sie in einem langen, leidenschaftlichen Kuss versanken, zog er sie ins Schlafzimmer.

7

Am folgenden Morgen standen sie erst nach neun auf. April war schlicht glücklich. Versonnen betrachtete sie eine Weile das entspannte Gesicht von Eric. Was für ein wunderbarer Mann, was für ein exzellenter Liebhaber! Sie war sich völlig gewiss, dass er in ihr nicht nur eine Frau für eine Nacht sah. Er hatte ihr die zärtlichsten Liebesworte ins Ohr geflüstert und ihr gestanden, dass er gleich am ersten Tag hingerissen von ihr war. Nicht gerade auf der Straße, aber in dem Augenblick, als sie ihn so resolut in ihr Haus gezogen hatte, aus Furcht, ihn könnte der Blitz treffen – der ihn dann ja auch getroffen hatte.

»Du warst so süß mit deiner grünen Maske«, er grinste.

Sie stieß ihn in die Seite. »Und du warst gar nicht süß, so wie du dich mit deinem Auto angestellt hast«, erwiderte sie.

»Es war das erste von mir erworbene Auto, das das Wort ›Automobil‹ verdient. Vorher hatte ich nur alte Rostlauben gefahren«, verteidigte er sich.

»Du hast mir noch gar nicht erzählt, was du alles getrieben hast«, erinnerte sie ihn.

Er zog sie erneut in die Arme. »Das kommt später. Das Wichtigste weißt du, nämlich dass ich mich schwer in dich verliebt habe.«

»Das ist tatsächlich das Wichtigste«, seufzte sie.

Nach einem ausgiebigen Frühstück aus den Beständen des Freundes von Eric verließen sie das Haus. Sie hatten beschlossen, am Nachmittag zurück nach Aberdeen zu fahren. Das war praktisch für April, denn das Haus seiner Mutter befand sich ja in der Nähe der Interior-Firma. Auch Erics Termin lag nicht weit davon entfernt, wie er ihr erzählte. Um was es sich dabei handelte, teilte er ihr nicht mit, und es interessierte sie auch nicht.

Um eins rief er seine Mutter an, um ihre Rückkehr anzukündigen, nachdem sie am Morgen noch bei den Säbeltänzen zugeschaut hatten. Das Wetter hielt sein Versprechen, und sie genossen die wärmenden Strahlen der Sonne, während sie den Darbietungen zuschauten.

Um vier erreichten sie wieder Aberdeen, und nachdem sie bei seiner Mutter Tee getrunken und dazu leckere *Scones* vertilgt hatten, stiegen sie hinauf in Erics geräumige Wohnung. Arm in Arm gingen sie durch die Räume, die mit hellen Möbeln ausgestattet waren. Die farbenfrohen, modernen Bilder an den Wänden und die bunten Leinenkissen auf den naturfarbenen Sofas sorgten für belebende Akzente.

Die Einrichtung gefiel April sehr, vor allem die Tagesdecke auf dem Doppelbett, die handgewebt war und abstrakte Muster in gedeckten Farben aufwies. Sie streckte die Arme aus. »Wirst du das alles hier nicht vermissen?«, fragte sie ihn, denn sie war begeistert von der geschmackvoll eingerichteten Wohnung.

»Nein. Ich lebe ja schon länger nicht mehr hier. Die letzten Jahre vor dem Unfall meines Vaters habe ich in Kanada gelebt und bin nur einmal jährlich hergekommen. Ich freue mich auf mein neues Leben auf Orkney«, versicherte er ihr. »Und auf meine neue Liebe.« Mit diesen Worten zog er sie wieder an sich und küsste sie zärtlich.

Sie stellte keine Fragen, wer seine letzte Liebe gewesen war oder wann diese geendet hatte. Seine Worte reichten ihr. Sie gehörte nicht zu den Frauen, die die Vergangenheit eines Mannes bis ins Detail kennen mussten. Das war vorbei. Wenn er darüber reden wollte, würde er das irgendwann tun. Wenn nicht, auch egal. Bei ihr zählte nur das Heute.

Das Abendessen verlief sehr harmonisch. Sie lachten viel und genossen das hervorragend geschmorte Lamm mit den grünen Bohnen und den Streuselkuchen, den seine Mutter ihnen servierte.

April war sich sicher, dass Mrs. Walter sehr genau wusste, dass sie sich verliebt hatten, die junge Frau konnte sich einfach nicht verstellen, und sie wollte es auch nicht. Außerdem verrieten Erics Augen und die liebevollen Blicke, die er ihr immer wieder zuwarf, genau, wie es um sie beide stand. Und dass seine Mutter mit der Wahl ihres Sohnes einverstanden war, das bewies April die Freude, die aus ihren Augen blitzte, als sie zum Abschluss mit einem Glas Sekt auf den kommenden Tag anstießen.

»Ich wünsche Ihnen alles Glück, dass sich Ihre Wünsche erfüllen mögen«, strahlte die ältere Dame April an.

»Danke, das kann ich gebrauchen.«

Gegen neun verabschiedeten sie sich voneinander.

Mrs. Walter hatte es sich nicht nehmen lassen, ihnen am Morgen ein Frühstück zu bereiten, obwohl Eric sich angeboten hatte, dies zu erledigen. »Kinder, ich habe so viel Zeit, seitdem ich nicht mehr arbeite. Lasst mich nur machen und konzentriert ihr euch auf eure Geschäftstermine«, befahl sie gutmütig.

»Ich hoffe, ich rede gleich nicht nur Unsinn, ich bin ziemlich aufgeregt«, sagte April, als sie sich von Eric verabschiedete.

Seine Mutter hatte bereits gefrühstückt, als sie heruntergekommen waren, und sich verabschiedet, bevor Eric und April sich an den Tisch gesetzt hatten, nicht ohne den beiden noch einmal gutes Gelingen zu wünschen.

Eric, dem April natürlich in der Nacht alles haarklein erzählt hatte, mit wem sie den Termin hatte und worum es dabei ging, schmunzelte. »Nur die Ruhe, man wird dir schon nicht den Kopf abreißen.«

»Das würde ich denen auch nicht raten«, sagte sie selbstbewusster, als sie sich momentan fühlte. »Aber es hängt so viel für mich davon ab. Es wäre mein erster großer Auftrag.« Sie strich sich die feinen Strähnen zurück, die sich aus ihrem strengen Knoten gelöst hatten, zu dem sie ihre Locken heute zu bändigen versucht hatte. »Ich werde ihnen ein völlig neues Konzept anbieten. Meine Muster sind wirklich außergewöhnlich, wie du selbst schon festgestellt hast. Ich will, dass man mir freie Hand lässt. Sie sollen mich selbstständig, auf eigene Verantwortung eine Kollektion entwerfen und natürlich auch herstellen lassen. Ich werde den Leuten praktisch ein fertiges Paket anbieten. Selbstverständlich muss die Decken-Kollektion dann unter meinem Namen laufen, sozusagen ein besonderes Markenzeichen werden«, sprudelte sie hervor, »so einfach ist das.« Sie spürte, wie ihr das Blut vor Begeisterung in die Wangen stieg.

»Und du glaubst, das macht Sinn? Schließlich suchen die Leute lediglich eine Weberin, die ihre Wünsche umsetzen soll.«

»Tz!« Die sanfte Skepsis in seiner Stimme ließ April ungeduldig den Kopf schütteln. »Was sollen sie sich mit Häppchen zufriedengeben, wenn ich ihnen einen Braten mundgerecht serviere – wenn du verstehst, was ich meine. Ich gehe die Sache professionell an und werde mich und meine Produkte in den schillerndsten Farben verkaufen, sodass sie zugreifen *müssen*! Natürlich zu anständigen Konditionen. Es wird Spaß machen, ein wenig zu pokern«, fügte sie mit einem spitzbübischem Lächeln hinzu.

»Vielleicht solltest du beachten, dass du es nicht mit Dilettanten zu tun hast«, gab Eric trocken zu bedenken. »Solche Leute können sich als Haifische entpuppen.«

Aprils Lächeln verschwand. Trotzig schob sie die Unterlippe vor. »Und wenn schon. Ich werde ihnen die Sache so schmackhaft machen, dass den Herren der Mund wässrig wird und sie nicht widerstehen können. Die Qualität meiner Ware spricht für sich, und ich trage das volle Risiko. Das heißt, ich sorge dafür, dass die Sachen pünktlich fertig werden, ich verbürge mich für die Qualität und so weiter, was nur in ihrem Sinne sein kann. Ich entwerfe und stelle alles in Eigenregie her. Diese Firma muss lediglich den Vertrieb der Ware übernehmen.«

»Was manchmal das Schwierigste an einer Sache ist.«

»Ich wundere mich, dass du dich nicht selbst bei denen bewirbst«, sagte sie mit zusammengezogenen Brauen. »Nicht, dass ich dir das jetzt raten möchte, bevor ich mich und meine Sachen eingebracht habe«, fügte sie mit schelmischem Lächeln hinzu.

»Ich habe eigene Pläne«, erwiderte er, ohne ihr dabei in die Augen zu schauen.

»Die da wären?«

Sie verließen die Küche und betraten den Flur. Er nahm ihren Mantel und half ihr, hineinzuschlüpfen. »Meine Pläne interessieren jetzt nicht. Jetzt bist du zuerst dran. Aber pass auf, dass sie dich nicht über den Tisch ziehen.«

April schlüpfte in den Mantel und knöpfte ihn zu. »Danke für deine aufmunternden Worte.«

Seine Miene verschloss sich. »Willst du schöne Worte fürs Poesiealbum oder professionelle Ratschläge?«

»Ratschläge sind gut – damit hast du bisher gegeizt«, erwiderte April spitz.

»Ich nehme an, du willst an deiner Arbeit auch was verdienen«, fuhr er mit sachlicher Stimme fort. »Ein Wunsch, mit dem du nicht allein dastehst. Dieser Konzern will auch leben – somit müssen schon zwei von deinem Braten satt werden. Warum, meinst du, sollte man an deiner Strategie Interesse haben?«

»Herrje, bist du schwer von Begriff!« Ihr steifer Rücken und die starren Schultern waren Zeichen dafür, wie angespannt sie war. »Meine Sachen sind arbeits- und zeitaufwendig; das rechtfertigt einen höheren Preis«, presste sie hervor und wies auf den Trolley, der Platz für das Gepäck einer Reise um die Welt beherbergen konnte, in dem sie ihre Decken und Jacquard-Muster verstaut hatte. »Diese außergewöhnlich fein gefertigten Decken sind exklusiv, damit kann die Firma ihre Palette erweitern, und gleichzeitig wären Kapazitäten frei für ihre Nullachtfünfzehn-Modelle.«

»Sofern man dort Nullachtfünfzehn-Modelle herstellt, wie du den Leuten unterstellst«, gab er zu bedenken.

»Doch, darunter sind in der Tat keine außergewöhnlichen Sachen, ich habe mich schließlich im Internet informiert«, unterrichtete ihn April obenhin.

»Vor allem wirst du mit Sicherheit keinen großen finanziellen Spielraum haben«, überging er ihre Worte.

»Woher willst du das wissen?« April warf ihm einen abschätzenden Blick zu.

»Ich weiß es nicht, aber ich kann rechnen.«

»Warten wir's ab.«

Er zog sie in den Arm. »Sei nicht böse, ich möchte nur, dass du nicht enttäuscht wirst«, sagte er leise und küsste sie auf die Nasenspitze.

»Ich bin dir nicht böse. Ich brauche nur ein paar aufmunternde Worte.«

»Deine Sachen sind Spitzenklasse. Du wirst Erfolg damit haben.«

»Dann wünsche mir Glück, damit ich die Bosse da oben von mir und meiner Arbeit überzeugen kann!«

Er küsste sie innig. »Na dann also, viel Glück. Soll ich dich wirklich nicht hinfahren? Bei deinem Trolley handelt es sich schließlich nicht gerade um Handgepäck.«

»Nein, danke, es sind nur fünf Minuten von hier zu Fuß, das schaffe ich schon.«

»Mit diesen mörderischen Schuhen wirst du dir den Hals brechen, also sag dann nicht, ich hätte dich nicht gewarnt.«

»Still! Wünsch mir einfach nur Erfolg. Und ich wünsche dir ebenfalls Erfolg für deine Geschäfte«, fügte sie in letzter Sekunde mit schlechtem Gewissen hinzu, denn tatsächlich hatte sie den ganzen Morgen nur an ihre eigene Unternehmung gedacht.

»Danke. Wir sehen uns dann wie verabredet wieder hier und fahren dann gemeinsam zum Flughafen.«

Sie nickte. Ihr Mund war trocken. So viel hing vom Erfolg dieser Mission ab. Momentan war sie alles andere als gelassen und kaum in der Lage, weiter als bis an die nächste Stunde zu denken.

»Dir auch viel Glück«, brachte sie hervor. Sein Termin fand eine Stunde später statt, und auch er schien an diesem Morgen angespannt, wenn er es auch zu vertuschen versuchte, indem er das Gespräch auf die vergangenen zwei Tage brachte und sich Mühe gab, nicht über Geschäfte zu reden.

Sie umarmte ihn ein letztes Mal, dann nahm sie ihren Trolley und trat auf die Straße. Sie holte tief Luft und stöckelte auf ihren hohen Schuhen zu der Interior-Firma. Schon nach einer halben Minute bereute sie, nicht doch sein Angebot angenommen zu haben, sie zu fahren.

Vor einem riesigen Glaspalast hielt sie an. Fiebrig vor Nervosität musste sie anschließend eine Viertelstunde warten. Unruhig schaute sie auf die Uhr und versicherte sich schließlich bei der netten Sekretärin – einer Frau mittleren Alters, rundlich, gepflegt und mit klugen Augen, die mit rasender Geschwindigkeit auf ihre Computertastatur einhämmerte – dass sie sich nicht im Termin vertan hatte.

»Keine Sorge, Mr. McDermot befindet sich zurzeit nur gerade in einem wichtigen Telefonat. Er weiß aber, dass Sie auf ihn warten. Es kann sicher nicht mehr lange dauern. Möchten Sie inzwischen einen Tee?«

»Ja, gern«, antwortete April dankbar und versuchte, sich beim Lesen der ausliegenden Tageszeitung ein wenig zu entspannen.

Schließlich erschien der sympathisch aussehende Manager der Firma, der sich als Compton McDermot vorstellte. Er schien Anfang vierzig, war mittelgroß und hatte ein schmales Gesicht mit einer hohen Stirn. Sein Bürstenhaarschnitt unterstrich seine gepflegte Erscheinung. Er begrüßte sie auf charmante Art und entschuldigte sich, dass er sie hatte warten lassen.

Nachdem April ihm ihre Musterkollektion vorgelegt und das zufriedene Gesicht des Mannes bemerkt hatte, spürte sie, wie sich ihre Nervosität legte.

»Ihr Vorschlag, Ihre Kollektion als eigene Marke herauszubringen, ist neu, nichtsdestoweniger sehr interessant. Ich bin der Meinung, dass wir es versuchen sollten«, sagte er nach einigen nervenzerfetzenden Sekunden. Und dann nannte er die Summe, die er bereit war, zu zahlen.

April hielt den Atem an und traute ihren Ohren kaum.

Sie hatte es geschafft! Mit so viel Geld hätte sie nie gerechnet.

»Ich möchte, dass die Kollektion rechtzeitig zu Weihnachten fertig ist. Glauben Sie, dass Sie das bewerkstelligen können?«

April nickte eifrig. Was immer von ihr verlangt wurde, sie würde es schaffen.

Mit einem freundlichen Lächeln fuhr er fort: »Den Vertrag würde ich Ihnen dann zukommen lassen. Sind Sie damit einverstanden?«

»Aber natürlich«, stieß April hervor. Sie hätte zu allem Ja und Amen gesagt.

»Dann wäre das geklärt.« Die Augen von Mr. McDermot ruhten einen Moment wohlwollend auf ihrem erhitzten Gesicht.

April war guten Mutes, dass sie ihm vertrauen konnte. Die Summe, die er zahlen wollte, erschien ihr hoch, auch wenn sie es versäumt hatte, sich Gedanken über den Gewinn zu machen. Und selbst wenn der schlechteste Fall eintreten sollte und sie bei diesem ersten Versuch noch keinen Gewinn erzielen würde, so war es doch ein erster Schritt.

Und dann machte er ihr einen weiteren Vorschlag, der ihr den Atem nahm. Sie hatte natürlich nicht nur ihre Muster für die Decken eingepackt, sondern auch einige der Jacquard-Vorlagen, unter anderem mehrere der Bezugsstoffe, die häufig für die stilgerechte Restaurierung von historischen Möbeln eingesetzt wurden. Er hatte sie gesehen und war begeistert gewesen, und so durfte sie sich an Polsterstoffe heranwagen – etwas, das sie sich durchaus zutraute, woran sie jedoch nie im Traum gedacht hätte. Er hatte sich allerdings nicht für die historischen Muster entschieden.

»Denn auch wenn ihre alten Muster fantastisch sind, so müssten Sie sich hierbei an unsere vorgegebenen Muster und Farben halten, und natürlich sind hierzu keine Pflanzenfarben notwendig«, schränkte er ein.

April schluckte, nickte dann aber. »Selbstverständlich«, entgegnete sie mit rauer Stimme.

»Auch hierzu werde ich Ihnen in den nächsten Tagen den Vertrag zusenden.«

April nickte beglückt. Damit hatte sie überhaupt nicht gerechnet. Sein Vorschlag übertraf ihre kühnsten Träume.

Als sie sich verabschiedet hatte, trat sie mit glühenden Wangen hinaus in den Regen Aberdeens. Sie schaute auf die Uhr – zehn nach elf. Betäubt sah sie sich um. Sie hatte jedes Zeitgefühl verloren. Die Unterredung, die ihr Leben verändern sollte, hatte zu ihrer Verwunderung nicht länger als eine Stunde gedauert. Und sie hatte sich solche Gedanken gemacht, stellte sie kopfschüttelnd fest, dabei war alles viel einfacher gelaufen, als sie erwartet hatte.

Ja, lieber Eric, du wirst Augen machen, dachte sie – du Skeptiker. Sie hatte doch gewusst, dass es klappen würde! Wenn sie etwas gut konnte, dann war es, andere Menschen von einer Sache zu überzeugen – wenn sie es selbst war, wie in ihrem Fall. Natürlich blieb immer ein kleines Restrisiko. Aber sie war jung, da konnte man ein solches schon mal eingehen. Was sollte an der Sache schon schief gehen?

Zufrieden spazierte sie zurück zum Haus von Mrs. Walter.

»Hallo, Sie strahlen ja noch heller als der Kronleuchter. Also scheint ja alles gut gegangen zu sein«, wurde sie von Erics Mutter fröhlich begrüßt.

»Ja, es war einfach super. Ich habe zwei fantastische Aufträge erhalten, ach, ich bin ja so aufgeregt«, sprudelte April hervor. »Ist Eric noch nicht zurück?«

»Nein, ich habe nichts gehört, aber sein Termin war ja auch später«, antwortete Mrs. Walter. »Wie wäre es, Liebes, möchten Sie noch einen Tee, bevor Sie sich wieder auf die Reise machen?«

»Ja, danke, das wäre sehr nett«, nickte April.

»Und dazu ein Stück von meinem Apfelkuchen«, bestimmte Mrs. Walter.

»Dann passe ich zwar nicht mehr in die engen Flugzeugsitze«, kicherte April, »aber egal, das muss zur Feier des Tages einfach sein.«

»Da man, wie ich gelesen habe, angedacht hat, uns in hoffentlich ferner Zukunft sogar im Stehen zu transportieren oder die andere Variante, uns übereinanderzustapeln, müssen wir wohl dankbar sein, dass es überhaupt noch Sitze für jeden Einzelnen im Flieger gibt«, murmelte Mrs. Walter mit dumpfer Stimme.

Sie setzten sich in die Küche, und April begann zu plaudern.

»Wie heißt denn die Firma, für die Sie die Decken und Polsterstoffe fertigen sollen?«, fragte Mrs. Walter, während sie April ein Stück von dem Kuchen auf den Teller gab.

»Es ist –«, begann April, da wurde sie durch ein lautes Scheppern im Flur unterbrochen und hielt erschrocken inne.

»Oh, Peter, du dummer Kater«, schalt Mrs. Walter und stand auf. Sie ging in den Flur, und als sie zurückkehrte, folgte ihr auf dem Fuße ein Kater in der Größe eines Hundes.

»Er ist so ein schönes Tier«, rief April begeistert aus.

»Ja. Eine amerikanische Waldkatze. Ich liebe ihn, aber er stellt immer Dummheiten an. Heute Morgen hatte er beschlossen, doch tatsächlich im Schirmständer ein Nickerchen zu halten.« Mrs. Walter lachte. »Ich wette, er ist zu Tode erschrocken, als er versuchte, aus seinem kuscheligen Versteck herauszukommen und mit dem ganzen Topf umkippte.«

April fuhr dem hübschen Kater über das Fell, was dieser zum Anlass nahm, auf ihren Schoß zu hüpfen und sie, begleitet von sanftem Schnurren, zu beäugen.

»Ich hoffe, er gewöhnt sich ein auf Mainland.«

»Die Hauptsache für ihn ist doch sicherlich, dass Sie in seiner Nähe sind«, sagte April, die keine Ahnung von Katzen hatte.

»Ich hoffe«, seufzte Mrs. Walter. »Er wird sicherlich einige Dinge vermissen, an die er hier gewöhnt war. Aber ich habe beschlossen, mit kleinem Gepäck zu reisen, denn ich werde mich in dem neuen Häuschen auf jeden Fall verkleinern. Ich bin froh, dass Eric mir riet, alles einer Umzugsfirma zu überlassen. Ich habe nur einige Sachen markiert, die auf jeden Fall hierbleiben werden.«

April nickte. Das erklärte die gelben Kreuze auf kleinen Zetteln, die sie an einigen großen Möbelstücken gefunden hatte.

In diesem Moment öffnete sich die Flurtür, und Eric trat in die Küche. »Hallo, ihr beiden. Ah, Tee. Den kann ich jetzt gebrauchen«, seufzte er und ließ sich auf den Stuhl am Tisch fallen.

Seine Mutter stellte ihm eine Tasse auf das bestickte Set. »Ich habe ganz frischen Apfelkuchen. Möchtest du ein Stück?«

»Ja, er schmeckt wirklich herrlich«, sagte April und schob sich ein weiteres Stück zusammen mit einem dicken Klecks Sahne in den Mund.

»Dann kann ich nicht Nein sagen.«

»Und wie sind deine Gespräche verlaufen?«, erkundigte sich seine Mutter.

»Nicht ganz so, wie ich gehofft habe«, antwortete er vage.

»Das heißt?«

»Das heißt, dass ich ganz neu die Lage überdenken muss«, antwortete Eric ruhig, gab Milch in den Tee und nahm einen kleinen Schluck. Vorsichtig stellte er die Tasse zurück auf den Teller und machte sich dann über den mit Streuseln gedeckten Apfelkuchen her.

»Aber du, April, scheinst ganz zufrieden, hab ich recht?«

April nickte begeistert. »Ich hab auch allen Grund dazu.« Sie schlug die Beine übereinander und wippte auf bloßen Füßen, von den hochhackigen Riemchensandaletten hatte sie sich bereits vor Minuten getrennt.

»Schieß los. Wie ist es gelaufen?«

»Fantastisch!« April strahlte. »Sie waren begeistert und haben mich und meine Kollektion sofort engagiert. Ich wusste es doch, dass man sich selbst vertrauen soll …«, sie sah ihn über den Tisch hinweg gespielt strafend an, »auch wenn manche Miesepeter einem die Suppe schon im Vorfeld versalzen wollen!«

Er hob die Hände. »Meine Betrachtungen sollten nur dazu dienen, dir zu mehr Durchblick zu verhelfen. Die rosarote Brille verzerrt mitunter die Realitäten.«

»Das Leben ist manchmal nur durch die rosarote Brille zu ertragen«, erwiderte sie seufzend.

»Und wie sieht es finanziell aus?«, nahm er den Faden wieder auf.

»Eric, das fragt man doch nicht«, fuhr Mrs. Walter strafend dazwischen.

»Ich darf das, Mutter«, antwortete Eric ganz selbstverständlich.

»Nun, äh, die genannte Summe müsste reichen«, sagte April schnell, was nicht einmal gelogen war, denn die Summe musste einfach reichen, »… nach dem, was ich so überschlagen habe.« Nachdem sie den Satz ausgesprochen hatte, wurde ihr bewusst, wie unprofessionell er klang und wie unvorbereitet sie selbst an die Sache heran gegangen war.

»Überschlagen? Das heißt, du hast nicht einmal …«

»Stopp!«, rief April energisch. »Jetzt wird gefeiert. Ich will nicht wieder neue Unkenrufe hören.«

Eric Walter zuckte die Schultern.

»Und außerdem habe ich noch einen Zusatzauftrag ergattert«, spielte April ihren Trumpf aus. Sie legte eine kleine Kunstpause ein.

»Liebes, spannen Sie uns nicht so auf die Folter«, bat Mrs. Walter und ergriff dabei Aprils Arm.

»Tja, ich darf ab sofort Polsterstoffe anfertigen.«

Eric zog die Brauen hoch, fast sah es schon arrogant aus. »Auch eine eigene Kollektion?«

»Nein, das nun nicht. Ich habe mich dabei an die Vorgaben der Leute zu halten, aber das ist ja nicht schlimm. An den Decken kann ich meine Kreativität austoben, das reicht fürs Erste«, erwiderte April zufrieden.

»Und auch da hast du einen guten Deal abgewickelt?«

»Nun ... ich finde, für den Anfang kann ich zufrieden sein«, erwiderte April mit so viel Selbstbewusstsein in der Stimme, wie sie aufbringen konnte. Woher sollte sie den jetzt schon wissen, ob die gebotene Summe sie am Ende zufriedenstellen würde? Das konnte sie schließlich erst nach Fertigstellung des Auftrags herausfinden, sie war doch keine Geschäftsfrau. Jedenfalls noch keine gewiefte. Alles würde sich finden. Mr. McDermot hatte nicht den Eindruck gemacht, als hätte er sie über den Tisch ziehen wollen.

»Und wie heißt nun die Firma, für die Sie arbeiten werden, April?«, mischte sich Erics Mutter ein.

»Es ist die Interior-Firma McDermot Ltd. Gleich hier um die Ecke«, antwortete April mit leuchtenden Augen.

»Aber, Eric, das ist doch –«,

»Ja, genau, Mutter. Das ist eine der größten Interior-Firmen Schottlands«, unterbrach er den Ausruf seiner Mutter scharf und blickte ihr bedeutsam in die Augen, wie April bemerkte.

»Äh, ja, genau«, haspelte Mrs. Walter herunter und stand auf.

»Gibt es ein Problem mit der Firma?«, fragte April erstaunt.

»Nicht, dass ich wüsste«, entgegnete Eric. »Ganz im Gegenteil. Also dann, April, viel Glück. Mögen deine Maschinen durchhalten und mögest du dich nicht mit diesen zwei Aufträgen übernommen haben.«

April dachte daran, dass sie ihm von ihren Problemen mit den altertümlichen Maschinen berichtet hatte, und ärgerte sich jetzt darüber. »Meine Maschinen sind nicht kleinzukriegen, die laufen noch, wenn deine schon lange nicht mehr dazu in der Lage sein werden«, sagte sie mit Trotz in der Stimme. »Ich werde die erste Unternehmerin der Orkneys sein, die den Weltmarkt erobert.«

»Du übertreibst. Da könnte ich dir schon noch einige nennen.«

April rollte die Augen. »Dann werde ich eben eine dieser Unternehmerinnen sein«, sagte sie.

»Weißt du schon, wie deine Firma heißen wird?«

»Ich dachte an ›Insi Orc‹.«

Ein Schmunzeln umspielte seine Lippen. »Klingt gut, wenn mir auch schleierhaft ist, was die Insel der wilden Eber mit der Herstellung hochwertiger Decken und Stoffe zu tun hat.«

Sie warf die Hände in die Höhe. »Ist doch egal, schließlich kennen die Wenigsten die Bedeutung dieses Namens. ›Insi Orc‹ inspiriert und klingt geheimnisvoll. In dem Namen schwingt einfach Musik mit. Woher, wenn ich fragen darf, kennst du eigentlich die Übersetzung?«

»Du vergisst, dass meine Mutter von Orkney stammt.«

»Also ich finde den Namen spitzenmäßig«, sagte Mrs. Walter. »Noch irgendjemand Tee?«

»Nein, danke, Mutter. April, du solltest jetzt aufbrechen«, wandte Eric sich an April. »Damit du früh genug am Airport bist.«

»Wieso ich?«, sagte April erstaunt. »Ich dachte … du sagtest doch, du kämst mit zurück nach Kirkwall«, entfuhr es ihr enttäuscht.

Wieder wich er ihrem Blick aus, und sie wunderte sich erneut. »Meine Pläne haben sich geändert. Ich muss noch eine Weile hierbleiben.«

»Ach, das ist ja schön«, rief Mrs. Walter.

April stand auf. Man könnte meinen, dass er etwas im Schilde führt, dachte sie. Oder dass er neben dir noch eine andere hat, flüsterte eine warnende Stimme im Hinterkopf. Aber Unsinn. Seine verliebten Blicke, seine Küsse, die vergangene Nacht … Da waren keinerlei Anzeichen von Betrug oder Hinterhältigkeit gewesen.

»Das kommt ja plötzlich. Schade. Aber von mir aus können wir sofort los. Du fährst mich doch zum Flughafen?«

»Natürlich.« Eric erhob sich ebenfalls.

»Dann bis später, mein Junge«, sagte Mrs. Walter.

April bemerkte, wie ernst ihre Miene war. Sicher sorgte sie sich, dass Erics Gespräche anscheinend nicht so gut verlaufen waren. Aber Eric war stark, der würde einen Misserfolg schon verkraften, dachte sie.

Sie streckte ihr die Hand hin. »Herzlichen Dank für alles, Mrs. Walter. Ihr Essen war eine Wucht. Ich freue mich, wenn Sie zu uns auf die Insel kommen und hoffe, Sie sind zufrieden mit dem Haus.«

Mrs. Walter ergriff ihre Hand mit beiden Händen und schüttelte sie. »Und Ihnen, Miss Gowrie, nochmals alles Gute. Ich kenne Sie noch nicht lange, aber ich bin gewiss, dass Sie es schaffen werden. Sie kommen ganz nach Ihrem Vater, der war auch so ein Tausendsassa. Ich mochte ihn sehr«, sagte sie.

April lächelte über die herzlichen Worte der älteren Dame. Wenn sie wüsste, dachte sie, dass mein Vater eigentlich nur mein Ziehvater ist. Trotzdem, er hatte ihr alles beigebracht, was ihr im Leben weitergeholfen hatte. Er hatte alles darangesetzt, ihre Stärken zu fördern und ihr geholfen, Misserfolge zu ertragen. Und er hatte ihr beigebracht, ihre Schwächen zu bekämpfen, wenn nicht gar zu überwinden. Das konnte nicht jeder leibliche Vater von sich behaupten.

Sie folgte Eric in den Flur, wo sie schon am Morgen das Gepäck bereitgestellt hatten. Zusammen traten sie auf die Straße. Der Regen hatte aufgehört, zum Glück wehte nun auch der Wind nicht mehr so stark. Dennoch waren Luftlöcher zu befürchten, dachte April mit leisem Bangen.

Am Flughafen umarmten sie sich, und die leise warnende Stimme im Hinterkopf verschwand. »Ich freu mich auf dich. Vergiss nicht, dass wir morgen Nachmittag bereits den Termin beim Notar haben, um den Vertrag zu besprechen«, bat sie.

»Wie könnte ich das vergessen? Ich werde sehen, dass ich schon am Vormittag wieder zurück bin«, entgegnete er ernst. »Wir sehen uns.« Sie küssten sich ein letztes Mal, dann drehte er sich um und verließ das Terminal.

Mittags erreichte sie nach einem unruhigen Flug schließlich wieder Mainland. An diesem Tag, hatte sie beschlossen, würde sie die Zimmer in Ordnung bringen, mit Fiona telefonieren und sich danach einfach ausruhen, damit sie sich ab morgen in die Arbeit in ihrer Weberei stürzen konnte.

Fiona versicherte ihr, dass sie sich morgen ebenfalls frühzeitig auf den Weg machen würde, damit sie beim Notar gemeinsam mit Eric den Vertrag für den Verkauf des Hauses aufsetzen konnten.

8

Am folgenden Dienstagmorgen wurde April durch das Geräusch von Erics Wagen geweckt. Erfreut klappte sie die Bettdecke zurück und lief zum Fenster, das die laue Nacht über offen gewesen war. Der Himmel wies zarte Schleierwolken wie auf ihren Aquarellen auf, und es war schon recht warm. Eine leichte Brise wehte vom Meer herüber, die Luft duftete nach den Eriken, die jetzt in voller Blüte standen. Ein perfekter Tag!

Sie wollte gerade die Hand heben und Eric rufen, als sie bemerkte, dass er sich sogleich zur Scheune wandte. Sie schaute auf den Wecker, tatsächlich, sie hatte bis zehn geschlafen und hätte längst bei der Arbeit sein sollen. Also ließ sie die Hand sinken und stürzte stattdessen ins Bad, wo sie schnell duschte und sich dann in Windeseile anzog. Als sie herunterkam, hatte er schon die Kaffeemaschine angemacht. Er kannte sich ja bereits aus in ihrer Küche.

»Oh, hallo, ich habe dich gesucht. Ich dachte, du bist schon an der Arbeit in deiner Weberei«, er lächelte und küsste sie zärtlich.

»Ich hab verschlafen«, murmelte sie glücklich. »Ich freu mich, dass du bereits so früh gekommen bist. Obwohl ich nicht viel Zeit für dich haben werde, denn ich will mich um die Maschinen kümmern und einen Probelauf starten.«

Die Wolle von der Genossenschaft aus Kirkwall war bereits gesponnen, sodass ihr diese Arbeit erspart blieb und sie die Zeit nutzen konnte, den Handwebstuhl einzurichten, den sie für besondere Arbeiten ebenfalls nutzte. Zudem würde sie den Jacquard-Webstuhl einem weiteren Probelauf unterziehen. Ihr Vater hatte zuletzt einen Stoff mit einem wunderschönen floralen Muster in Arbeit gehabt, das sich aus Aprikot, Gelb, Braun und Grün auf graublauem Grund zusammensetzte. Das historische Vorbild für dieses Muster stammte aus der Stilepoche des florentinischen Barock aus dem siebzehnten Jahrhundert, dessen Kunst sie alle schon immer sehr geliebt hatten. Sie selbst hatte einige Kissen aus dem Stoff genäht.

Einige der ausgewählten Decken konnte sie auf dem Handwebstuhl bereits beginnen, denn dafür verwendete sie die natürlichen Farben der Schafwolle, hatte sich Compton McDermot doch erfreulicherweise für einige ihrer abstrakten Muster mit diesen graubraunen Farben entschieden. Somit wollte sie die eingesparte Zeit dazu nutzen, den Rest der Wolle mit ihren eigenen Naturfarben zu färben – Naturfarben, die sie selbst herstellen konnte. Der Manager der Firma hatte diesbezüglich ihre eigenen Farbvorschläge akzeptiert. Er würde staunen, wenn sie bei ihrem nächsten Besuch die noch feineren Muster aus dem Ärmel zaubern würde, nachdem June sie in ihre Geheimnisse eingeweiht haben würde.

Ihr fuhr durch den Kopf, dass sie ihr Schlafpensum in den nächsten Wochen und Monaten wohl rapide herunterfahren musste, um all das zu erledigen, was sie vorhatte. Zur Not würde sie ihre Freundin einspannen, die sich augenscheinlich zu Hause gewaltig langweilte und ebenfalls in der Lage war, den Handwebstuhl zu bedienen. Dieses Handwerk war in den Familien kontinuierlich weitergegeben worden, und viele Frauen gingen ihm noch regelmäßig nach.

»Tu das«, riss Eric sie aus ihren Gedanken. »Ich habe auch noch einige Anrufe zu erledigen. Um drei war unser Termin beim Notar, nicht wahr?«

»Genau«, nickte sie. »Fiona kommt auch pünktlich, hat sie versprochen, sodass wir zu dritt ein Auto nehmen können.«

»Fein, dann lerne ich deine Schwester kennen.«

»Ja. Sie ist schon ganz gespannt auf dich.« April lächelte.

Drei Stunden später fiel die sonnige Laune, die sie seit Erics Ankunft verspürt hatte, in sich zusammen wie ein Soufflé, das zu lange in der Kälte gestanden hatte. Sie war am Boden zerstört.

Das Mobiltelefon in der schweißnassen Hand, stürzte sie aus der Weberei, gefolgt von Magnus Morgan, dem Mechaniker, der ihr auf seinen ein wenig krummen Beinen folgte. Seine Gestalt schien noch stärker geschrumpft, in seiner Miene zeigte sich Kummer.

Die befürchtete und bisher erfolgreich in die hintersten Hirnwindungen verbannte Katastrophe, sie war eingetreten: Der Jacquard-Webstuhl gab keinen einzigen Mucks mehr von sich.

Und auch Magnus, der sich nach ihrem entsetzten Anruf sogleich auf den Weg gemacht hatte und keine fünf Minuten später auf seinem Moped eingetroffen war, konnte ihr nicht helfen. Ein neues Ersatzteil musste her, das sie oder er nicht vorrätig hatten und das unmöglich so mir nichts, dir nichts selbst anzufertigen war, obwohl Magnus als gelernter Werkzeugmacher Meisterwerke zustande gebracht hatte.

Sie waren beide fertig mit den Nerven. Als Magnus sogar den von ihrem Großvater selbstgebrannten Kräuterschnaps ablehnte, war April endgültig klar, dass diesmal mehr als nur ein kleines Gebet fällig war. Es musste ein Wunder her, und an der Miene von Magnus erkannte sie, dass dieses Wunder eine Weile auf sich warten lassen würde, auch wenn er das defekte Teil eingesteckt hatte, um alles zu versuchen, es zu reparieren.

Sie stürzte in Gummistiefeln und ohne anzuklopfen ins Gästezimmer zu Eric, der an seinem Computer saß und auf die Tastatur einhackte.

Er erhob sich sofort aus dem Sessel vor dem Schreibtisch unter dem Fenster. Es war halb geöffnet, und das undefinierbare Duftgemisch von Salz, Kräutern und Seetang strömte ins Zimmer, das einen prachtvollen Blick auf die Wiesen mit den Eriken und dem Meer dahinter bot. Er umschloss sie mit seinen starken Armen, und sie überließ sich der fast schon vertrauten Wärme seines Körpers.

Er führte sie zum Bett. »Komm, setz dich erst einmal, du bist ja völlig fertig. Was ist passiert?«, erkundigte er sich mit ernster Miene.

Sie ließ sich auf den Rand des Bettes fallen, und die weiche Matratze sank tief ein, als er sich neben sie setzte, was sie daran erinnerte, dass sie dringend neue Matratzen kaufen mussten.

Abgehackt und in knappen Worten schilderte sie ihm, wie die Dinge lagen. Und dass er ihre letzte Rettung sei.

»Wie gern würde ich dir helfen! Doch ich kann leider nicht. Selbst wenn ich das Teil auf der Liste der Ersatzteile finden würde – die Webstühle aus Kanada werden möglicherweise erst in zwei Wochen hier eintreffen. Das hab ich zu meinem Ärger erst gestern erfahren. Der Frachter ist noch nicht in Felixstowe eingetroffen, sondern liegt auf Heimaey in Island fest. Sie haben einen Maschinenschaden, warten selbst auf Ersatzteile, und es ist ungewiss, wann er hier in Schottland einlaufen wird. Ich bin selbst sauer, aber ich kann dir leider nicht helfen. Es tut mir wirklich wahnsinnig leid«, entgegnete er bestürzt.

Sie putzte sich die Nase mit dem Stofftaschentuch, das er ihr gereicht hatte, weil sie die Fassung verloren hatte. »Wieso Webstühle?«, sie stutzte. »Ich dachte, du hast nur einen gekauft.«

Er streichelte unablässig durch ihr Haar, eine Bewegung, die ihre Nerven ein wenig beruhigte. »Ich habe zwei. Und ich habe sie nicht gekauft – sie wurden mir geschenkt. Einschließlich aller verfügbaren Ersatzteile und, was noch wichtiger ist, einschließlich aller alten Baupläne.«

Aus seiner Stimme klang Stolz und Zufriedenheit, was sie verstehen konnte, dennoch durchzuckte sie ein kleiner Stich. Dieser Mann, der so liebevoll zu ihr war, wurde immer gefährlicher für ihre geschäftliche Unternehmung. War sie möglicherweise naiv, wenn sie sein Partnerschafts-Angebot ausschlug? Obwohl sie doch gerade jetzt für ihn keinerlei Gefahr darzustellen schien und er wahrscheinlich von seinem Vorschlag absehen würde, nachdem er jetzt von ihrem Pech erfahren hatte – denn wo keine Maschine, da keine Stoffe. Und wo keine Stoffe, da keine Konkurrenz.

»Wieso bekommst du diese wertvollen Maschinen so einfach geschenkt?«, konnte sie sich nicht zurückhalten, zu fragen.

Er legte ihr einen Arm um die Schultern und drückte ihr einen Kuss auf ihre tränenfeuchte Wange. »Das ist eine andere Geschichte. Hier geht es vor allem um dich. Soll ich mir mal deine Maschine ansehen? Ich kenn mich ganz gut aus mit den Dingern, weißt du«, fügte er schmunzelnd hinzu.

Sie zuckte die Schultern. »Gern, wenn du willst. Aber Magnus kennt sie auch wie seine Westentasche. Und der sagt, da kann man nix mehr machen. Da müsste er schon mehr als nur ein Wunder bewerkstelligen. Außerdem könnte er dieses schon gar nicht von jetzt auf gleich aus dem Hut zaubern. Und ich bin doch auf jeden Tag angewiesen, sonst schaff ich das Pensum nicht. Ich werde ohnehin Nachtschichten einschieben müssen.« Sie schluckte die erneut aufsteigenden Tränen hinunter. »Ich darf gar nicht daran denken, was ich Fiona sagen soll. Die war doch von Anfang an skeptisch«, fügte sie unglücklich hinzu.

Eric umfasste ihr Gesicht mit beiden Händen. »Noch ist nichts verloren. Ich gehe jetzt rüber, und dann schauen wir mal, ob ich nicht doch helfen kann.«

Seine dunkle Stimme und sein liebevoller Blick trafen sie mitten ins Herz, dennoch hatte sie nicht viel Hoffnung.

Nach einer Viertelstunde kehrte er zurück. »Es ist nicht völlig aussichtslos für einen guten Werkzeugmacher, aber es ist wirklich knifflig. Magnus hatte ganz recht, er hat den Fehler richtig erkannt. Tatsächlich weiß ich nicht, ob ich das Ersatzteil habe. Wahrscheinlich schon, aber daran kommen wir frühestens in zwei Wochen heran.«

»Oh Mann, das wäre trotzdem eine Rettung! Besser in zwei Wochen als überhaupt nicht – wenn du dich tatsächlich von ihm trennen könntest«, sagte sie schüchtern.

Er lächelte. »Was meinst du, warum ich die ganze Zeit vor dem PC sitze. Ich bin auf der Suche nach alten Maschinen und tippe mir die Finger wund, um an so viele Ersatzteile wie möglich zu kommen.«

Sie küsste ihn. »Du bist ein Schatz! Aber jetzt mache ich mich an die Arbeit. Ich habe ja noch die Decken, um die ich mich kümmern muss.«

»Die fertigst du mit deinem Handwebstuhl?«

»Ja. Der Manager der Firma war begeistert. Und wenn ich meine Freundin Sandy mit einspanne, kann ich den Termin einhalten.«

»Dann verlasse ich dich jetzt. Viel Glück, Kleines.«

»Kann ich gebrauchen«, murmelte sie.

Fiona rief an und teilte mit, dass sie sich verspäten würde und sie sich besser gleich bei Alistair McNeill treffen sollten.

Als April und Eric beim Notar ankamen, wurden sie schon vor der Tür erwartet. Bevor sie hineingingen, stellte April ihrer Schwester Eric Walter vor, wobei ihr der anerkennende Blick, mit dem er Fiona betrachtete, nicht entging. Auch nicht das Erröten ihrer ansonsten ziemlich spröden Schwester.

»Wir sollten uns beeilen, Alistair erwartet uns sicher schon«, unterbrach sie die Begrüßung der beiden, bei der Fionas Hand ein wenig zu lange in der von Eric ruhte, wie April fand.

»Ja, du hast recht«, pflichtete ihre Schwester ihr bei und wandte sich erneut mit einem Lächeln an Eric. »Ich freu mich, dass Ihnen das Haus gefallen hat.«

»Ja, das hat es. Sie und Ihre Schwester haben es sehr schön hergerichtet.«

April beobachtete, dass sich die Röte auf Fionas Gesicht noch vertiefte und verdrehte die

Augen. Dass sie bei der Renovierung die meiste Arbeit geleistet hatte, schluckte sie hinunter, denn schon öffnete Eve, die Assistentin, die Tür.

Sie wurden in Alistairs Büro geführt, das, ringsum mit dunklem Holz vertäfelt, einen gediegenen Eindruck machte und den Geschäften, die normalerweise in einem Notariat anfielen, den angemessenen Rahmen bot. Sie nahmen an dem ovalen Tisch Platz, wo die Unterlagen schon bereitlagen.

Mit sonorer Stimme las der Notar dann das Schriftstück Satz für Satz vor. Alle lauschten konzentriert und waren sich rasch einig. Danach ging es in Erics Auto nach Hause. Alle drei hatten sie ihre Arbeit zu erledigen; feiern wäre zu früh, das wollten sie erst machen, wenn der Kaufvertrag von allen unterschrieben war. Fiona würde nicht mehr die ganze Zeit bei ihrer Freundin sein, sondern nur noch dann und wann bei ihr aushelfen. Sie wollte sich ein wenig in der Stadt umschauen und einkaufen. Eric würde im Internet recherchieren, und April wollte wieder zurück an ihren Webstuhl.

Am Abend trafen sie sich erst nach acht in der Küche und verbrachten eine vergnügliche Kochstunde und die Mahlzeit miteinander. Nachdem sie sich im Wohnzimmer eine weitere Stunde mit ihrem Lesestoff gemütlich vor den Kamin gesetzt hatten, ging ein jeder in sein Zimmer – genauer, Fiona in ihres, während April, die nun schon etwas besser gelaunt war, Eric in sein Zimmer folgte. Ein wenig Spaß musste auch an trüben Tagen sein.

9

Der Mittwoch begann mit einem gemeinsamen Frühstück. Wieder bemerkte April, wie gut sich Eric und Fiona verstanden. Ein Glück. Nicht auszudenken, hätten die beiden sich nicht riechen können. Danach verabschiedete sich Fiona, um sich ein paar Stunden in Kirkwall die Zeit zu vertreiben, denn sie hatte ja immerhin noch Urlaub.

Eric verzog sich in sein Zimmer, wo er Akquise am PC und am Telefon betrieb – »Kundenwerbung«, wie er altklug erläuterte. Und die betrieb er weltweit, wie er April erklärt hatte, vornehmlich in den Golfstaaten.

April trat allein bei dem Wort der Schweiß auf die Stirn, und sie fand ihn nicht nur sehr mutig, sondern auch sehr viel weltgewandter, als sie selbst je sein würde. Sie ging in ihr Zimmer, um sich für die Arbeit in der Scheune wärmer anzuziehen. Die Klingel des Telefons durchschnitt die Stille des Raumes so unerwartet, dass sie erschrocken zusammenfuhr.

»Hallo?«

»April, bist du es?«

»Ja, wer ist dort?«

»Was ist mit deiner Stimme los? Bist du heiser? Hier ist Sean.«

»Sean?«

»Sag bloß, du kennst mich nicht mehr«, kam es gespielt empört.

»Sean? Sean Flaherty oder Sean McKenzie?«, fragte sie ratlos. Der Lärm, der aus dem Hörer an ihr Ohr drang, verhinderte, irgendeine Stimme erkennen zu können.

»Sean McKenzie junior höchstpersönlich.«

April räusperte sich. Seine energische Stimme zu hören, die sich im Übrigen überhaupt nicht verändert hatte, tat ihr gut und riss sie aus ihren deprimierenden Gedanken. »Na, du bist ja lustig – verschwindest nach Amerika, lässt fünf Jahre nichts von dir hören und bist dann beleidigt, wenn man dich nicht sofort am Telefon erkennt«, entrüstete sie sich. »Seit wann bist du wieder hier? Bleibst du lange? Von wo rufst du an?«

»Vom Flughafen. Bin gerade erst angekommen.«

Jetzt erst erkannte April die Hintergrundgeräusche, die typisch für eine Ankunftshalle waren.

»Ich wollte fragen, ob ich vielleicht bei euch übernachten könnte, dann müsste ich nicht lange auf die Suche nach einem Hotel gehen.«

Ohne zu überlegen antwortete sie: »Aber natürlich. Ein Doppel- und zwei Einzelzimmer, du kannst dir eins aussuchen.«

»Und Fiona? Was sagt sie dazu?«

»Fiona ist grade nicht hier«, antwortete April grinsend.

»Wunderbar, in einer halben Stunde bin ich bei euch.«

Schon hatte er aufgelegt, und jetzt beschlich April doch ein wenig das schlechte Gewissen. Hoffentlich hatte Fiona wirklich nichts dagegen.

Sean McKenzie, rothaarig, sommersprossig, über eins neunzig groß, und in seiner Jugend inselweit bekannt für seine Frechheiten, war der Nachbarjunge und Spielgefährte von früher. Zwei Jahre älter als Fiona, hatte er mit ihr dennoch in den letzten zwei Jahren die gleiche Klasse besucht, denn erst nachdem er zweimal sitzengeblieben war, hatte er aufgrund des energischen Durchgreifens seines Vaters in letzter Sekunde die Kurve gekratzt und sich auf die Hinterbeine gestellt.

Fiona konnte Sean nicht ausstehen. Sie würde April den Kopf abreißen, wenn sie gleich vor vollendete Tatsachen gestellt würde.

Aber was hätte sie denn tun sollen, überlegte April seufzend. Ihm, einem Nachbarn und guten Freund aus früheren Zeiten – zumindest war er das für sie gewesen – etwa die Unterkunft verweigern? Unmöglich.

James McKenzie hätte es gern gesehen, wenn Sean die Farm übernommen hätte – ein Kleinbetrieb, der kaum die Familie ernährte, wie sein Sohn ihm knallhart vor Augen gehalten hatte. Seans einziger Bruder hatte anfangs ebenso wenig Lust verspürt, den heruntergekommenen Hof weiter zu bewirtschaften, doch dann hatte er sich breitschlagen lassen. Sean war Tierarzt geworden und dank einer Green Card beinahe über Nacht nach Amerika ausgewandert.

So lange April zurückdenken konnte, hatten Sean und Fiona sich in den Haaren gelegen. Als sie jung gewesen waren, hatte er sich über Fiona aufgeregt, weil er sie für hochnäsig, arrogant und humorlos hielt, und sie mokierte sich damals, weil sie ihn für unverschämt und noch viel arroganter hielt.

Na, dachte April, das wird eine schöne Bescherung geben.

In genau diesem Moment klopfte es laut an der Haustür. Sie lief hinunter und begrüßte Sean, der genauso fröhlich und unbekümmert aussah, wie sie ihn in Erinnerung hatte.

»Komm doch rein!« sie grinste ihm im Flur entgegen, denn er hatte natürlich gar nicht erst gewartet, bis ihm jemand öffnete. Hier war er doch beinahe zu Hause. »Schön, dich nach so vielen Jahren wiederzusehen.«

Sean stellte die Reisetasche auf den Steinboden, nahm April zur Begrüßung kräftig in den Arm und hielt sie dann eine Armlänge von sich weg, wobei er sie prüfend musterte. »Grüß dich, Kleine. Du hast dich überhaupt nicht verändert. Siehst immer noch aus wie das freche Ding von früher.« Dann sah er sich um. »Und wo steckt deine Schwester?«

»Fiona ist noch in der Stadt.« Und wird sich hoffentlich mit dem Heimkommen Zeit lassen, dachte April seufzend. »Wo hast du dein Gepäck?«

»Kommt alles nach.« Sean, der sich schon wie selbstverständlich auf dem Weg zur Küche befand, blieb stehen und drehte sich um. »Übrigens, April, hättest du was dagegen, wenn ich bei euch bliebe, bis ich eine Wohnung gefunden habe? Ich hab drüben alles aufgegeben und beschlossen, hierzubleiben.«

»Kein Problem«, antwortete April spontan, ehe ihr einfiel, dass ja Fiona dann des Öfteren mit ihm allein wäre, und obendrein womöglich noch die Arbeit mit ihm hätte, wenn sie selbst nicht dazu kommen sollte, zu kochen. Nun, dann musste der Herr sich eben ab und zu allein verpflegen. Aber jetzt war es für einen Rückzieher zu spät.

»Gut, dann habe ich Zeit, um in Ruhe etwas Geeignetes für mich zu finden.«

»Du willst hierbleiben? Also, ich meine, auf der Insel?«

Er nickte strahlend und öffnete weit die Arme. »Wenn nicht hier, wo dann?«, fragte er und schien die ganze Welt umarmen zu wollen.

»Wunderbar!«, rief April. »Aber wo wirst du arbeiten? Du bist doch Tierarzt.«

»Bei Dr. Redding.«

April hielt sich vor Schreck am Türrahmen fest. »Bei Dr. Redding?«

»Tja, bei Dr. Redding.« Aus Seans Stimme floss Zufriedenheit.

April ging an ihm vorbei und deutete auf das Küchensofa. »Setz dich erst mal. Magst du eine Tasse Tee?«, fragte sie ein wenig atemlos. Sean bei Dr. Redding – Fionas Arbeitsplatz! Eine Katastrophe!

»Tee wäre gut, und wenn du mich magst, tust du ein bisschen Whisky hinein. Ich brauche Stärkung, damit ich für Fiona gewappnet bin«, erwiderte er grinsend.

April vermutete, dass er dazu möglicherweise sogar zwei Whiskys benötigte. Sie holte die Flasche und stellte sie vor ihn hin. »Und jetzt erzähl mal.«

Während sie den Tee zubereitete, begann er, von seiner Zeit in New Hampshire zu berichten. Er schwärmte begeistert von der Landschaft und den Menschen, und seine Augen leuchteten, je mehr er erzählte.

»Aber warum bist du von dort weggegangen, wenn es so toll war?«, fragte April. Neuengland hatte sie immer schon fasziniert. Sie wunderte sich, dass es jemanden, der diesen malerischen Teil Amerikas erlebt hatte, zurück auf die unwirtlichen Orkneys zog.

Er zögerte nur einen winzigen Moment. »Welchen Grund könnte es schon geben außer der Liebe?«

April hätte schwören können, dass er ein wenig verlegen war. Natürlich, die Liebe!

»Der Ort, an dem ich praktizierte, war klein, die Leute waren alle sehr nett, aber ich hielt es einfach nicht mehr aus. Mary war die Tochter meines Partners. Wir hatten ein flüchtiges Abenteuer – in dem sie mehr sah als ich«, sagte er. »Ich konnte nicht bleiben, hätte woanders völlig neu anfangen müssen. Vor drei Wochen rief ich aufs Geratewohl bei Dr. Redding an und fragte, ob er mich gebrauchen könnte. Du weißt doch, er ist weit über siebzig. Er mochte mich immer schon und sagte Ja … Und ich bin der richtige Mann für ihn«, fügte er selbstbewusst hinzu.

»Keine Frage«, murmelte April und dachte voller Mitleid an Fiona, die mit dem Gedanken spielte, die Praxis zu übernehmen. Jetzt, nachdem das Nachbarhaus kurz vor dem Verkauf stand, würde sie endlich über die erforderliche Summe verfügen. »Aber weißt du auch, dass Fiona ebenfalls bei Dr. Redding arbeitet?«

»Natürlich«, antwortete Sean ruhig.

»Du weißt es?« April sah ihn ungläubig an. »Und … und trotzdem willst du bei ihm anfangen?«

»Ich habe die Praxis gekauft.«

Die sachliche Feststellung erklang in Aprils Ohren wie ein Donnerhall. Er war Fiona zuvorgekommen!

Sie schluckte und fragte heiser: »Wann wird Dr. Redding aufhören, zu praktizieren?«

»Sobald ich eingearbeitet bin.«

»Arme Fiona!«, entfuhr es April.

»Deine Schwester wird sich mit den Tatsachen abfinden … abfinden müssen.«

Sprachlos betrachtete April den Jugendfreund. Gemocht und auf gewisse Weise bewundert hatte sie ihn immer schon. Seine Zielstrebigkeit, diese unbedingte Energie, die er aufbot, wenn er etwas haben oder erreichen wollte, hatte stets zu einer seiner herausragenden Charaktertugenden gehört. Allerdings konnte er dann und wann auch eine gewisse Kaltschnäuzigkeit an den Tag legen, wenn sich ihm unterwegs zu diesem Ziel jemand in den Weg stellte. Aber niemals hatten sich daraus solche Konsequenzen ergeben wie jetzt.

Einen Moment trauerte April der unbeschwerten Zeit hinterher, als es um kleine, unbedeutende Kindereien gegangen war. In diesem Fall jedoch handelte es sich um die Lebensgrundlage ihrer Schwester, und das erfüllte sie mit Traurigkeit.

»Fiona wird sich *nie* daran gewöhnen. Du weißt doch, wie ihr zueinander steht«, sagte sie mit heiserer Stimme.

»Fiona ist kein kleines Mädchen mehr und wird entweder mit mir zusammenarbeiten oder die Konsequenzen ziehen müssen«, erwiderte er scharf. Seine grünen Augen blickten kalt wie der eisigste Moorsee der Insel.

»Fiona hat keine Ahnung davon, sonst hätte sie mir bestimmt etwas gesagt.« April biss sich auf die Lippen. »Die nächste Praxis befindet sich in Stromness. Sie kann unmöglich von hier aus die Tiere dieser Praxis besuchen, dafür liegt sie viel zu weit entfernt. Und außerdem haben wir hier unser Zuhause.«

»Und außerdem wird sie dort nicht gebraucht«, kam es gelangweilt. »Ich kenne den Arzt. Er ist gerade mal fünfunddreißig, so alt wie ich, und hat bereits einen fähigen Assistenten. Jetzt zieh nicht so ein Gesicht. Ich bin kein Ungeheuer, weißt du?«

Während der letzten Worte hatte seine Stimme zu ihrem normalen Klang zurückgefunden, und seine Gesichtsmuskeln entspannten sich. Schmunzelnd betrachtete er April.

Aber April war nicht zum Lachen. »Nein, das nicht, normalerweise bist du ja ganz nett –«

»Danke.«

»Aber zusammen mit Fiona?« April räusperte sich. Beinahe hätte sie geweint. Ging denn momentan wirklich alles schief? Erst die Sache mit dem Webstuhl, und jetzt traf auch noch Fiona das Unglück in Form von Sean. An diesem Mann würde sich selbst ihre willensstarke Schwester die Zähne ausbeißen. Das war gewiss!

Obwohl April ihn wirklich mochte und ihm diese Chance aus ganzem Herzen gönnte, hatte sie doch Mitleid mit ihrer Schwester, die ihr schließlich näherstand als er. Schlimmer konnte es nicht kommen. Das Ganze würde in einer Katastrophe enden, dafür hatten die beiden sich in den Jugendjahren viel zu oft und erbittert gefetzt. »Warum hat Dr. Redding ihr nichts davon gesagt?«

»Wahrscheinlich, weil alles so schnell gekommen ist. Er rechnet noch gar nicht mit meinem Kommen. Ich hatte ursprünglich vor, erst im Januar zu beginnen, aber«, Sean strich sich verlegen durchs Haar und wurde tatsächlich ein wenig rot, »ich konnte nicht noch das Weihnachtsfest in der Familie von Mary verbringen. Zu allem Übel wohnte ich in ihrem Haus und, na ja, die Situation wurde ziemlich unerträglich. Aber ehrlich gesagt, verstehe ich deine Aufregung nicht. Ich habe schließlich nicht vor, Fiona zu verjagen. Im Gegenteil, für einen allein ist die Praxis zu groß, ich kann sie also ganz gut gebrauchen.«

Die leicht gönnerhafte Art, in der er die letzte Feststellung von sich gab, erzürnte April. »Na du hast ja Nerven! Du kennst sie doch … mal davon abgesehen, dass Fiona eine absolute Spitzenkraft ist, um die dich jeder gute Tierarzt nur beneiden wird. Und ich kenne euch! Ihr seid wie Hund und Katz. Oder, um genau zu sein: Jeder Hund und jede Katze kommen besser miteinander aus als ihr zwei.« Mit Schwung goss sie sich nun ebenfalls einen Schuss Whisky in den Tee.

Plötzlich war das knatternde Geräusch von Fionas Auspuff zu hören. Vertraut und normalerweise stets willkommen, erschien es Aprils Ohren jetzt wie das unangenehme Kratzen der Folterinstrumente, mit denen ihr Zahnarzt in ihrem Mund herumfuhrwerkte. »Das ist sie! Fiona!«

Ihr ängstlicher Blick streifte seinen, in dem eine fast schon unverschämte Gelassenheit lauerte. Er stand auf, ging zum Fenster und blickte von dort mit vor der Brust verschränkten Armen auf die geschlossene Küchentür.

Aprils Atem ging rasch. In Fionas Haut wollte sie jetzt nicht stecken. Und noch viel weniger in Seans! Sie stellte die Teetasse behutsam auf den Tisch. Wenn es hart auf hart kam, verwandelte Fiona sich in eine Furie.

Die leichten Schritte kamen näher.

»April, wo bist du?«, erklang Fionas Stimme aus dem Flur.

Die Tür ging auf. »Es tut mir leid, dass es so lange gedauert hat, aber ich hab herrlich eingekauft.« Ihre helle Stimme erstarb. Ihre Augen, in denen die Freude so schnell erlosch, wie sie sich gezeigt hatte, verengten sich, und ihr Blick wanderte zu dem Mann, der sie von der anderen Seite des Zimmers musterte. »Du?«, fragte sie mit kühler Stimme. »Was willst du hier?«

»Dir guten Tag sagen.«

April schluckte.

»Guten Tag.« Fiona trat in die Küche. »Was also hat dich zu uns geführt?«

Sie klang immer noch nicht begeistert, aber April stellte erleichtert fest, dass sie keine Überreaktion zeigte – bei Fiona wusste man nie.

»Ich hatte gefragt, ob ich einige Tage bei euch übernachten kann.«

»Es gibt zig Hotels in Kirkwall.«

»Ich habe ihn eingeladen, bei uns zu übernachten. Ich hoffe, es ist dir recht?«, mischte April sich hastig ein.

»Sie lügt. Um ehrlich zu sein, hab ich sie ein bisschen überfahren und ihr keine andere Wahl gelassen«, nahm er April ruhig in Schutz, »wenn du mich jedoch wirklich nicht ertragen kannst, werde ich gehen.«

Fiona zuckte gelangweilt die Schultern. »Von mir aus kannst du ein, zwei Tage bleiben, wenn du so viel Wert darauf legst.«

»Dann kannst du dich gleich an meinen Anblick gewöhnen.«

»Inwiefern?«

April rutschte unruhig auf ihrem Stuhl hin und her. Warum musste dieser Mann gleich mit der Tür ins Haus fallen?

»Du wirst mich ab jetzt täglich zu sehen bekommen.« Er machte eine kleine Pause. April schloss für eine Sekunde die Augen. »Ich habe die Praxis von Dr. Redding übernommen.«

In dem ansonsten so gemütlichen Raum wurde es totenstill. Nicht einmal das vertraute Geräusch des Windes war zu hören. Das monotone Ticken der Wanduhr, das April normalerweise kaum mehr zur Kenntnis nahm, ließ die Stille jetzt noch unangenehmer erscheinen.

»Du hast *was*?«

»Du hast ganz richtig gehört.«

April empfand eine Loyalität ihrer Schwester gegenüber, die ungeahnte Höhen erreichte. Dennoch wusste sie nicht, wie sie ihr in diesem Augenblick hätte helfen können. »Es … tut mir leid, Fiona, wenn ich gewusst hätte –«, sie brach ab, in einem Gefühl der Hilflosigkeit.

»Halt dich da raus, April«, forderte ihre Schwester, ohne den Blick von Sean zu wenden. Lediglich ein leises Schwanken in ihrer Stimme deutete an, dass sie nicht so gelassen war, wie es ihre ruhige Erscheinung vermuten ließ.

»Ich gehe dann mal in die Scheune«, sagte April mit belegter Stimme, stand auf, ohne einen der beiden anzusehen, und trat die Flucht an.

Beim Hinausgehen schloss sie leise die Tür, und schon konnte man im Flur die Stimme Seans vernehmen, die jetzt ebenfalls ihren gelassenen Klang verloren hatte. Er wurde umgehend unterbrochen von Fionas hoher Stimme. April zog die Gummistiefel an und rannte aus dem Haus in die kalte, jedoch beinahe gemütliche Scheune mit ihren Webstühlen. Sie hatte viel zu tun. Vor allem jedoch hatte sie keine Lust, Zeugin der Diskussion in der Küche zu werden.

Arme Fiona. April wusste, dass der Beruf ihrer Schwester alles bedeutete. Nichts nahm einen gleichen Stellenwert in deren Leben ein. Es gab zwar Freunde, jedoch keinen Mann – wie bis vor Kurzem bei mir, überlegte April in einer Mischung aus Melancholie und Glück darüber, dass sie jetzt jemanden hatte, der sie in den Arm nahm, wenn ihr nach Weinen zumute war.

Selbst während ihres Studiums in Inverness war Fiona keine Beziehung eingegangen – obwohl sie durchaus Verehrer gehabt hatte. Und nun das! Kein Wunder, dass Fiona ausrastete. Schließlich konnte sie in ihrem Beruf als Tierärztin nicht einfach davonlaufen – so wie ich früher, gestand April sich ein.

Sean blieb also hier. Eine Tatsache, die sie beunruhigte, wenn sie an ihre Schwester dachte. Obwohl: Fiona war stark und brauchte ihre Hilfe nicht. Auch mit dieser Situation würde sie fertigwerden. Vielleicht nicht so spielend wie sonst, aber sie würde es schaffen, denn sie besaß noch einen weiteren guten Charakterzug: Sie war ein tapferer Mensch. Missgeschicke steckte sie weg, ohne groß zu klagen und ohne anderen auf die Nerven zu gehen. Das ging so weit, dass nur, wer sie wirklich gut kannte, ihr überhaupt anmerkte, dass sie Kummer hatte. Eine Eigenheit, die April immer an Fiona bewundert hatte. Sie selbst hingegen war wie üblich das genaue Gegenteil: überwand Probleme nur mit lautem, wenn auch kurzem Wehgeschrei, an dem sie obendrein ihre gesamte Umwelt teilhaben ließ. Leider.

10

Am nächsten Morgen saßen sie zu viert in der Küche und widmeten sich einem stillen Frühstück. Sie alle waren in sich gekehrt, was April bei Sean und Fiona nicht erstaunte. Doch auch sie war heute nicht bester Stimmung, denn Eric würde sich wieder auf Reisen begeben – auf Kundenfang, was sonst. Sie selbst würde sich ihren Decken widmen. Sandy hatte zugesagt, ihr zu helfen, wann immer es notwendig war. Ein tröstlicher Gedanke, doch momentan ging es noch ohne die Hilfe der Freundin.

Um neun verließen Eric und Sean das Haus, und April und Fiona atmeten erleichtert auf, wenn auch aus verschiedenen Gründen.

»Isst er heute Abend mit uns mit?«, erkundigte sich April vorsichtig.

»Nein«, erwiderte Fiona knapp.

»Das mit Sean und Dr. Redding ist wirklich blöd gelaufen«, sagte April leise.

»Du kannst nichts dafür.« Fiona pellte mit groben Bewegungen ihr Ei und legte unwirsch eine Scheibe Brot auf den Teller, zuvor hatte sie lediglich an ihrem Kaffee genippt. »Ich schwöre dir, April, das hat dieser Mann von Anfang an geplant!«

»Unsinn«, erwiderte April schwach. Gerade Sean war niemand, der sich so hinterlistig benahm.

Er war spontan und tat in seiner Spontanität so einiges, jedoch war er sicher nicht heimtückisch.

»Nichts da, Unsinn. Ich entsinne mich noch genau an seine Abschiedsworte, als er nach Amerika gegangen ist – ohne mich: ›Du wirst es bereuen, dass du nicht mitkommst!‹, hat er gesagt.« Wild fuchtelte sie in der Luft herum.

»Weshalb um alles in der Welt hätte er dich mit nach Amerika nehmen sollen?« April starrte mit offenem Mund ihre Schwester an.

Fionas Kopf ruckte hoch. Langsam ließ sie die Hand sinken und bedachte April mit einem nachdenklichen Blick. »Ach so, du weißt ja nicht, was vorgefallen ist.«

»Was soll vorgefallen sein?«

»Sean und ich waren mal … ein Paar.«

»Ihr wart was?«

So etwas wie Belustigung glomm in Fionas Augen auf, als sie sanft entgegnete: »Ein Liebespaar – zwar kurz nur, aber heftig, das kannst du mir glauben.«

»Ihr konntet euch nicht ausstehen! Noch nie!«

Jetzt lächelte Fiona zum ersten Mal. »Nein, tatsächlich. Bis auf wundervolle vier Wochen, die viel zu schnell vorüber waren.«

»Wenn du nicht sofort alles erzählst, platze ich!« April nahm ihre unbelegte Brotscheibe wieder auf, die sie eben vor Schreck zurück in den Korb geschmissen hatte.

»Entsinnst du dich an meine Reise nach Mallorca, gleich nachdem ich mein Studium beendet hatte?«

»Natürlich, Papa hatte sie dir geschenkt.«

»Diese vier Wochen hab ich mit Sean auf Mallorca verbracht.«

»Du hast ...?«

»Ja, richtig gehört. Sean und ich hatten unser Studium zur gleichen Zeit beendet. Irgendwann tauchte er in Inverness auf, zwei Tage bevor ich nach Mallorca fliegen wollte; ich weiß nicht einmal mehr, warum er kam. Und da Julie, meine Freundin, kurzfristig die Reise abgesagt hatte, erbot er sich, mit mir zu reisen. Ob du es glaubst oder nicht, wir sahen uns und verliebten uns auf der Stelle. Es war Liebe auf den ersten Blick ...«

Wie bei Eric und mir, dachte April verträumt. »Unsinn, ihr kanntet euch seit eurer Jugend«, warf sie dann ein.

»Ja, aber wir hatten uns lange Zeit nicht gesehen. Frag mich nicht, wieso es plötzlich zwischen uns funkte, mir ist bis heute schleierhaft, wie es dazu gekommen ist.«

»Auch als Kinder habt ihr euch nur gekabbelt. Ich kann es nicht glauben.«

»Tu es einfach.«

»Warum hast du so ein Geheimnis daraus gemacht?«

»Du weißt doch, wie es bei uns auf der Insel zugeht. Jeder hätte gefragt, und jeder hätte uns schon miteinander verheiratet gesehen.«

»Und? Was ist daran so schlimm?«

»Ach, April, ich will doch nicht heiraten.«

»Du willst nicht?« April betrachtete sie verwirrt. Sie hatte das plötzliche Gefühl, nichts von ihrer Schwester zu wissen. Nichts, was wirklich wichtig war.

»Ich hab doch nicht so hart studiert, um all das in Windeln und Haushalt zu begraben! Vor allem nicht diesen Beruf, der bei uns immer noch eine Männerdomäne ist, vielmehr war, denn mittlerweile ist es ja schon besser geworden. Nein, April, nicht mit mir.«

»Und ich dachte immer, dass gerade du heiraten und Kinder haben wolltest … Kinder sind doch so süß!« April dachte an die reizenden Kleinen ihrer Freundin June.

»Kinder sind süß. Und anstrengend, ich habe das gerade erst wieder bei meiner Freundin erfahren. Einer muss sich um die Schreihälse kümmern, zumeist sind das immer noch wir Frauen. Dafür würde ich nie meinen Beruf aufgeben.«

»Aber Mann und Frau können sich doch den Familienhaushalt teilen, dazu musst du doch nicht den Beruf aufgeben«, warf April ein, die diese unbekannten Seiten des Lebens plötzlich mit ganz anderen Augen sah.

»Das würde ich auch nicht.«

»Wie auch immer«, seufzte April, »erzähl weiter.«

»Wir verliebten uns also«, Fiona klang geradezu so, als hätte das jedermann voraussehen können, »und hatten einen traumhaften Urlaub. Als wir zurückkamen, wollte er unbedingt, dass ich mit ihm nach Amerika auswandere. Ich sagte Nein.«

»Oh, Fiona, wie romantisch – und wie schrecklich!«

»Schrecklich? Er war fürchterlich … nach dem Urlaub, denn die vier Wochen mit ihm waren wirklich traumhaft.« Bei diesen Worten wurde ihre Stimme weich, und sie schien in Erinnerungen zu schwelgen. »Sein wahres Wesen zeigt er jetzt. Jetzt ist er hier. Und … und Dr. Redding hat ihm statt mir die Praxis verkauft. Ich könnte beide in der Luft zerreißen.« Ihre Stimme erstarb.

Zu Aprils Entsetzen wurde sie Zeuge, wie ihre Schwester zu weinen begann. Es war lange her, dass Fiona geweint hatte. April spürte, wie ihre Augen vor Mitgefühl ebenfalls zu brennen begannen. »Oh, Fiona«, murmelte sie hilflos, stand auf und legte die Arme um Fionas Schultern.

»Aber er wird mich kennenlernen, das schwöre ich dir!«

»Willst … willst du nicht lieber woanders neu anfangen?«, schlug April leise vor.

»Nein. Das fechte ich aus! Es wird mir ein Vergnügen sein, hierzubleiben. Er wird mich jetzt erst richtig kennenlernen«, wiederholte Fiona kriegerisch und putzte sich mit der Papierserviette die Nase. Wäre nicht alles so schrecklich gewesen und dieser Gedanke so völlig abwegig, hätte April schwören können, dass Fiona sich fast darauf freute … aber das schrieb sie ihrer irre geleiteten Fantasie zu, denn die Schwester tat in der Regel genau das, was sie sagte. Einen Moment hatte April fast Mitleid mit Sean, der nicht ahnte, wie ihre Schwester sein konnte.

»Oh, Fiona«, murmelte sie zum dritten Mal und schnäuzte sich nun ebenfalls die Nase.

»Und jetzt erzähl du«, sagte Fiona, mit fast normaler Stimme, als wäre nichts geschehen.

Da war sie wieder, die tapfere Fiona, die ihren Kummer mit sich allein ausmachte. April betrachtete ihre Halbschwester voller Zuneigung. Zum ersten Mal war sie froh, einmal *nicht* Fionas starken Charakter zu besitzen. »Wo war ich stehen geblieben?«, hob sie zerstreut an, als sie ein Knarren im Flur vernahm. »Er kommt zurück«, flüsterte sie und blickte scheu zu ihrer Schwester.

»Keine Sorge, gewiss nicht. Er besucht seine Familie«, beruhigte Fiona sie. »Er wird hierbleiben – so lange, bis er eine Wohnung gefunden hat.«

»Ach ja?«

»Jawohl«, bekräftigte ihre Schwester gelassen, »aber er wird sich alles selber machen. Er kocht für sich, er spült seinen eigenen Kram. Und er macht sein Zimmer selbst.« Sie hob ihr Gesicht. »Der Kampf hat bereits begonnen, Schwesterherz!«

»Oh mein Gott«, entfuhr es April.

»Das Beten kannst du ruhig ihm überlassen. Ich werde auf jeden Fall gewinnen.«

»Das glaub ich. Viel Glück, Schwesterchen.« April betrachtete in einer Mischung aus Verwirrung und Faszination Fionas Gesicht, in dem unbedingter Siegeswillen stand. Sie wusste nicht wirklich, warum und wofür Fiona kämpfen wollte, vor allem, da der Kampf so aussichtslos schien, doch das musste sie auch nicht. Diese Angelegenheit war allein Fionas Sache.

Fiona biss herzhaft in ihre Scheibe Brot und sah April auffordernd an: »Jetzt reden wir aber von dir.«

April versuchte, sich zu konzentrieren. Erst langsam, dann immer flüssiger, begann sie zu erzählen. Und Fiona freute sich mit ihr über ihr Glück. Nur dass der Jacquard-Webstuhl seinen Geist wohl endgültig aufgegeben hatte, das verschwieg April.

Um zehn hatten alle bis auf April das Haus verlassen. Fiona würde weiterhin ihren Urlaub genießen, hatte sie finster bekundet und war in die Stadt gegangen, um ihr sauer verdientes Geld auszugeben.

April begab sich ebenfalls in die Scheune an die Arbeit, nachdem sie sich dicke Socken für die Stiefel und einen wärmenden Pullover übergezogen hatte. Fünf Minuten später bollerte der Ölofen in der Stube. Heute jedoch hatte sie Mühe, ihre sorgenvollen Gedanken in den Hintergrund zu schieben und sich ganz den Träumen einer neuen Liebe hinzugeben.

Mit dem festen Vorsatz, nur die angenehmen Gedanken zuzulassen, führte sie die immer gleichen Bewegungen am Webstuhl aus, der bereits komplett eingerichtet worden war, sodass sie sogleich mit der Arbeit hatte beginnen können.

Plötzlich unterbrach das vertraute Knattern des Mopeds von Magnus die Klänge einer Bachkantate, die sie auf ihrer CD so oft gehört hatte, dass April sie verträumt mitsummte. Ihr Herzschlag verdoppelte sich. Magnus kam nicht einfach auf einen Schwatz vorbei, da war sie sicher, dafür hatte er tagsüber viel zu viel zu tun. Sie holte tief Luft und stand auf.

Als sie die schmale Tür öffnete, kam er sogleich auf sie zugelaufen, in der erhobenen Hand ein glänzendes Metallstück. Ohne sich lange mit einer Begrüßung aufzuhalten, rief er triumphierend: »Ich konnte dich doch nicht hängen lassen, ich hab dir dein Teil tatsächlich nachbauen können!«

So wie sie wusste auch er nicht alle Namen der unzähligen Ersatzteile, allerdings war er in der Lage, sie blind in die Maschine einzubauen oder anzupassen, so wie jetzt, wenn wieder einmal ein Teil zerbrochen oder zerschlissen war.

»Passt jetzt eins zu eins, da wette ich mit dir. Das schafft nicht jeder, das ist mal gewiss«, sagte er mit erhobenem Kopf.

»Oh, Magnus, du bist wirklich der Größte«, rief sie aus. »Wie hast du das denn fertiggebracht?«

»Ich war bei meinem Bruder in Stromness. Er arbeitet auf dem Bauhof seines Schwiegervaters, und da fliegen immer Teile herum, mit denen niemand etwas anfangen kann. Außer mir!« Mit erhobenem Zeigefinger deutete er auf das Teil in seiner anderen Hand. »Das neue Ersatzteil ist von dem alten kaum zu unterscheiden – nur dass es jetzt glatte Ränder hat.«

April nickte. Er wandte sich wortlos um und steuerte auf das große Tor der Scheune zu. Sie folgte ihm, und beide sprachen kein weiteres Wort.

Nach einer Viertelstunde, bei der nicht nur ihm der Schweiß von der Stirn floss, obwohl man es in der Scheune nicht gerade kuschelig warm hatte, hob er den Kopf. »So, fertig. Jetzt schalt ein. Ich will verdammt sein, wenn ich das Viech nicht wieder zum Laufen bringe«, murmelte er eine Spur zu lässig.

April merkte, wie sich ihr Herzschlag noch mehr beschleunigte. »Alsdann, toi, toi, toi.«

Mit feuchten Fingern betätigte sie den Schalter – und das schrille Dröhnen, das die Maschine veranstaltete, erfreute ihr Herz wie keine ihrer Lieblingskompositionen Mozarts, Bachs oder Haydns es je geschafft hatten.

»Magnus, ich weiß gar nicht, wie ich dir danken soll.«

»Hast recht, Mädchen, du hast hier einen echten Meister vor dir stehen«, sagte er mit Stolz in der Stimme. »Also rück eine Flasche von deinem Großvater heraus, und wir sind quitt.«

»Auch zwei«, sie strahlte und legte ihm lachend den Arm um seine gebeugten Schultern. »Komm mit in die Küche, ich mach uns einen Tee, dann kannst du gleich probieren, ob er immer noch so gut wie früher dazu schmeckt.«

Er schüttelte bedauernd den Kopf. »Schade, aber ich hab leider keine Zeit. Mein Bruder, der sich erstaunlicherweise gefreut hat, mich zu sehen, nachdem wir vor drei Jahren im Streit auseinandergegangen sind, hat sich für heute Abend zu einem Besuch mit der gesamten Bagage angemeldet. Ich muss also noch in die Stadt und was einkaufen, damit ich ihnen ein gescheites Essen vorsetzen kann.« Aus kleinen braunen Augen blickte er sie hoffnungsvoll an. »Hast du zufällig eine Idee, was ich kochen könnte?«

Sie brauchte nicht lange zu überlegen. »Wie wär's mit einem wunderbaren Hammelbraten von North Ronaldsay?«, sagte sie schnell, in dem Wissen, dass dieser Braten jedem gelingen und den feinsten Gaumen zufriedenstellen würde. Die Schafe von North Ronaldsay hatten nicht nur die feinste Wolle, sondern sie galten auch bei Kennern als Delikatesse, da ihr Geschmack ganz eigen und undefinierbar war und sie weder nach Lamm noch nach Rind schmeckten. Allerdings nahm man auch nur das Fleisch ausgewachsener Schafe, sodass es sich eher um einen Hammel- denn um einen Lammbraten handelte.

Magnus nahm die Schirmmütze vom Kopf und kratzte sich. »Klingt gut, nur – wo soll ich auf die Schnelle einen herkriegen?«

»Frag mich. Ich hab einen. Er ist sogar schon in Knoblauch und Thymian eingelegt. Du solltest ihn nicht salzen, ich finde, sein Eigengeschmack ist salzig genug. Gib einen guten Schuss Bier in die Soße. Und zum Schluss vielleicht noch ein wenig Käse.«

Den Hammelbraten hatte sie von Junes Nachbarn erstanden – genauer gesagt, sogar zwei.

Heute sollte es den einen geben, sie hatte ihn schon aufgetaut. Aber für Magnus heute auf das geplante Dinner zu verzichten, tat ihr nicht leid. Dann gab es für sie halt Krebse, auch nicht schlecht. Der zweite Braten war natürlich noch eingefroren, und es wäre ein Frevel gewesen, ihn in der Mikrowelle aufzutauen. Dazu ließ man ihm genügend Zeit im Kühlschrank. Sie hatte gestern die Reusen ausgelegt, – jeder, der ein Boot hatte, tat das, um Krebse zu fangen. Die hätte es erst morgen geben sollen, doch vielleicht hatten sich schon genug eingefunden.

»Eigentlich viel zu schade für meinen Bruder«, brummelte Magnus. »Aber gut. Wie viel willst du dafür?«

»Nichts, den schenk ich dir.« April lächelte. »Du hast mir schon so oft geholfen, ich freu mich, wenn ich dir heute dafür was Gutes tun kann.«

»Dann sag ich Dankeschön.« Andächtig beobachtete er, wie sie die Keule in ein großes Plastikgefäß gab, sodass er sie auf dem Moped besser transportieren konnte. »Was meinst du: Nudeln oder Kartoffeln dazu?«

»Kartoffeln. Und vielleicht grüne Bohnen.«

»Wird gemacht.«

Sie brachte ihm zwei Flaschen vom Schnaps, wobei er nur eine entgegennahm. »Lass die andere für später. Ich bin sicher, dass ich nicht zum letzten Mal bei deiner vermaledeiten Maschine helfen musste«, sagte er, der die Maschine genauso liebte wie ihr Vater und ihr Großvater einst und sie selbst heute. Dann befestigte er den Korb, in den April den Braten und die Flasche Schnaps gelegt hatte, hinten am Moped, schwang sich auf den Sitz und düste davon.

April legte den Kopf in den Nacken, ging zurück in die Küche und öffnete den Schnaps ihres Großvaters. Dann genehmigte sie sich eines der kleinen Fuhrmanns-Gläser und kippte zum ersten Mal in ihrem Leben am helllichten Vormittag das Gesöff hinunter. Es brannte fürchterlich in ihrer Kehle, sie hatte ganz vergessen, wie stark der Schnaps war, aber heute Morgen gab es schließlich etwas zu feiern.

Dann stellte sie die angebrochene Flasche in den Kühlschrank. Am Abend würden die anderen mit ihr feiern, sie freute sich schon jetzt darauf.

Sie war gerade auf dem Weg in ihre Stube, als ein Auto kam und der Briefträger ausstieg. Erfreut ging sie ihm entgegen. Sicher waren heute die beiden Verträge dabei, auf die sie schon so gespannt war, schließlich war heute ihr Glückstag. Und tatsächlich erkannte sie auf einem großen DIN-A4-Umschlag die Adresse aus Aberdeen.

Der Vertrag! Ihr erster Auftrag! Ach was, ihre ersten Aufträge! Gleich würde sie sie unterschreiben können.

Sie bezwang ihre Ungeduld und lief mit dem Umschlag zurück ins Haus. Ohne sich die Stiefel auszuziehen, setzte sie sich auf den Orkney-Stuhl, dessen Korbgeflecht unter ihrem Gewicht sein gewohntes Geräusch von sich gab.

Hastig schlitzte sie den Brief mit dem Finger auf, wofür sie schon früher von ihrer Mutter getadelt worden war, und nahm das Vertragspapier heraus. Erst beim zweiten Durchlesen erkannte sie, dass es sich bei diesem nur um den Vertrag für die Decken handelte. Seltsam. Sie wollte den Vertrag und den Umschlag in ihr Zimmer bringen, da fiel aus diesem ein weiteres Schriftstück heraus. Na also!

Eine halbe Minute später ließ sie geschockt den Brief sinken. Das gab es doch nicht! Nach all dem, was sie in den letzten Tagen durchgemacht hatte, nun dies! Der wundervolle alte Webstuhl lief wie am Schnürchen – doch er hatte seine Arbeit verloren, noch bevor er sie begonnen hatte.

Die Firma verkündete mit knappen Worten, dass ihr mündlich geschlossener Vertrag null und nichtig sei. Durch ein Missverständnis und bedingt durch den Urlaub des Geschäftsführers, war der Firma entgangen, dass dieser bereits einem Konkurrenten den Auftrag zuvor mündlich zugesichert hatte, noch bevor Mr. Compton McDermot darüber in Kenntnis gesetzt worden war. Man gestand ein, dass man einen Fehler begangen habe, doch sie müsse verstehen, dass man in dieser Situation machtlos sei, da der Konkurrent logischerweise auf die Erfüllung seines mündlichen Vertrages bestanden habe – der zudem vor Zeugen abgeschlossen worden sei.

Sie warf den Brief auf den Boden und schrie mit lauter Stimme jene saftigen Schimpfwörter in den Flur hinaus, für die ihre Mutter sie noch im

Grab aufs Schärfste schelten würde, wenn sie könnte. Dieser wundervolle Vertrag, auf den sie sich so gefreut hatte, die neue Arbeit, das Geld … alles für die Katz! Weil man einen kleinen Fehler gemacht hatte – für den diese Herren sich in einem kurzen Absatz entschuldigten.

Zum Teufel noch mal! Sollten sie sich ihre Entschuldigung sonst wohin heften! Sie würde sich einen Anwalt suchen und diese Firma verklagen. So ging man nicht mit ihr um. Nicht mit ihr!

Zum Glück betraf dieser Auftrag nicht den über die Decken. Doch das interessierte sie momentan nicht, sie war nicht in der Lage, sich über diesen einen Vertrag zu freuen. Sie schäumte schlicht vor Wut!

April wankte in ihr Zimmer und ließ sich aufs Bett fallen, erschöpft wie nach einem Triathlon. Sie verschränkte die Arme hinter dem Kopf und spürte eine Weile nichts als Zorn und Enttäuschung. Dann fasste sie einen Entschluss. Sie setzte sich auf und zog die Schublade heraus, unter deren Boden sie den Umschlag mit der Adresse ihres Vaters geklebt hatte. Ihre Hände zitterten, als sie ihn öffnete und das Papier entfaltete. Dann kicherte sie hysterisch. Das gab's doch nicht: Ihr leiblicher Papa wohnte ebenfalls in Aberdeen. Da hätte sie ihn am letzten Wochenende ja ganz rasch besuchen können.

Sie setzte sich auf, die Füße fest auf dem Boden. Dann streckte sie sich, schob die Schublade zurück und faltete den weißen Bogen mit der Adresse zusammen. Ihr Entschluss stand fest: Sie würde diesen Mann aufsuchen. Noch heute. Plötzlich konnte sie nicht rasch genug zu ihm kommen, so als wäre er der Stein der Weisen, als könne er ihr sagen, wie sie ihr Leben endlich auf die Reihe bekäme. Und dann würde sie der feinen Firma Dampf unterm Hintern machen!

Dann handelte sie völlig ruhig. Als Erstes rief sie ihre Schwester auf dem Handy an und teilte ihr mit, dass sie dringend nach Aberdeen müsse – wegen des Vertrages.

»Alles Weitere erkläre ich dir später«, schloss sie hastig. Sie konnte unmöglich am Telefon diese Blamage erklären, als die sie die Absage empfand.

Danach rief sie bei der Airline im Flughafen an, um sich ein Ticket für die Maschine nach Aberdeen zu sichern. Als das erledigt war, zog sie sich um, warf ein paar Anziehsachen in den Trolley und machte sich auf den Weg zum Flughafen. So sehr sie Eric vermisste – nun war sie beinahe froh, dass er auf Geschäftsreise war. Auf diese Weise musste sie ihm nichts erklären, was ihn möglicherweise nicht einmal gestört hätte, sondern ihn in seinem Drängen bestärkt hätte, sich mit ihm geschäftlich zusammenzutun.

11

In Aberdeen nahm sie sich ein Taxi und ließ sich zu der angegebenen Adresse bringen, wo ihr Erzeuger zuletzt gewohnt hatte. Vielleicht hatte sie Glück und er war bereits in Rente, sodass sie ihn im Haus antraf. Ansonsten musste sie zusehen, wie sie die Zeit bis zum Abend verbrachte, wenn er – hoffentlich – heimkam. Sollte er nicht da sein, sondern nur seine Frau oder wer auch immer, würde sie die Zeit bei Erics Mutter verbringen, beschloss sie. Oder als Erstes bei der Firma aufkreuzen und den Herren dort zeigen, was eine Harke ist.

Als das Taxi vor einem malerischen Herrenhaus außerhalb Aberdeens anhielt, blieb ihr vor Staunen beinahe der Mund offen stehen. Hallo, Papa! Vornehm geht die Welt zugrunde, würde ihre Mutter jetzt sagen. Es handelte sich bei ihrem Vater also wahrscheinlich um einen reichen Knacker, der Wichtigeres zu tun gehabt hatte, als sich mit Nichtigkeiten wie einem unehelichen Kind abzugeben. Zum ersten Mal spürte sie, wie Groll über diesen Unbekannten in ihr aufstieg. Da hatte dieser Mann ihrer Mutter also ein Kind gemacht – und ihr wahrscheinlich noch nicht einmal Alimente zukommen lassen, denn das hätte ihre Mutter ihr sicherlich verraten.

Sie bezahlte den Taxifahrer und stieg aus. Ein Glück, dass sie ihre besten Sachen angezogen hatte: Schwarzer Rock, weiße Bluse, graues Jackett. Die roten Schuhe waren das einzig Farbige, denn sie war der Meinung, gediegene Kleidung, wie sie dieses Outfit nannte, würde nicht zu ihr passen. Allein die Pumps bewirkten, dass sie sich schick angezogen fühlte. Wobei sie sich wohl langsam an eine solche Verkleidung gewöhnen sollte, schließlich würde sie in Zukunft mit möglichen Kunden zusammentreffen, vor denen ein professioneller Eindruck dieser Art nur dienlich sein konnte.

Sie schaute auf ihre Armbanduhr. Kurz nach eins. Mittagszeit. Einen ungünstigeren Zeitpunkt hätte sie sich nicht aussuchen können. Sie seufzte. Es nützte nichts, ihre Ungeduld trieb sie an. Sie würde platzen, wenn sie auch nur eine Stunde länger warten musste.

Also holte sie tief Luft, nahm ihren Trolley mit der einen und die Handtasche – farblich passend zu den Schuhen – in die andere Hand. Dann ging sie mit kontrollierten Schritten, denn sie trug selten so hohe Schuhe, auf die hübsche grüne Eingangstür mit einem niedlichen Fenster und einem goldenen Anklopfer zu. Sie klopfte an und bemerkte erst dann, dass es auch eine Klingel gab. Nun ja, Klopfen hörte man überall. Erst wenn niemand erscheinen würde, würde sie die Klingel betätigen.

April hatte den konfusen Gedanken gerade zu Ende gedacht, als die Tür von einer hübschen jungen Rothaarigen geöffnet wurde. Sie trug ein schwarzes Kleid, das ihre Schlankheit noch unterstrich, dazu lila Schuhe – was April so gut gefiel, dass sie beschloss, sich als Nächstes Schuhe von ebensolcher Farbe zuzulegen – und war ungefähr in Aprils Alter. Entweder war dies hier die Haushälterin, wohl eher unwahrscheinlich, oder die Tochter des Hauses – noch unwahrscheinlicher, denn die lümmelten nicht am helllichten Tag daheim herum, selbst wenn die Familie reich war, vermutete April. Oder vor ihr stand die dritte oder vierte Ehefrau ihres Herrn Papas. Sehr wahrscheinlich!

Sie straffte den Rücken. »Guten Tag«, sagte sie. »Mein Name ist April Gowrie, und ich hätte gern Mr. Thomas McDonald gesprochen.«

»Werden Sie von meinem Vater erwartet?«

April schluckte. Also nicht die Hausherrin, sondern deren Tochter. Nun, immerhin war sie nah dran. Donnerwetter, sah diese Frau gut aus. April neigte den Kopf zur Seite und entdeckte eine leichte Ähnlichkeit. Unsere Augenfarbe ist ungefähr die gleiche, dachte sie, nur dass meine von dunklerem Braun ist. Und das Haar? Ihres hatte schließlich ebenfalls diesen leichten rötlichen Stich.

»Also?«, wurden Aprils Betrachtungen unterbrochen.

Sie legte so viel Festigkeit in ihre Stimme wie möglich. »Nun, äh, nein, nicht direkt. Aber … es handelt sich um eine Angelegenheit von äußerster Dringlichkeit.«

In die hellbraunen Augen ihrer Halbschwester trat Wachsamkeit. »Was bedeutet bei Ihnen ›äußerste Dringlichkeit‹?«

»Von privater Dringlichkeit. Mehr kann ich Ihnen leider nicht verraten.« Noch nicht, fügte April in Gedanken hinzu.

»Nun, wenn es so ist, dann warten Sie bitte, ich werde ihn fragen, ob er für Sie zu sprechen ist. Sie haben sich keinen günstigen Zeitpunkt für Ihren Besuch ausgesucht«, erwiderte ihre Halbschwester verhalten und schloss energisch die Tür.

Das war's dann wohl. April seufzte. Gut gemacht! Ich werde jetzt bis zehn zählen, nahm sie sich vor, dann verdünnisiere ich mich und kann nur versuchen, den Herrn Papa über Funk zu erreichen, wobei ich davon ausgehen sollte, dass er eine Geheimnummer besitzt. Reiche Menschen wurden doch immer von Armen drangsaliert und um Geld angegangen. Sollte dies der Fall sein, wollte sie ihm eben eine kurze schriftliche Nachricht in den Briefkasten werfen, beschloss sie – wenn dieses Anwesen über etwas derart Triviales wie einen Postkasten verfügte. Vielleicht war hier draußen ja sogar eine Kamera installiert, und Bluthunde liefen im Garten herum …

Da wurde die Tür erneut geöffnet. Vor ihr stand ein Mann wie aus dem Bilderbuch. Er war groß und ragte kerzengerade vor ihr auf. Sein rotbraunes Haar war erst vereinzelt von grauen Fäden durchzogen, er besaß eine gute Figur. Mit durchdringenden braunen Augen musterte er

April kurz. Wortlos betrachteten sie sich, und das gründlich.

»Guten Tag«, unterbrach April als Erste das Schweigen. »Ich bin April Gowrie und –«

»Und Sie haben etwas Privates mit mir zu besprechen. Ich weiß, meine Tochter hat es mir bereits mitgeteilt.« Seine Stimme war laut und hallte durch den länglichen Marmorflur des Hauses, klang jedoch nicht unsympathisch, befand April. Zu ihrem Erstaunen trat er zur Seite.

»Na, dann kommen Sie mal rein. Sie haben Glück, dass ich mich noch nicht zu meinem Nickerchen zurückgezogen habe. Ein Uhr mittags ist wahrlich keine günstige Zeit für eine Unterredung«, knurrte er.

»Da kann ich Ihnen nur zustimmen«, April nickte benommen, »aber ich habe nicht nachgedacht, sondern bin einfach … nun ja … bitte entschuldigen Sie, dass ich Sie so überfalle.«

Er führte sie in einen Salon, rechter Hand neben dem Eingang. »Sie sind also April Gowrie. Ich habe Ihre Mutter gut gekannt«, eröffnete Thomas McDonald ohne Umstände das Gespräch, nachdem er ihr einen Sessel vor dem Fenster zugewiesen hatte. Von hier aus blickte man auf die ruhige Straße. Er nahm in dem anderen Sessel Platz. Er läutete kurz mit der Klingel, die auf dem Tisch stand, und keine fünf Sekunden später erschien das, was sich April unter einer Haushilfe vorstellte: eine rundliche Frau in einem grauen Kleid, mit einer Schürze in Weiß.

»Maggy, bringen Sie uns bitte einen Tee. Sie mögen doch Tee?«, wandte sich ihr Vater an April.

»Gerne, danke.«

»Heather hat lange gezögert, bis sie Sie vorbeigeschickt hat«, sagte er mit ruhiger Stimme.

»Meine Mutter hat mich nicht geschickt. Sie ist vor einem halben Jahr gestorben«, informierte ihn April ebenso ruhig. »Sie hinterließ mir allerdings Ihre Adresse.«

»Das tut mir leid. Was also führt Sie zu mir?«

»Ich wollte meinen leiblichen Vater endlich einmal kennenlernen«, antwortete April und wunderte sich, dass ihr diese Worte so leicht über die Lippen kamen. Aber in der Tat war jegliche Unruhe von ihr abgefallen.

Vor ihr saß ihr leiblicher Vater. Ein gut aussehender Mann. Ein augenscheinlich vermögender Mann, ihr in früherer Zeit nicht zu ihr stehender Vater, der sie nun also in sein Haus gebeten hatte und sie nicht davor hatte stehen lassen. Respekt. Es war anzunehmen, dass sie als seine uneheliche Tochter ab jetzt ein wenig Verwirrung in sein möglicherweise ruhig verlaufendes Leben brachte, doch er trug es mit bewundernswerter Fassung.

Der Tee wurde serviert und eingeschenkt. Beide warteten, bis die Frau das Zimmer wieder verlassen hatte. April lauschte dem leisen Ticken einer wunderschönen Standuhr. Ansonsten war kein Laut aus dem Haus zu vernehmen.

Ihr Vater rührte in seiner Teetasse und führte sie, noch auf der Untertasse, an die Lippen. Er nahm einen winzigen Schluck und setzte sie wieder ab.

»Ich muss Sie enttäuschen, Miss Gowrie, aber ich bin nicht Ihr Vater.«

April, die ebenfalls die Teetasse an den Mund geführt hatte, stellte sie augenblicklich auf den Tisch zurück – und zwar so laut, dass die Tasse aus feinem Porzellan ein gefährliches Klirren auf der Untertasse von sich gab. Nein, dieser Mann hatte sie zwar nicht an der Tür abgewimmelt. In vornehmen Kreisen erledigte man dies bei einer Tasse Tee.

»Doch, das sind Sie, und es ist zwecklos, es zu leugnen. Ich glaube meiner Mutter. Sie würde mich nie anlügen.« Jedenfalls nicht in dieser Sache, hoffte sie doch!

Mit zitternden Händen zog sie den von Hand geschriebenen Briefbogen aus dem Umschlag in ihrer Handtasche. »Da, lesen Sie!«

Er nahm das Papier gefasst entgegen, las und legte es dann zurück auf den runden Tisch, der zwischen ihnen stand. »Ich glaube Ihrer Mutter sogar, dass sie meinte, ich sei der Vater. Doch ich versichere Ihnen, dass ich es nicht bin. Und ich kann es beweisen, Miss Gowrie.«

April merkte, dass ihre Augen zu brennen begannen. »Wie?«, fragte sie knapp.

»Indem ich Ihnen die Adresse des Arztes gebe, der mich nach meinem Unfall, der sich bereits vor der Affäre mit Ihrer Frau Mutter ereignete, behandelt hat. Er wird Ihnen bestätigen, dass ich zu diesem Zeitpunkt bereits seit drei Jahren zeugungsunfähig gewesen bin.«

April merkte nicht, wie sich ihr Mund öffnete. Sie spürte nicht, wie ihr eine Träne die Wange hinabkullerte. Sie meinte einfach, die Zeit stünde still. Die Welt hatte aufgehört, sich zu drehen.

Was war hier los? Klappte momentan denn gar nichts in ihrem Leben? Konnte sie nicht einmal mehr ihrer Mutter trauen? »Warum haben Sie ihr nie geantwortet? Das hätte meiner Mutter sicher vieles erleichtert.«

»Ich gestehe zu, das war ein Fehler«, gab er leise zu. »Ich habe damals die Briefe Ihrer Mutter nicht beantwortet, weil ich davon ausgegangen war, dass sie ihre Schwangerschaft als ... Druckmittel einsetzen wollte. Um mich zu bewegen, mich von meiner Frau zu trennen. Doch ich habe ihr bereits damals klargemacht, dass es sich hier nicht um Liebe handelt, sondern einen Ausrutscher. Von beiden Seiten. Ich wusste ja, dass das Baby, das Ihre Mutter erwartete, nicht von mir sein konnte.«

April vernahm seine Worte wie durch Watte. Nun besaß sie also tatsächlich keinen Vater, weder einen leiblichen noch einen Ziehvater. Und schlimmer noch, sie saß hier und alles schien darauf hinzudeuten, dass ihre Mutter sich geirrt hatte. Sie spürte, wie eine heiße Welle über ihren Körper hinwegschwappte. Wie peinlich war doch diese ganze Angelegenheit! Sie fühlte sich elend, zum Narren gehalten. Keine Sekunde zweifelte sie daran, dass dieser Mann die Wahrheit gesprochen hatte.

Dass ihre Mutter sich getäuscht hatte, empfand sie mit einem Mal als ebenso großen Verlust wie die Tatsache, dass es sich auch bei Lizzy, die ihr die Tür geöffnet hatte, nicht um ihre Halbschwester handelte. Aus dem einfachen Grund, weil ihr diese beiden Menschen, die sie getroffen hatte, auf Anhieb sympathisch gewesen waren und sie gern ihre Familie vergrößert hätte.

Wie durch einen Schleier sah sie, wie sich die Hand von Mr. McDonald ihr entgegenstreckte und ihr ein blütenweißes Stofftaschentuch hinhielt. »Nicht weinen«, bat er mit sehr viel leiserer Stimme als noch wenige Minuten zuvor. »Das beweist doch nur, dass Sie die Tochter Ihres Vaters sind, ich meine, die Tochter von Peter Gowrie. Übrigens ein Mann, den ich damals sehr schätzte«, fügte er hinzu.

»Auch er ist tot.«

»Das tut mir leid für Sie.«

April putzte sich die Nase. »Wie … haben Sie denn meine Mutter kennengelernt?«

»Ich war geschäftlich auf Mainland. Sie müssen wissen, ich besitze die größte Interior-Firma in Schottland, damals natürlich noch von meinem Vater geleitet. Ich fuhr nach Orkney, weil man mir gesagt hatte, dass ich dort die besten Weber des Landes finden würde. Und ich tat es. Ihr Vater war einer der Besten. Leider habe ich damals nicht auf seine exzellenten Produkte zurückgegriffen, Sie können sich denken, warum nicht.«

April nickte wortlos. Logisch. Als Liebhaber ihrer Mutter wäre ihm das peinlich gewesen. Wenigstens ein netter Zug. Dann stutzte sie.

Ihr Kopf ruckte hoch. »Sie sind doch nicht etwa der Inhaber der Interior-Firma auf der Elm-Street?«

»Genauer gesagt, der ehemalige Inhaber. Compton hat meine Tochter Lizzy geheiratet, und im vorigen Jahr habe ich die Firma auf sie und ihn überschrieben.« Ihr verloren gegangener leiblicher Vater nickte.

April begann hysterisch zu kichern. »Das gibt es doch gar nicht.«

Der Mann, den sie unter den gegebenen Umständen gern als leiblichen Vater akzeptiert hätte, hob die Brauen. »Ich verstehe nicht?«

Sie reichte ihm sein Taschentuch zurück und begann zu erzählen. Er unterbrach sie mit keiner Silbe.

»Sie müssen zugeben, das ist ein solcher Zufall, den glaubt einem doch kein Mensch. In jedem Roman würde man diese Passage streichen«, sagte sie abschließend mit einem kleinen Lächeln.

»Da gebe ich Ihnen recht. Sie haben also mit meinem Schwiegersohn einen mündlichen Vertrag geschlossen, den dieser später zurückgezogen hat?«, vergewisserte er sich mit zusammengezogenen Brauen. Dieser Umstand missfiel ihm offenbar sichtlich, und April konnte ihm nur zustimmen.

»Genau so ist es.«

»Dann bitte ich Sie, mich für einen Moment zu entschuldigen. Ich bin gleich wieder zurück.«

Er verließ den Raum und hielt Wort. Keine zehn Minuten später erschien er wieder. Doch seine Miene versprach nicht den erwünschten Erfolg. April hatte sich ausgemalt, wie er diesen Schwiegersohn zur Schnecke gemacht hatte, zusammengestaucht und diesen Vertrag eingefordert hatte.

»Tut mir leid, aber er ist gerade nicht zu erreichen«, sagte er stattdessen. »Aber ich verspreche Ihnen, dass ich mich um diese Angelegenheit kümmern werde. Die Sekretärin wusste nur, dass Eric Walter heute noch erwartet wurde, um die Sache mit meinem Schwiegersohn zu bereden.«

»Sagten Sie eben *Eric Walter*?«, brach es aus April heraus.

»Ja. Der Sohn meiner Schwester, mein Neffe. Er ist der andere Interessent, mit dem Mr. Anderson, der Vertreter meines Schwiegersohns Compton, während dessen Urlaubs diesen mündlichen Vertrag abgeschlossen hat. Ich kann mich nur für meinen Schwiegersohn entschuldigen, der augenscheinlich davon noch keine Kenntnis hatte. Am Montag war sein erster Arbeitstag, und Sie hatten wohl bereits um zehn mit ihm den Termin, sodass er noch nicht richtig wieder in die laufenden Geschäfte eingeweiht war. Es tut mir wirklich leid. Aber ich versichere Ihnen, ich werde mich darum kümmern.«

April war wie betäubt. Eric hatte sie hintergangen. Er gehörte zu dieser Familie! Und seine

Mutter hatte es ebenfalls gewusst, April entsann sich noch genau, wie seltsam sie reagiert hatte, als sie den Namen der Interior-Firma erwähnte. Und Eric hatte sie davon abgehalten, ihr klarzumachen, wie die Familienverhältnisse waren. Die Reichen, dachte sie einen Moment zornig, waren doch alle gleich! Hielten alle zusammen wie Pech und Schwefel.

Sie erhob sich abrupt. »Dann, Mr. McDonald, will ich Sie nicht länger aufhalten. Bitte entschuldigen Sie die Störung«, sagte sie steif und hielt ihm die Hand zum Abschied hin.

Er umschloss ihre Rechte mit beiden Händen. »Wenden Sie sich immer an mich, wenn Sie Hilfe brauchen – auch wenn ich nicht Ihr Vater bin«, schloss er lächelnd. »Ich habe Ihre Mutter sehr gemocht. Aber in der damaligen Zeit waren die Dinge schwierig. Sie verstehen?«

»Natürlich.« Wie schade, dass nicht er ihr leiblicher Vater war.

Sie folgte ihm zur Tür. Doch bevor sie hinaus in den Flur trat und sich zu ihrem gerechten Zorn noch tiefe Melancholie gesellte, begannen sich endlich die grauen Zellen in ihrem Hirn zu regen.

Unvermutet blieb sie stehen.

Himmel noch mal: Somit war ihr vermeintlicher Ziehvater, ihr Dad, ihr leiblicher Vater! Denn dass ihre Mutter zur gleichen Zeit einen zweiten Liebhaber gehabt hatte – das glaubte nicht einmal April. Dann war Fiona, die Liebe, die Schreckliche, die Einzigartige, dann war sie also ihre echte Schwester!

»Aber, lieber Mr. McDonald«, strahlte sie, »somit steht fest, dass mein geliebter Vater mein wirklicher Vater ist! Ich bin sehr froh, dass ich Sie aufgesucht habe.«

Er erwiderte ihr Lächeln. »Dann war also doch nicht alles umsonst. Ich wünsche Ihnen für Ihre Träume viel Glück.«

»Und ich danke Ihnen nochmals. Auf Wiedersehen.«

Sie verließ das Anwesen mit einer Mischung aus Erleichterung und grimmiger Entschlossenheit.

Der nette Mr. McDonald war nicht der Mann, für den sie ihn gehalten hatte, doch das konnte sie gut verschmerzen. Eric war ebenfalls nicht der, für den sie ihn gehalten hatte. Doch in diesem Fall hatte das Schicksal es nicht gut mit ihr gemeint. Er hatte sie betrogen – zumindest hintergangen, verbesserte sie sich. Wenn die Worte von Mr. McDonald stimmten, dann hatte Eric sie zumindest im Ungewissen gelassen. Er hatte so oft Gelegenheit gehabt, ihr die Familienverhältnisse zu erklären, doch er hatte geschwiegen. Einem Mann, der so handelte, konnte man nicht vertrauen. Das war nicht derjenige, mit dem sie sich eine Zukunft vorstellen konnte. Und aus diesem Grund würde dieser Mann auch nicht ihr zukünftiger Nachbar werden. So einfach war das.

Sie hielt inne. In ihrer Aufregung war sie einfach die Straße entlanggelaufen, ohne sich Gedanken zu machen, wohin sie nun eigentlich wollte. Ursprünglich hatte sie seine Mutter noch aufsuchen wollen. Doch diese nette Person – die jetzt auch nicht mehr so nett war, schließlich hatte sie ebenfalls mit der Wahrheit hinterm Berg gehalten – würde ebenfalls nicht ihre Nachbarin werden. Und da sie, April, nicht so ausgefuchst war wie die beiden, würde man ihr das anmerken. Das wäre zu viel für heute. Sie beschloss, Abstand von dem Besuch zu nehmen, zückte ihr Handy und rief ein Taxi. Sie bat, sie in ein preiswertes Hotel in der Nähe des Airports zu fahren. So schade, dachte sie, als sie nach einem einfachen Abendessen sehr zeitig ins Hotelbett sank. Erics Mutter, die Hebamme, die sie auf die Welt gebracht hatte, und sie – sie beide hätten viel Spaß miteinander gehabt, da war sie ganz sicher.

Am späten Samstagnachmittag kam sie endlich wieder daheim an. Alles war schiefgelaufen. Die frühen Flüge waren alle ausgebucht gewesen, so war sie ziellos durch die hübschen Straßen der Aberdeener Altstadt gelaufen, diesmal jedoch ohne den Bummel zu genießen. Sie hatte sich gelangweilt, sich in Cafés gesetzt und an Eric gedacht, ohne auch nur einen Artikel in den Zeitschriften zu lesen, die auslagen.

Als sie zu Hause ankam, war sie froh, dass Eric noch nicht da war. Er hatte zigmal versucht, sie anzurufen, doch sie hatte einfach die Mailbox eingeschaltet. Seine Ankunft verzögerte sich, er würde erst am Sonntag in Kirkwall eintreffen. April war erleichtert über die Gnadenfrist, denn vor einer direkten Konfrontation fürchtete sie sich.

Als sie Fiona in der Küche antraf, fiel sie ihr in die Arme und küsste sie überschwänglich.

»Hoppla, Schwesterlein, womit habe ich diese stürmische Begrüßung verdient?« Fiona lachte sie an.

»Einfach damit, dass du meine Schwester bist«, sagte April mit schwankender Stimme.

»Hey, Kleines, was ist los?«, Fiona legte einen Arm um April, die jetzt ihre Tränen nicht mehr zurückhalten konnte.

»Du bist doch sonst nicht so nah am Wasser gebaut.«

»Heute hab ich allen Grund zum Heulen«, stieß April hervor.

»Komm, wir gehen ins Wohnzimmer, da habe ich gerade den Kamin angemacht. Und dann erzählst du alles deiner großen Schwester«, befahl Fiona.

Das befolgte April, nur den Besuch bei Mr. McDonald verschwieg sie.

»... Und darum wird Eric unser Haus nicht kaufen«, endete sie später mit einer Entschlossenheit, die man selten bei ihr antraf.

Das schien auch Fiona so zu sehen. »Dennoch, April, Schatz, es ist doch eigentlich schade. Er schien mir so nett zu sein.«

April betrachtete sie einen Moment fassungslos. Ihrer törichten Schwester war es anscheinend gleichgültig, mit wem sie es zu tun hatten, dabei neigte Fiona keineswegs zu Oberflächlichkeit oder gar Naivität. Vielleicht hatte sie sich von seinem guten Aussehen täuschen lassen – was allerdings für ihre Schwester ebenfalls untypisch gewesen wäre. Wenn sie allerdings an den Blick dachte, mit dem sie ihn bei der Begrüßung angesehen, ja sogar angeschmachtet hatte …

April stieß einen verächtlichen Laut aus.

Dass er das Haus bekam war ein Unding! Niemals würde sie ihre Zustimmung geben, denn auch wenn sie normalerweise schnell jemandem einen Fehler verzieh, hier lagen die Dinge anders. Sie hasste es, wenn man sie anlog! Oder wenn man ihr Dinge, die wichtig waren, verschwieg. Ihre Mutter hatte ihr verschwiegen, dass sie möglicherweise die Tochter eines anderen war, Eric hatte verschwiegen, dass er zu dieser Firma verwandtschaftliche Bindungen besaß, seine nette Mutter hatte geschwiegen … überall Unredlichkeit!

Sie stand auf und öffnete weit das Fenster. Sie brauchte dringend frische Luft. Lügen gehörten anscheinend zum Leben – das lehrte die Erfahrung.

April legte den Kopf in den Nacken und spürte erneut ein Brennen in den Augen. Dann wandte sie sich zu Fiona um. »Sei mir nicht böse, aber ich muss jetzt ins Bett. Ich bin total erschlagen.«

Fiona stand ebenfalls auf und legte ihr erneut den Arm um die Schultern. »Tu das, Kleines«, sagte sie zärtlich, und April schlang die Arme um die zarte Gestalt ihrer Schwester, die nun wirklich und wahrhaftig ihre Schwester war. »Wir reden morgen weiter. Aber die Sache mit dem Haus, die musst du akzeptieren. Ich kann einfach Eric nicht mehr in meiner Nähe haben.«

»Das verstehe ich ja« Fiona drückte April einen Kuss auf die Wange. »Und ich geh jetzt ebenfalls ins Bett. Ich brauche meinen Schlaf – für die Schlacht mit Sean«, sagte sie aufgeräumt.

April ließ sich ihr Erstaunen nicht anmerken. Dafür, dass sie Sean hasste, schien Fiona recht guter Dinge zu sein. Komisch war sie manchmal, ihre ältere Schwester. Ihre Schwester, die sie aus ganzem Herzen liebte.

Sie ging in ihr Bad, ließ Wasser in die frei stehende Wanne, in der eine Großfamilie Platz gefunden hätte, zog sich aus und genoss dann das duftende Wasser. Danach öffnete sie das Fenster in ihrem Zimmer, nachdem sie sich ihren wärmsten Pyjama angezogen hatte und stieg ins Bett.

Gegen elf stand sie auf, um sich aus der Küche etwas Essbares zu holen, denn nun meldete sich doch ihr gesunder Appetit zurück.

»Oh, du bist noch auf«, sagte sie bestürzt, als sie Sean entdeckte. Er hatte kein Licht gemacht, und stand barfuß, lediglich mit der Pyjama-Hose bekleidet, vor dem Kühlschrank, wo er sich gerade eine dicke Scheibe vom Käse abschnitt. Die Innenraumbeleuchtung des Kühlschranks zauberte düstere Schatten auf sein kantiges Gesicht, und April schauderte bei dem Gedanken, dass Fiona es mit ihm aufnehmen würde.

»Trau dich nur rein, ich fress dich schon nicht.«

»Hast du dich wieder beruhigt?«

Ein schnelles Grinsen erhellte seine markanten Züge. »Hab ich mich aufgeregt?«

»Und ob.«

»Unsinn, klang schlimmer, als es war.«

April schluckte eine Antwort hinunter, nahm sich einen Zipfel Wurst und Mineralwasser. Da sie noch kein bisschen müde war und er es ebenso wenig zu sein schien, setzten sie sich an den Küchentisch, und sie berichtete mehr oder weniger ausführlich, was sie erlebt hatte.

»Das mit Eric ... nun, ich würde es mir überlegen, ob ich ihn so einfach in den Wind schießen würde«, sagte er, während er sein faustgroßes Käsestück mampfte.

»Da gibt es nichts mehr zu überlegen«, antwortete April mit dumpfer Stimme.

Er drohte mit dem Zeigefinger. »Aber was deine Selbstständigkeit anbelangt, da finde ich, hast du recht. Freiheit ist das einzig Wahre. Ich konnte es kaum erwarten, mich endlich selbstständig zu machen. Obwohl ich finde, dass du dich unbedingt mit jemandem zusammentun solltest, der die Finanzen unter Kontrolle hat. Du bist viel zu gutmütig. Jeder kann dich über den Tisch ziehen. Deine Schwester ist da ein ganz anderes Kaliber.«

Sofort fühlte April sich bemüßigt, ihre Schwester in Schutz zu nehmen. »Ich finde, dass *sie* die Gutmütigere von uns ist. In meinen Augen ist – *war*«, verbesserte sie sich, »Fiona das Hausmütterchen. Und ich, na ja, ich tauge nicht viel.«

»Dass ich nicht lache. Reden wir von ein und derselben Person?«, fragte er spöttisch. »Nach außen, sicher, da erscheint Fiona wie ein sanftes Lamm. Aber mich kann sie nicht täuschen.« Er wedelte nun mit der Hartwurst durch die Luft. »Die ist knallhart. Zum Hausmütterchen ist sie ebenso wenig geboren wie ich, die ist durch und durch Karrierefrau, da kannst du Gift drauf nehmen«, schnaubte er. »Ich weiß wirklich nicht, was ich an ihr finde.« Wieder biss er herzhaft in die fettige Wurst, bei der Fiona stets Entsetzensschreie ausstieß, wenn April sie mit nach Hause brachte. »Hat sie dir von uns erzählt?«, nuschelte er undeutlich.

»Ja.«

»Alles?«

»Ich … ich glaube ja.«

»Dass ich sie heiraten wollte?«

»J-ja.«, log April.

»Und dass sie knallhart abgelehnt hat?«

»Auch das.«

»Ich könnte sie erwürgen«, presste er hervor, »ich bin nämlich durchaus nicht der Typ, der sich so schnell an die Kette legen lässt.«

Selbst in der Dunkelheit konnte April die scharfen Umrisse seiner Kieferknochen erkennen, die den Feind zu zermalmen schienen. Sie glaubte ihm aufs Wort. »Fiona ist der gleichen Ansicht, was dich betrifft. In beiden Punkten!«

»Ich werde sie so lange zermürben, bis sie einsieht, dass sie mich heiraten *muss*!«

Aha! Er liebte sie also noch!

»Vorher wird sie Hackfleisch aus dir machen«, versuchte April schon im Vorfeld, ihn zur Vernunft zu bringen.

»Einer von uns wird auf der Strecke bleiben.«

»Sicher.«

»Entweder – oder.«

April fröstelte. »Ich wünsche euch viel Glück.«

»Werden wir brauchen können«, sagte er abwesend, und April stand auf.

Lieber Gott, bitte mach, dass ich mich *niemals* in meinen Feind verliebe, betete sie. Dann machte sie, dass sie hinauskam.

Eric Walter war nicht anders als alle anderen. Beinahe genau so schlimm wie Nigel. Sein Benehmen war schlicht heimtückisch! Hinterhältig und gemein! Sie würde ihn überwinden, genau wie sie Nigel überwunden hatte. Mit diesem Gedanken schlief April auf der Stelle ein.

12

Am Sonntagmorgen frühstückten sie zu dritt, wobei April kaum einen Bissen herunterbekam, während Fiona für drei aß. Sean kaute mit finsterem Gesichtsausdruck auf seinem Brot herum, und hätte es nicht die Radiomusik gegeben, hätte April das Gefühl gehabt, in einer Gruft zu sitzen.

»Ich würde vorschlagen, wir machen uns auf zu einem kleinen Spaziergang«, beendete schließlich Sean das Schweigen.

Er schaute dabei zu Fiona, aber April hätte sich dabei natürlich auch in keiner Weise angesprochen fühlen können.

»Gute Idee«, Fiona nickte. »Ich habe dir einiges zu sagen.«

»Na, und ich erst«, antwortete Sean.

»Wollt ihr nicht dafür lieber nach Kirkwall reinfahren? Ich meine, ein Stadtbummel ist so viel netter. Ihr könntet ein nettes Café aufsuchen oder einen Stadtbummel machen«, schlug April schüchtern vor, wobei sie sich natürlich reichlich albern vorkam. Aber der Gedanke, dass ihre geliebte Schwester mit diesem Berserker allein am Strand entlanglief, erschien ihr einfach zu gefährlich. Morde geschahen oft aus Leidenschaft, und Sean war ein wahrlich leidenschaftlicher Mann.

»April, halt die Klappe«, befahl Sean obenhin.

»Würdest du es bitte unterlassen, meiner Schwester Befehle zu erteilen?«, bat Fiona leise, und wer sie kannte, wusste, was es bedeutete, wenn sie leise um etwas bat – man befand sich haarscharf an einem steilen Abgrund, wo sie einen mit gezückter Klinge hinabstürzen würde, sollte ein weiteres Wort über die Lippen ihres Gegenübers kommen.

»April, ich nehme alles zurück. Also, Fiona, wie sieht's aus, bist du endlich fertig? Oder darf ich dir noch eine vierte Scheibe Brot reichen?«, fragte er mit zuckersüßer Stimme.

Fiona tupfte sich die Mundwinkel ab und legte dann die Serviette neben den Teller. »Nein danke, ich bin satt. Ich wäre so weit. Und Schatz«, wandte sie sich an April, »ich nehme zur Sicherheit ein Küchenmesser mit, also sorge dich nicht um mich.«

»Vielleicht hat sie sich ja auch um mich gesorgt«, feixte Sean.

»Geht, wohin ihr wollt, aber kommt gesund wieder zurück.« April stand auf und überließ den beiden die Küche.

Sie hatte andere Sorgen. Eric sollte heute Morgen von der Geschäftsreise zurückkehren, und ihr war fast schlecht vor Aufregung. Sie hatte sich extra hübschgemacht und statt ihrer obligatorischen Hose sogar einen eng geschnittenen Wollrock angezogen, der oberhalb der Knie endete und ihren Po auf das Vorteilhafteste betonte – einen Körperteil, in den Eric sich laut eigener Aussage verliebt hatte, gleich nachdem sie sein Auto demoliert und sich so dekorativ über den Kotflügel gebeugt hatte.

Sie musste nicht mehr lange warten. Als sie seine Schritte und sein fröhliches Rufen nach ihr im Flur hörte, hatte sie sich wieder so weit beruhigt, dass sie nicht mehr ganz so flach atmete, denn sie hatte natürlich hinter der Gardine auf der Lauer gelegen und beobachtet, wie er gleich nach seiner Ankunft sofort in die Weberei gelaufen war. Doch dort traf er sie nicht an, denn sie hatte heute keinen Nerv, zu arbeiten, auch wenn die Decken auf sie warteten.

»Hallo, Schatz, wo steckst du?«, rief er laut.

Sie horchte von oben, wie er in die Küche ging, dann ins Wohnzimmer und endlich bei ihrem Zimmer stehen blieb. Er klopfte an.

»Herein«, bat sie.

Er öffnete – und blieb abrupt im Türrahmen stehen.

Sie erkannte auf der Stelle, dass er sah, dass sie Bescheid wusste. Es war ihr noch nie leicht gefallen, ein Pokergesicht aufzusetzen. Als sie sich auf den Schreibtischstuhl gesetzt hatte, hielt sie die Arme vor der Brust verschränkt, damit er nur ja nicht auf die Idee verfiel, sie zu umarmen oder gar zu küssen.

Er trat ein und schloss sachte die Tür. Langsam wandte er sich zu ihr um. »Ich denke, wir müssen uns unterhalten.«

»Ich denke, das ist bitter nötig – wobei ich dir jetzt schon sagen kann, dass diese Unterhaltung zu spät kommt.«

»Darf ich mich trotzdem setzen?«, fragte er mit kühler Stimme.

Sie deutete auf den Sessel am Fenster. Er sank in die tiefen Polster, und sie drehte ihren Stuhl so, dass sie Eric anschauen konnte. Sie saß in leicht erhöhter Position – ein strategischer Vorteil in einem Streitgespräch, wie sie gelesen hatte. Sie verschlang alles über Körpersprache. Wer wusste, wozu es nützlich war? Hier war es das. Sie faltete die Hände im Schoß und streckte den Rücken.

»Bitte!« Ihre Kehle war ausgetrocknet, und sie wünschte, sie könnte ein Glas eiskaltes Mineralwasser hinunterstürzen. Das würde allerdings immer noch nicht ihre Wut lindern, die jetzt, da sie ihn vor sich hatte, hochschoss wie ein Geysir.

»Seit wann weißt du Bescheid?«, begann er, keine Spur verlegen.

»Seit gestern. Und du?«

»Seit deinem Besuch in der Firma, als du strahlend mit der Aussicht auf deinen Vertrag für die Polsterstoffe zurückkamst.«

»Spätestens da hättest du reichlich Gelegenheit gehabt, mich aufzuklären.«

»Ich wollte zuerst mit der Urlaubsvertretung meines Cousins sprechen, diesem Hornochsen.«

»Was du bei deinem Besuch am gleichen Morgen vorzüglich hättest erledigen können – um es mir später mitzuteilen, bevor ich abflog.«

»Er war nicht mehr zu sprechen. Hat sich verleugnen lassen, dieser Esel«, zischte er.

»Du hättest es telefonisch versuchen können. Es gibt seit Langem Telefone, seit Längerem sogar tragbare, die man fernab eines Festnetzanschlusses nutzen kann.« Sie merkte, wie gestelzt sie redete, doch das war ihr egal.

»Abgesehen davon, dass dieser Schisser die Mailbox eingeschaltet hatte. Ich dachte, wenn ich die ganze Angelegenheit geklärt habe, ginge es leichter, mich mit dir auseinanderzusetzen.«

»Du hast dich geirrt.«

»Aber ich hatte zumindest später Erfolg«, betonte er und zum ersten Mal sah sie die Spur eines Lächelns in seinen Augenwinkeln. Er ergriff die schmale Aktentasche, die sie noch gar nicht bemerkt hatte, und legte sie auf ihren Schreibtisch. »Ich habe mit meinem Cousin und meinem Onkel geredet, den du ja zwischenzeitlich kennengelernt hast. Und ich denke, ich habe die ganze Angelegenheit in unserem Sinne regeln können.«

»Wie schön für dich.«

»Wie schön für *uns.*« Er lächelte wieder. »Du und ich, mein Schatz, wir haben gemeinsam diesen Auftrag erhalten. Ich bestand auf eine Fifty-Fifty-Regelung. Und, liebe April, ich habe meinem Cousin deutlich gemacht, dass man dich vielleicht über den Tisch ziehen kann, nicht jedoch mich.«

»Was bedeutet das?«, fragte sie scheinbar desinteressiert. In Wahrheit brannte sie darauf zu erfahren, inwiefern man sie »über den Tisch gezogen« hatte, wie er sich ausdrückte.

»Er wollte dich mit genau der Hälfte der Summe für deine Arbeit abspeisen, die ich mit ihm für meine Arbeit vereinbart hatte. Das heißt, für die Hälfte der Arbeit erhältst du jetzt den gleichen Lohn, als hättest du die gesamte Auftragsmenge hergestellt.«

Sein triumphierendes Lächeln war so hinreißend, dass sie beinahe schwach geworden wäre. Doch dann riss sie sich zusammen. Da sah man es doch wieder: Gegen die Reichen kam man einfach nicht an, sie nutzten jede Chance, die Schwächeren unterzubuttern.

Er stand auf, ergriff ihre Hand, und da war es vorbei mit ihrer Fassung. Sie zwinkerte die Tränen fort, die ihr in die Augen gestiegen waren, und riss ihre Hand fort.

Er streichelte ihr sacht über die Wange und entnahm seiner Aktentasche einen Umschlag. »Dein Vertrag, mein Schatz. Gleicher Preis für halbe Arbeit. Hiermit, Liebling, wirft deine Arbeit einen satten Gewinn ab, was man von deinem alten, mündlich getroffenen Vertrag nicht gerade sagen konnte. Bei dem wärst du, wie ich überschlagen habe, gerade so mit plus, minus null herausgekommen – wenn du die ganze Arbeit allein bewältigt hättest, was für dich Tag- und Nachtschichten bedeutet hätte.«

Sie nahm den Vertrag entgegen, und während sie Eric fest in die Augen blickte, zerriss sie ihn in kleine Teile. »Steck dir deinen Vertrag an den Hut! Und nun steh auf und verlasse mein Zimmer. Und dann, *mein lieber Schatz*«, sagte sie mit unnatürlich süßer Stimme, »verlässt du mein Haus. Und noch was: Die Sache mit dem Hauskauf kannst du dir natürlich abschminken. Mit jemandem, der mich betrügt, mache ich keine Geschäfte.«

»Wieso betrügen? Ich habe dich nicht betrogen! Diese ganze Konfusion entstand nur, weil der Vertreter meines Cousins meinem Cousin nicht frühzeitig mitgeteilt hatte, wem er mündlich diesen Vertrag zugesichert hatte – übrigens vor der Sekretärin, das aber nur am Rande. Ich gebe zu, ich hab dir anfangs einige Dinge verschwiegen – aber da kannten wir uns ja auch noch nicht so gut wie jetzt – und dir etwas spät reinen Wein eingeschenkt. Hoffentlich nicht zu spät«, bemerkte er, doch in seinen zusammengekniffenen Augen stand keine ehrliche Bitte um Vergebung.

»Es ist zu spät«, sagte sie und bemerkte zu ihrem Ärger, wie brüchig ihre Stimme klang. »Du hast mit zu vielem hinterm Berg gehalten. Ich kann dir nicht mehr vertrauen.«

»Dennoch haben wir einen Vorvertrag beim Notar.«

Diesmal wirkte er noch ungemütlicher als bei ihrem ersten Zusammenstoß auf der Straße. Er zeigte keine Spur von Reue, sondern strahlte eine derart unangenehme Selbstzufriedenheit aus, dass April vor Wut kaum Luft bekam. Dieser selbstgerechte Idiot! Brüstete sich sogar damit, für sie noch einen besseren Vertrag ausgehandelt zu haben, als wenn sie selbst … *Wenn* – ach, das war jetzt auch egal. »Ich pfeif auf den Vorvertrag! Dieses Haus wird nicht in deine Hände fallen!«, rief sie.

»Das werden wir ja sehen. Ich möchte dir nur sagen, dass du dann keinen Deut besser bist als ich. Ich zumindest halte meine Verträge ein.«

»Und noch etwas.« Sie machte eine kleine Pause. »Ich bin mir jetzt ziemlich sicher, dass du es warst, der meine Jacquard-Maschine manipuliert hat, sodass ich sie nicht mehr gebrauchen kann.« Diese Idee war ihr zwar gerade erst gekommen, aber je länger sie darüber nachdachte, umso wahrscheinlicher erschien ihr dieser Verdacht. Er hatte sich doch allzu sehr für die Maschinen interessiert. Und war er nicht auch frühmorgens in die Scheune gestürmt, ohne sich vorher im Haus zu vergewissern, ob sie nicht dort sei? Er hatte alle Zeit der Welt gehabt, an ihrer Webmaschine herumzuspielen.

Sie ballte die Fäuste und öffnete den Mund, um ihn darüber in Kenntnis zu setzen, dass sein Versuch, sie außer Gefecht zu setzen, erfolglos gewesen war und sie mittlerweile ein Ersatzteil hatte, doch dann hielt sie sich in letzter Sekunde zurück. Sie war doch nicht blöd, damit böte sie ihm nur einen Grund, erneut an der Maschine herumzupfuschen.

»Und wer weiß, vielleicht liegen deine Maschinen längst in Felixstowe, und du zögerst nur, sie abzuholen, weil sich darin ja die Ersatzteile befinden, die du mir so großzügig angeboten hast. Du weißt ohnehin, dass sie zu spät gekommen wären.«

Er sprang auf. Die Zornesröte in seinem Gesicht ließ seine hellen Augen dunkel leuchten.

»Ich sehe, ich habe mich fürchterlich in dir getäuscht«, stieß er vor Wut bebend hervor. »Du kannst dir dein Haus in die Haare schmieren. Ich pfeif drauf, wenn du es wissen willst. Aber sei dir gewiss, April, du machst einen großen Fehler.« Er raffte seine Aktentasche zusammen. »Und noch etwas. Wenn du dein Geschäft weiter so dilettantisch führst, wie du es begonnen hast, dann bist du ohnehin in spätestens drei Monaten pleite. Das nur zu deiner Warnung. Abgesehen davon, dass du die Jacquard-Weberei kaum allein bewältigen kannst, fehlen dir noch einige andere Dinge, um ein Geschäft nicht nur erfolgreich aufzuziehen, sondern auch zu führen: nämlich genügend Grips, kaufmännischer Sachverstand und Verhandlungsgeschick.« Mit diesen Worten stolzierte er hoch erhobenen Hauptes aus ihrem Zimmer und warf die Tür hinter sich zu.

Sie musste nicht lange warten, bis er auch die Haustür hinter sich zugeworfen hatte, zu seinem Porsche eilte und damit verschwand. Hoffentlich auf Nimmerwiedersehen, dachte April erbost.

Sie war doch nicht dämlich! Sie war eine intelligente Person, die es nur noch nicht gelernt hatte, eine ordentliche Kalkulation aufzustellen und die Bücher zu führen. Aber schließlich stand sie erst am Anfang ihrer beruflichen Karriere. Sollte er doch dahin gehen, wo der Pfeffer wächst, dieser Idiot!

Verdrossen blickte sie seinem Auto hinterher, das sich mit aufheulendem Motor entfernte. Angeber-Karre! Jeder mit einem derartig betuchten familiären Hintergrund konnte sich so einen Wagen leisten. Jedem, dem eine reiche Familie als Sicherheit zur Seite stand, dem die Maschinen für seine Arbeit sogar umsonst in den weichen Schoß fielen, lag die Welt zu Füßen. Solchen Typen fiel ein Vermögen, für das Normalbürger lange stricken mussten, beinahe von selbst ins bereits gefüllte Säckel.

Sie warf sich aufs Bett und grübelte. Sie würde es allen beweisen! Und sie würde lernen, zu rechnen. Auf der Stelle wollte sie Sandy anheuern, regelmäßig bei ihr zu arbeiten. Das Haus gegenüber konnten sie rasch loswerden, sodass sie die Freundin sogar bezahlen konnte, obwohl sie ahnte, dass Sandy auch ohne Entlohnung bei ihr arbeiten würde – für den Anfang. April wusste, dass es zahlreiche Künstler gab, die händeringend so etwas wie ihr Haus suchten, da die Einheimischen sich so ungern von ihrem Hab und Gut lösten.

Sie war froh, dass es lange dauerte, bis sie Fiona und Sean heimkehren hörte. Hurra, die beiden lebten noch! Und sie stritten nicht einmal.

»April«, rief Fiona mit glockenheller Stimme, wie April düster bemerkte.

Die Tür zu ihrem Zimmer wurde aufgerissen, die Schwester stürzte herein und sank zu April aufs Bett.

»Au, du hast dich auf meinen Fuß gesetzt«, murrte April, die an den rosigen Wangen und den funkelnden Augen ihrer Schwester erkannte, dass man sich nicht an die Gurgel gegangen, sondern dass dieser Ausflug der Schwester prächtig bekommen war. Ihr normalerweise glattes Haar war so durcheinander geraten, dass sie wie nach einer durchfeierten Nacht mit ergötzlichem Sex aussah.

Fiona stand auf und setzte sich näher zu April. »Ich muss dir was sagen«, begann sie.

»Schieß los«, antwortete April müde.

»Sag, wäre es ... ach, es ist so schwierig –«

April schlug die Augen zur Decke. Dieses Stottern war gar nicht Fionas Art.

»Also, um es kurz zu machen«, fuhr Fiona fort, zögernd erst, dann umso rascher, »Sean und ich würden gern für wenige Tage nach Ibiza fliegen.«

Perplex richtete April sich auf und stützte sich auf die Unterarme.

»Es ist so, dass Dr. Redding sich bereit erklärt hat, die Praxis währenddessen allein zu führen, was wir unheimlich nett fanden. Und da dachten wir, da sich so schnell sicher keine Gelegenheit mehr finden würde, wenn Dr. Redding aufhört, dass wir also jetzt fliegen sollten.«

»Du meinst, du willst *zusammen* mit Sean Urlaub machen?«

»Ja.«

»Aber, Fiona, ihr könnt euch nicht ausstehen!«

»Nun ja, weißt du ...«

Aufs Höchste beunruhigt, wartete April, dass Fiona weitersprach.

»Ach, April, ich ... ich –«

»Ja, was denn nur?«, unterbrach April sie ungeduldig.

»Ich bin hoffnungslos verknallt!«

»In *ihn*?«

»In wen sonst?«, kam die amüsierte Antwort.

»Fiona!«

»Ja, ich weiß, klingt komisch, aber ob du es glaubst oder nicht, er hat sich völlig verändert. Er ist so süß geworden!«

April kam aus dem Staunen nicht heraus. War das ihre beherrschte Schwester, die jetzt wie eine Vierzehnjährige klang? »Aber heute Morgen war er doch noch ein blöder Idiot! So rasch kann sich niemand verändern.«

Fiona zuckte die Schultern. »Ein Idiot kann er immer noch manchmal sein. Und zuerst hat er sich tatsächlich aufgeführt wie Rambo, aber ich hab ihm zwischenzeitlich gezeigt, was eine Harke ist«, sie lachte. »Und dann heute Morgen ... ich weiß auch nicht, wie alles gekommen ist. Jedenfalls haben wir uns ausgesprochen und würden gern zusammen Urlaub machen. Andererseits möchte ich dich natürlich nicht gerade jetzt allein lassen, mit deiner Arbeit, der Kocherei für Eric, deiner Weberei und dem Einkauf und so ...«

»Also wegen mir mach dir mal keine Sorgen«, unterbrach April Fionas Gehaspel. »Du weißt doch hoffentlich, dass er dich unbedingt heiraten will?« Als Fiona kicherte, verspürte sie einen Anflug von Eifersucht.

»Ich weiß, und ich hab gesagt, dass ich es mir überlegen werde.«

Wie sicher Fiona mit einem Mal klang. »Du hast noch vor gar nicht allzu langer Zeit geschworen, dass du nicht heiraten willst, wenn ich daran erinnern darf.« Noch immer hatte April Mühe, ihre eifersüchtigen Gefühle zu unterdrücken.

Fiona beugte sich zu April und umarmte sie stürmisch. »Ach, Schatz, man kann seine Meinung doch wohl ändern.«

»Du hast Jahre mit deinem Studium zugebracht, das wirst du doch jetzt nicht Knall auf Fall zunichtemachen? – Deine Worte, wenn du dich entsinnst.«

»Aber ich gebe doch auch nicht meinen Beruf auf. Wenn ich ihn heirate, also wirklich, wenn – denn es ist ja noch nicht sicher, darum wollen wir ja nach Ibiza … um uns quasi ein letztes Mal zu prüfen. Also, wenn, dann hat er die gleichen Pflichten wie ich. Und Kinder werden wir auch keine bekommen. Aber damit wäre er auch einverstanden … hat er jedenfalls geschworen. Ach, April, egal, was kommt, ich bin so glücklich! Und schrecklich aufgeregt.«

Plötzlich wurde April von einem zärtlichen Gefühl für ihre große Schwester übermannt. Ihre Stimme wurde weich. »Meinen Segen jedenfalls habt ihr. Ich wünsche euch Glück und eine schöne Reise. Und wegen mir brauchst du dir wirklich keine Sorgen zu machen, Fiona. Denn wir haben ab sofort einen Gast weniger, um den ich mich kümmern muss.«

»Wieso das?«, Fiona starrte sie betroffen an.

»Eric ist gerade ausgezogen. Das Haus wird nicht an ihn verkauft. Wir haben uns getrennt, es ist alles aus.« Sie holte tief Luft, dann begann sie zu erzählen.

»Das war nicht richtig von ihm, aber … ist es wirklich so schlimm?«, wollte Fiona Minuten später wissen. Ich meine, den Vertrag zwischen dir und ihm aufzuteilen, bei gleichem Gewinn für dich, das ist doch gar nicht so schlecht.«

April spürte erneut eine Welle der Wut. »Wie kannst du so etwas fragen? *Natürlich* ist es schlimm! Er hätte mir von Anfang an alles erzählen müssen. Er hat immer nur stumm zugehört – was ich auch noch toll fand. Im Grunde weiß ich gar nichts von ihm, außer dass er Maschinenbau studiert und einige Jahre in Kanada gelebt hat. Und dass ihm daraufhin jemand eine komplette Weberei geschenkt hat. Wer weiß, wie er sich die erschlichen hat«, fauchte sie.

»Ich muss sagen«, gab Fiona zu, »ich fand ihn eigentlich trotz allem ganz nett. Und irgendwie«, sie wandte den Kopf vom Fenster, schaute träumerisch in den Garten und warf dann einen schnellen Blick zu April, »sei bitte nicht böse, aber ich weiß, wie du sein kannst. Irgendwie kann ich ihn verstehen.«

Mit einer heftigen Bewegung schlug April die Decke zurück und sprang auf. »Und jetzt bin ich wohl an dem Ganzen auch noch schuld? Ich muss sagen, du erstaunst mich!«

»Ach, April, sei doch nicht beleidigt. Natürlich war es nicht richtig, wie er sich verhalten hat, aber er hat sich schließlich entschuldigt.«

»Nein, hat er nicht«, fauchte April, der das gerade erst aufgefallen war. Ein weiterer Minuspunkt für ihn. Hatte er überhaupt erwähnt, dass es ihm leidtat? Wahrscheinlich auch das nicht.

Sie ging zum Fenster und zischte: »Es ist doch immer wieder dieselbe Geschichte: Sobald ein Mann nur ein bisschen nett zu uns ist, schmelzen wir Frauen dahin. Du hast ihn ja reichlich schnell in dein Herz geschlossen«, funkelte sie ihre Schwester über die Schulter hinweg an.

»Hab ich auch, und ich hab mich sehr für dich gefreut, dass du endlich jemanden gefunden hattest, der dich von Nigel endgültig befreit hat. Es tut mir einfach nur leid für dich.«

»Ja, mir tut es auch leid. Aber jetzt ist Schluss. Ich werde sofort eine Mail an den *Orcadian* schreiben, damit die Annonce für einen Käufer unseres Hauses noch diesen Donnerstag erscheinen kann.«

»Ja, aber was ist mit dem Vorvertrag, den wir alle drei geschlossen haben?«

»Er hat freundlicherweise darauf verzichtet.«

Fiona stand auf. »Tja dann, Schatz, geh ich mal rüber, packen. Wir wollen morgen früh schon fliegen – wenn Sean einen Platz für uns in der Maschine bekommt.« Mit diesen Worten segelte sie hinaus.

13

Mittwochabend kehrte ein glückliches Paar aus dem Urlaub zurück.

»Du darfst mich jetzt offiziell als Verlobte von Sean betrachten«, strahlte Fiona.

»Diese Verlobung werden wir gebührend im Old Ship feiern«, entschied Sean und legte besitzergreifend einen Arm um seine Verlobte.

Und was April immer noch nicht so recht fassen konnte: Fiona ließ es geschehen.

Das *Old Ship Inn* lag auf der Bridge Street. Hier gab es das beste Essen von Kirkwall. April kannte das Restaurant, dessen Wände mit Holz verkleidet waren und wo zahlreiche Fischernetze von der Decke hingen. Es war gemütlich und stets gut besucht.

Natürlich freute sie sich für ihre Schwester und Sean, dennoch hatte sie Mühe, ihre Melancholie zu verbergen. Es würde vorübergehen, dachte sie, als sie sich zwei Stunden später über ihren Fischteller beugte. Auch diesen Liebeskummer würde sie überstehen, denn während ihre Schwester so glücklich war, hatte sie alle Mühe, nicht ständig an Eric zu denken.

Wann immer sie nach Kirkwall hineingefahren war, hatte sie sich nach dem schwarzen Porsche umgesehen. Aber natürlich hatte sie ihn nie entdecken können, weder das Auto noch Eric. Während das Weben sie sonst immer entspannt hatte, verfolgte sie jetzt bei der Arbeit ständig der Gedanke, ob sie wirklich alles richtig gemacht hatte. Sie hatte leichtherzig auf einen Mann verzichtet, der seit Langem wieder einmal ihr Herz berührt hatte. Geeignete Männer, die man ein Leben lang ertragen konnte, wuchsen nicht auf Bäumen.

Früher hatte sie immer geschimpft, wenn Freundinnen die Ehe als die allein selig machende Lebensform betrachtet hatten. Doch manchmal sehnte sie sich genau danach. Oder zumindest nach dem Mann, dem man so weit vertraute, dass man sich ihm völlig hingab, es musste ja nicht sogleich mit Trauschein besiegelt werden. Ein festes Versprechen tat es ja auch, sinnierte sie. Aber Vertrauen war das Wichtigste – und das hatte Eric verspielt. Oder war sie zu hart gewesen? Sie kam zu keinem Ergebnis.

Um in diesen Tagen auf andere Ideen zu kommen, entwickelte sie neue Lochkarten-Muster. Bei dieser Tätigkeit kam es auf höchste Konzentration an, und das war das Einzige, das sie von ihren quälenden Gedanken ablenkte. Auch wenn sie den Vertrag mit der Interior-Firma zerrissen hatte – ihre neueste Strategie sah vor, dass sie Möbelfirmen anschreiben und ihnen die Muster, die sie weben wollte, unterbreiten würde. Diese Muster würden mit Wolle gewebt werden, die mit den herrlichen Naturfarben gefärbt war. Da konnte kein Möbel- oder Stoffproduzent Nein sagen, dachte sie optimistisch.

Am folgenden Donnerstagmorgen warteten April und Fiona ungeduldig auf das Erscheinen des Wochenblatts. Stanley, der Sohn ihrer östlichen Nachbarn, lieferte jeden Tag pünktlich um sieben aus, und April hatte sich extra den Wecker gestellt, um die Zeitung so früh wie möglich in Empfang nehmen und lesen zu können. Normalerweise konnte sie dank Sandy, die sich stets pünktlich um acht an den Webstuhl setzte, etwas länger schlafen. Auf sie konnte April sich zum Glück verlassen, denn die Freundin hatte das Weben von der eigenen Mutter gelernt und liebte diese Arbeit ebenso wie sie.

Beruhigt stellten die Schwestern fest, dass die Anzeige für das Haus so im Immobilienteil der Zeitung platziert war, dass sie jedem Interessenten ins Auge springen musste. Auf eine Internetsuche hatten sie bislang verzichtet.

Fiona war am Mittwochabend glücklich mit Sean von Ibiza zurückgekehrt. Man war sich einig geworden, hatten die beiden April strahlend erklärt, und würden heiraten – und die Praxis von Dr. Redding gemeinsam führen.

Beruhigt legte April das Wochenblatt zur Seite und ging dann, bewaffnet mit zwei Bechern Kaffee, hinüber in die Scheune, wo sie mit Sandy einen kleinen Schwatz halten wollte.

Sandy war wirklich eine gute Freundin. Sie hatte sich sehr gefreut, als April sie fragte, ob sie nicht regelmäßig kommen könne, um zu helfen. Sie erschien morgens um acht und arbeitete bis eins am Webstuhl. Das gab April die Möglichkeit, morgens länger im Bett liegen zu bleiben, denn sie arbeitete in der Regel bis weit in die Nacht, damit sie das Pensum bis Weihnachten schaffte. Die Neuigkeit von Fionas Verlobung freute Sandy beinahe ebenso wie April, denn natürlich kannte sie die beiden aus der Jugend ebenfalls, da sie alle auf die gleiche Schule gegangen waren.

Nach einer halben Stunde verabschiedete April sich, um sich um die Gästezimmer zu kümmern, denn es hatten sich die letzten Gäste für dieses Jahr angekündigt. Sie wollte schon die Betten beziehen, für frischen Blumenschmuck sorgen und einheizen, da nicht sicher war, ob die Gäste – allesamt Stammgäste, die jedes Jahr um diese Zeit ihre Herbstwanderungen antraten – bereits am Freitag oder doch erst Samstagmorgen eintreffen würden.

Am Freitagabend gegen halb sieben unterbrach das Klingeln des Telefons Aprils Grübeln. Ihre Nerven waren zum Zerreißen gespannt, denn mittlerweile hatte sie natürlich oft daran gedacht, dass sie möglicherweise bei Eric überreagiert hatte. Bei jedem Laut von der Straße war sie aufgesprungen, um zu schauen, ob er nicht doch zurückgekehrt war, um sich bei ihr zu entschuldigen. Möglicherweise hätte sie ihm dann noch eine Chance gegeben. Doch umsonst – er erschien weder persönlich, noch meldete er sich per E-Mail, noch rief er an. Nun, dann nicht, dachte sie böse. Sie musste sich wahrlich nichts vorwerfen, und schon gar nicht musste sie den ersten Schritt tun.

Sie nahm mit einer nervösen Bewegung das Handy, das neben ihr griffbereit auf dem Glastisch lag, und schaute auf das Display. Nein, es zeigte nicht die bekannte Nummer von Eric, sondern eine unbekannte.

»April Gowrie«, meldete sie sich und zwang sich zur Ruhe.

»Tom Nichols, guten Abend, Mrs. Gowrie. Ich habe heute Ihre Annonce im *Orcadian* gelesen und würde mir, wenn Sie erlauben, gern das Haus einmal ansehen.«

April stieß die Luft aus, die sie vor Aufregung angehalten hatte. Ein Interessent für ihr Haus! Sie konnte ihr Glück kaum fassen.

Tom Nichols stellte sich als Geschäftsmann aus London vor und teilte ihr mit, dass er für sich und seinen Freund ein Ferienhaus suche, da sie seit Jahren ihre Ferien auf der Insel verbrachten und nun eine feste Bleibe anstrebten. Er sprach ein wenig bedächtig, seine Stimme klang angenehm tief und alles in allem Vertrauen erweckend; er war April sogleich sympathisch. Ohne Umstände stimmte er dem nächsten Morgen zehn Uhr als Besichtigungstermin zu. April war glücklich, denn dann war Fiona dabei, und auch Sean konnte einen Blick auf den Mann werfen und sehen, ob man ihm vertrauen konnte.

Tom Nichols stellte sich als ein mittelgroßer Mann von zirka dreißig Jahren mit unscheinbaren Gesichtszügen und freundlichem Wesen heraus und war sehr angetan von dem Haus. Er zeigte sich ansonsten nicht sonderlich gesprächig, sondern erschien April eher ein bisschen schüchtern. Ihr war es egal, ob er alleinstehend war, Familie besaß, oder welcher Art das Verhältnis zu seinem Freund war.

Er war ihr sympathisch, das allein zählte, und nachdem Fiona ebenso dachte, erschienen sie genau eine Woche nach dem Desaster mit Eric Walter erneut bei Alistair McNeill. Noch am selben Tag kam der Kaufvertrag endgültig zustande.

Tom Nichols hatte sich nach Unterschreiben des Kaufvertrags verabschiedet. Er teilte ihnen nicht mit, wann er oder sein Freund das Haus einweihen wollten, aber das war den beiden Frauen auch egal. Der Vertrag war ordnungsgemäß unterschrieben, sie hatten binnen einer Woche das Geld erhalten, somit war für sie die Sache erledigt, und sie konnten sich endgültig anderen Dingen zuwenden, was beide gleichermaßen erleichterte. Fiona war glücklich über den Geldsegen und trieb nun mit Sean die Übernahme der Tierarztpraxis voran. April hatte Muße, sich um neue Aufträge zu kümmern, ohne Sorgen, dass ihr vorher das Geld ausginge. Als Erstes bezahlte sie Sandy und regelte auch sogleich deren weiteres Arbeits- und Lohnverhältnis. Zudem war sie auf die Suche nach Hilfe gegangen – Hilfe beim Führen eines Kleinunternehmens. Auch da konnte ihr ein ehemaliger Schulkamerad helfen, der ihr als Steuerberater unterstützend zur Seite stehen würde. Sandy, die sich auf dem Gebiet besser auskannte als April, ordnete im Vorfeld die Papiere, doch die Hauptarbeit übernahm Aprils alter Schulfreund, damit sie nur ja mit dem Finanzamt nicht in Schwierigkeiten geriet, denn die vielen Vorschriften überforderten sie enorm.

Die Tage verflogen im Nu. Ende September erlebten die Inselbewohner und Gäste kristallklare Herbsttage von zarter Transparenz, mit traumhaftem, von Minute zu Minute wechselndem Farbenspiel des Lichts jenseits der weich gerundeten Kuppen, den endlosen Hochmooren und tiefblauen Seen. Die Herbststürme hatten noch nicht eingesetzt, und in der leichten Meeresbrise lief das Wasser sanft kräuselnd an der atemberaubende Steilküste auf.

Diesmal jedoch hatten April und Fiona keinen Blick für die Naturschönheiten ringsum. Sie hatten alle Hände voll zu tun. Einige Stammgäste hatten sich kurzfristig angemeldet und wollten versorgt werden, wobei Fiona keine große Hilfe sein konnte, denn sie war nahezu rund um die Uhr beschäftigt. Dr. Redding war erkrankt und würde nicht wieder in die Praxis zurückkehren; so hatten sie und Sean die Praxis auf der Stelle übernommen und waren damit beschäftigt, nicht nur die anfallende Arbeit in die Hand zu nehmen, sondern auch ihre Zusammenarbeit zu organisieren – was sie augenscheinlich schafften, ohne in Zank und Streit auszubrechen, wie Fiona April verriet.

Die Hochzeit sollte im kommenden Frühling stattfinden. Sie hatten vor, nach Absprache mit

April natürlich, im Haus wohnen zu bleiben, was April einigermaßen erleichterte. So, wie Fiona und Sean nun miteinander umgingen, fürchtete sie sich auch nicht vor Diskussionen, denn sie mochte Sean ohnehin. Sie war erleichtert, in ihrem Kummer, Eric nie mehr wiederzusehen, nicht auch noch allein in dem großen Haus wohnen zu müssen.

Eines Mittags Anfang Oktober kehrte April von ihrer Einkaufstour in Kirkwall zurück. Es war zwischenzeitlich zur Gewohnheit geworden, dass Sandy nach ihrer Arbeit am Webstuhl einen kleinen Imbiss bei ihr einnahm, den April zubereitete. Alles hatte sich wunderbar eingespielt. Dank Sandy blieb April morgens Zeit genug, sich um die Gäste und die Zimmer zu kümmern. Heute hatte sie sich ein wenig verspätet, doch Sandy, die sie telefonisch informiert hatte, war ihr nicht böse. Es war halb zwei, und April hatte einen Bärenhunger. Schwungvoll fuhr sie in die Hofeinfahrt, und sah dabei aus den Augenwinkeln, dass beim neuen Nachbarn gegenüber ein großer schwarzer Wagen parkte. Also war Tom Nichols zu Besuch auf der Insel.

Sie schaltete den Motor aus, nahm die zwei Taschen, die voll bepackt mit Lebensmitteln waren, und ging auf ihre Eingangstür zu. Sie hielt inne. Eigentlich könnte sie ihn kurz begrüßen, denn sie war doch ein wenig neugierig, ob er allein gekommen war oder ob er seine Familie mitgebracht hatte. Hastig stellte sie die Taschen auf den Boden und überquerte die Straße. Dann drückte sie auf den Klingelknopf neben der Eingangstür. Die Tür wurde beinahe im gleichen Moment geöffnet. April ließ ihre Handtasche, die sie noch immer trug, auf den Boden sinken, so kraftlos fühlte sie sich mit einem Mal.

»Du –!«

»Ja, ich.«

»Das ist nicht dein Auto«, entfuhr es ihr.

»Du irrst, ich habe mir einen neuen geleistet, das ist schließlich nicht verboten«, sagte er heiter, »bitte tritt doch ein, ehe du mir auf der Schwelle zusammenbrichst.«

»Du Teufel!«

Eric Walter blickte sie sanft lächelnd an. »Nicht doch. Es war ein ganz reguläres Geschäft. Mein Freund hat es sich anders überlegt, und er war so lieb, mir sein Haus zu verkaufen. Also komm endlich herein, damit wir auf gute Nachbarschaft anstoßen können.« Mit diesen Worten öffnete er weit die Tür.

»Mit Geld ist eben alles zu machen, du Kapitalist«, zischte April.

»Jetzt hör auf, so zu reden, das steht dir nicht. Der Brite ist bekannt für seine Fairness, also steck die Niederlage mit Anstand weg.«

»Red nicht von Fairness«, schnaubte sie. »Wenn einer hier unfair gehandelt hat, dann ja wohl du, du …« Zu ihrem Ärger wusste sie nicht weiter.

»Kapitalist?«, half er, während sich sein ironisches Lächeln vertiefte.

Wortlos drehte sie sich um und stapfte hinüber zu ihrem Haus.

»Ich möchte dich und deine Schwester für heute zum Essen einladen. Bitte mach mir die Freude und komm«, rief er ihr gut gelaunt hinterher.

April dachte nicht daran, zu antworten. Niemals würde sie auch nur eine Stunde mit ihm unter einem Dach verbringen, selbst wenn es zum Essen war. Dieser Betrüger!

Der Appetit war ihr vergangen. Achtlos stellte sie die zwei Taschen auf den Küchenboden.

»Hallo, was ist los?«, fragte Sandy bestürzt, die in der Küche eine Tasse Tee trank und die Zeitung studierte.

»Gleich, Sandy, ich muss rasch telefonieren.« Mit diesen Worten stürzte April zum Telefon, um Fiona Bescheid zu geben. Aber diese war nicht zu erreichen. Sean teilte ihr mit, dass Fiona auch nicht mehr in die Praxis zurückkehren, sondern gleich kurz nach Hause kommen wolle. Also blieb April nichts anderes übrig, als zu warten. Sie ging in die Küche und machte sich daran, die Lebensmittel fortzuräumen, während sie Sandy diese Ungeheuerlichkeit mitteilte.

»Ach komm schon, was machst du denn bloß für ein Drama daraus?«, erwiderte die jedoch nur.

»Na, ich bitte dich, so was gehört sich doch nicht«, murrte April.

»Das mag ja sein. Aber sieh es doch mal positiv. Durch ihn bist du das Haus schnell losgeworden und kannst jetzt mit dem Geld so richtig loslegen. Außerdem – wenn du nicht willst, musst du mit ihm ja nicht weiter verkehren.«

»Ich *verkehre* nicht mit ihm, wie du dich auszudrücken beliebst!« Als Antwort erhielt sie lediglich ein helles Lachen. Genervt beschloss April, das Thema zu wechseln, mit Sandy konnte sie darüber ja doch nicht weiter diskutieren.

»Und du bist immer noch in ihn verliebt, leugne es nicht.«

Sie errötete. »Egal ob verliebt oder nicht, so was gehört sich einfach nicht.« Sie wusch sich die Hände und nahm dann den Fisch aus, den sie morgens auf dem Markt fangfrisch erstanden hatte. Es sollte Kabeljau in Senfsoße geben, dazu Nudeln. Als Abschluss hatte sie einen Butterkuchen auf dem Blech vorgesehen, den einzigen Kuchen außer ihrem Früchte-Teekuchen, den sie ohne Probleme immer hinbekam und der bereits backfertig darauf wartete, goldbraun im Backofen seiner Vollendung zuzustreben. Ihn gab es fast jeden Tag, und sie wurden seiner nie überdrüssig.

Während sie den Fisch in Mehl, Ei und Semmelbröseln wendete, um ihn schließlich in das heiße Fett gleiten zu lassen, während das Nudelwasser köchelte, überlegte sie, dass Eric, wenn er nicht so verlogen wäre, eigentlich einen absoluten Traummann abgab. Einmal davon abgesehen, dass er zu den Machtmenschen gehörte; allein seine herausfordernden Augen, mit denen er sie betrachtet hatte, als er ihr heute die Tür geöffnet hatte, konnten sie zur Weißglut treiben.

Sie seufzte, als sie daran dachte, dass schwache Männer sie genauso wütend machten – wenn auch aus entgegengesetztem Grund. Um ehrlich zu sein, nervten schwache Männer sie sogar noch mehr. Wütend versetzte sie der Ofentür einen heftigen Stoß. Den Mann, der ihr gefiel, musste sie sich wohl selbst backen. Lustlos überließ sie sich Sandys Plaudern, und genau so lustlos machte sie sich nach dem Essen, an dem auch Fiona teilgenommen hatte, an die Arbeit am Webstuhl.

Als Fiona gegen zwei hungrig in der Küche auftauchte, überbrachte April ihr, immer noch aufgelöst, die Neuigkeit. Die Schwester reagierte genauso, wie April insgeheim befürchtet hatte. Schlimmer noch, die Tatsache schien sie sogar zu amüsieren, ja, sie hatte sogar die Stirn, zu planen, gemeinsam mit Sean hinüberzugehen, um mit diesem Mann zu Abend zu essen.

»Wie kannst du nur? Ich versteh dich wirklich nicht! Der treibt doch seine Spielchen mit uns«, entrüstete sich April, aber Fiona lächelte nur still. Ihr einziger Kommentar bestand darin, dass sie ihrer Schwester erklärte, dass sie gedachte, in Zukunft mit ihm in Frieden und in guter Nachbarschaft zu leben, wozu sich April vielleicht irgendwann auch einmal entschließen möge. Dann verließ sie das Haus, um sich wieder ihrer Arbeit zu widmen.

April verzog verächtlich die Lippen. Als sie schließlich gegen neun Uhr abends die Küche erneut betrat, um ihr Abendessen zu braten – die vom Mittag übrig gebliebenen Nudeln, die sie mit Ketchup essen würde –, ging ihr durch den Kopf, wie exzellent Eric zu kochen verstand, was ihre Laune nicht gerade verbesserte. Tatsache war, dass sie diesen Mann einfach nicht vergessen konnte.

14

Der erste November nahte mit Schnee, der die alten Gemäuer Kirkwalls mit einem reizvollen Zauber umgab und die Landschaft ringsum in strahlendem Glanz leuchten ließ. Normalerweise hätte dieses seltene Ereignis bei April Begeisterungsstürme hervorgerufen, doch sie war immer noch nicht über ihren Liebeskummer mit Eric hinweg. Zum Glück half ihr die Arbeit. In der zumindest tat sich etwas. Sie hatte ja auch Zeit genug, sich etwas zu überlegen, wenn sie still in der Stube saß, wo sie ihre Decken herstellte.

Der Jacquard-Webstuhl nebenan allerdings, ihr wertvollstes Arbeitsgerät, lag still. Diesmal nicht aufgrund eines fehlenden Ersatzteiles, sondern aufgrund fehlender Aufträge. Also musste sie genau so an die Sache herangehen wie Eric: Sie musste sich um neue Kunden bemühen. Man kam nicht zu ihr herübergeflogen, weil sie eine solch schöne alte Maschine besaß. Auch nicht, weil April so schöne Augen hatte – sie musste von sich aus tätig werden und der Welt darüber berichten. Vor allem musste sie der Welt Beweise vorlegen, welch ausgefallene, fantasievolle Muster man mit einer solchen Maschine herstellen konnte. Nicht umsonst besaßen sie Hunderte von Lochkarten – niemand hatte sie je gezählt –, und sie selbst stellte noch heute immer neue her, schließlich war sie im Entwerfen ein Ass.

So überlegte sie und kam auf die blendende Idee, dass es doch Modeschöpfer gab, die sicher immer auf der Suche nach ausgefallenen Stoffen für ihre exquisiten Modelle waren – samt und sonders handwerkliche Kunstwerke, wenn in der Regel auch unbezahlbare. Manchmal auch untragbare, aber das war eine andere Sache. Und so entstand mithilfe von June, die tatsächlich für einige Tage bei ihnen übernachtete und April die Rezepte für die schönsten Naturfarben verriet, Wolle in den herrlichsten Farben, die die Sonnenstrahlen einzufangen schienen, das Meer leuchten und die Blumen der Insel erblühen ließen.

Das Netteste jedoch war, dass June der Freundin obendrein als Geschenk für ihre Geschäftseröffnung die Naturmaterialien für erste Proben schenkte: Wurzeln und Blüten seltener Pflanzen und mineralische Erden, denen man auf den ersten Blick nicht ansah, welch außergewöhnliche Farbschattierungen man daraus entstehen lassen konnte. Und mit diesen hatte April die wundervollsten Stoffproben hergestellt.

So gerüstet, besorgte sie sich die Adressen der größten Modeschöpfer, die in London ansässig waren. Paris, so entschied sie, würde vielleicht folgen, aber später. Sie sprach zwar ein leidliches Schulfranzösisch, doch um bei einer geschäftlichen Besprechung damit bestehen zu können, das traute sie sich noch nicht zu. Und dann würde sie sich irgendwann an die Loire begeben. Die Sitzmöglichkeiten der dortigen Schlösser mussten ständig restauriert werden. Und vor der Restaurierung historischer Möbelstoffe war ihr nicht bang, das konnte sie. Sie würde sich nach und nach vorstellen – wenn sie bereits einige Erfolge vorweisen konnte, entschied sie. Damit würde sie den Traum ihres Vaters erfüllen, der sie früher schon auf diese Idee gebracht hatte.

Ende Oktober begab sie sich auf die Reise nach London. Es geschah, was sie kaum für möglich gehalten hatte: Man empfing sie. Die Größen der Modeszene waren allesamt sehr freundlich und interessiert. Sie überließ ihnen ihre Muster, man bedankte sich artig, und dann wurde sie ebenso freundlich wieder auf die Heimreise geschickt.

So viel also zu deiner ersten Akquise, dachte sie mutlos, als sie später wieder im ungeliebten Flugzeug saß. Man hatte sie willkommen geheißen, ihr sogar Hoffnungen gemacht, aber das war es auch schon. Sie hatte eigentlich damit gerechnet, dass man ihr selig um den Hals fallen und sie anflehen würde, sogleich meterweise Stoffe zu produzieren, damit man damit baldmöglichst arbeiten könne.

Gestern nun war Jupiter ihr hold gewesen: Es kam tatsächlich ihr erster Auftrag ins Haus gesegelt. Und das Schönste daran: Den konnte sie in aller Ruhe ausführen, denn man hatte ihr Zeit gelassen, da diese Stoffe erst für die nächste

Winterkollektion genutzt werden sollten. Die Wochen bis zum Beginn der Produktion reichten April.

Und heute Morgen flatterte eine Mail auf Aprils Computer, die ihr Herz erneut höher schlagen ließ: Die Grande Dame unter den englischen Modeschöpfern, die für ihre Exzentrik berühmt war, hatte sich ebenfalls entschieden, es mit einigen ihrer Muster zu versuchen! Die Bestellmengen waren nicht gerade riesig, doch da April sich diesmal wirklich vorbereitet hatte, würde sie in der Lage sein, einen satten Gewinn mit diesen ersten Aufträgen zu erwirtschaften.

Warum, dachte April, konnte es nicht sein, dass man gleich zweimal im Leben Glück hatte – im Beruf und in der Liebe? Doch Eric war ja ein so starrsinniger Mensch!

An jenem ersten Abend, als er sein Haus in Besitz genommen hatte, hatte sie sich natürlich trotz Fionas Bitten gegen ein Essen mit ihm entschieden, sodass Fiona und Sean tatsächlich allein hinübergegangen waren, was Aprils Zorn auf ihn noch gesteigert hatte. Aber Fiona war der Meinung, dass es die gute nachbarschaftliche Sitte einfach verlangte. Und auch an den folgenden Abenden kam April seiner Bitte, mit ihm zu speisen, nicht nach.

Sie hatte jedoch mit Argusaugen verfolgt, wie seine zwei Webstühle eingetroffen waren und wie er sich mit zwei Männern daranmachte, diese in seiner Scheune aufzubauen. Zudem hatte er neben der Scheune einen Wohncontainer aufgebaut, in dem offenbar Klein- und Ersatzteile verstaut wurden – logisch, mit den beiden großen Jacquard-Webstühlen war seine Scheune voll.

Gestern nun war endlich seine Mutter einschließlich zweier Umzugswagen eingetroffen, und April hatte sich verzweifelt gefragt, wie sie sich in dieser Situation verhalten sollte, denn natürlich wäre es ihre Aufgabe als gute Nachbarin gewesen, die alte Dame mit Brot und Salz willkommen zu heißen, wie es auf der Insel Sitte war. Doch das mögliche Zusammentreffen mit Eric ließ sie allein bei dem Gedanken erzittern.

Drei Tage später sah sie ihn morgens mit seinem Auto wegfahren. Die Luft schien rein. Sie freute sich, wie gut ihr das Brot gelungen war, das sie, wie es der Zufall so wollte, am frühen Morgen gebacken hatte. So, wie sie es in den letzten Tagen immer gehalten hatte: Man wusste ja nie, wozu es gut war.

»Wie schön, dass du die alte Sitte einhältst. Ich schätze doch, das ist das Brot für die Walters?«, erkundigte sich Fiona, als April das dritte Brot in Folge gebacken hatte. »Aber meinst du nicht, dass ein Brot reicht?«, grinste sie und biss herzhaft in den weichen Hefestuten, den April frisch aus dem Ofen geholt hatte.

»Ich muss warten, bis die Luft rein ist.«

»Ach, Schatz, ewig wirst du ihm nicht aus dem Weg gehen können«, murmelte Fiona und gab sich einen großen Klecks Erdbeermarmelade auf den köstlichen Stuten, der April wirklich sehr gut gelungen war.

»Nein, ich weiß. Aber beim Antrittsbesuch möchte ich mich entspannen können.«

»Ich schlage vor, wir gehen gemeinsam hinüber, dann hab ich das auch hinter mir, denn Mrs. Walter habe ich ja noch gar nicht kennengelernt«, schlug Fiona vor, und April war erleichtert. Sollte Eric unerwartet früh zurückkehren, hätte sie Hilfe an ihrer Seite, und es würde nicht allzu peinlich werden.

Sorgfältig wickelte April eine Schleife um das Brot, dann stellte sie ein kleines Schälchen mit Salz auf das hübsche Brett, das sie in Kirkwall am Tag des Einzugs von Mrs. Walter erstanden hatte.

Obwohl Fiona bei ihr war, fühlte April eine leichte Spannung in der Magengegend. Mrs. Walter war eine reizende Person, doch sie liebte ihren Sohn. Und April konnte ihn nicht ausstehen. Welche Mutter hegte schon Sympathien für Frauen, die ihren Sohn nicht leiden konnten? Aber es war ja auch egal. Sie würde jetzt ihren Antrittsbesuch hinter sich bringen und dann die beiden nicht mehr beachten.

Sie klopften an die Tür, keine Minute später erschien Mrs. Walter. Lächelnd hielt Fiona ihr das Brett mit dem Salz und dem Brot hin.

»Oh, wie nett. Bitte kommen Sie herein. Und wie gut das Brot duftet«, Mrs. Walter lächelte. »Wer von Ihnen beiden hat es denn gebacken?«

»Das war ich«, sagte April.

»Wie sehr ich die alten Sitten liebe«, sagte Mrs. Walter mit hoher Stimme.

Einen Moment war April überzeugt, dass sie genauso aufgeregt wie sie selbst war.

»Wir möchten Ihnen zu Ihrem Einzug viel Glück wünschen«, wandte sich Fiona an die Nachbarin.

»Mögen Sie sich hier genauso wohlfühlen wie in Ihrem schönen Haus in Aberdeen«, pflichtete April ihr bei.

»Danke, das ist sehr lieb von Ihnen. Ich werde es gleich aufschneiden. So ein Stuten schmeckt frisch doch am besten, ich habe ohnehin noch nicht gefrühstückt. Ich musste zwar für den Umzug keinen Finger rühren, und die Männer waren sogar so nett, alles gleich in die Schränke zu räumen. Doch erst wenn man einmal in der Wohnung ist, sieht man, was man noch verändern könnte. Die ganze Zeit bin ich mit Umräumen beschäftigt. Aber ist ja auch nicht schlimm, so bleibe ich auf Trab«, rief sie fröhlich. »Bitte kommen Sie doch mit in die Küche, Sie würden mir eine große Freude machen, wenn Sie mit mir frühstücken würden.«

»Tut mir leid, Mrs. Walter, ich muss leider in die Praxis«, sagte Fiona zu Aprils Verdruss. Allerdings wusste sie, dass ihre Schwester nicht flunkerte. Sie hatte heute sehr viel zu tun, wie sie zuvor April erzählt hatte, bevor diese den Antrittsbesuch erwähnte.

»Aber meine Schwester hat sicher Zeit.«

»Und einen großen Appetit. Ich bleibe gern, Mrs. Walter.« April versuchte, sich zu entspannen. Eigentlich würde sie wirklich gern mit Erics

Mutter, die sie gleich am ersten Tag in ihr Herz geschlossen hatte, das zweite Frühstück einnehmen – eine leichte Übung für sie, wenn sie nicht das Gefühl gehabt hätte, dass ihr Sohn jede Minute wieder hereinplatzen würde.

Fiona verabschiedete sich.

»Dann kommen Sie, Liebes. Wir sollten es uns in der Küche gemütlichmachen«, lud Mrs. Walter April ein, hakte sich bei ihr unter und führte sie in die Küche, die sehr nett eingerichtet war – unprätentiös und heimelig.

»Wollen Sie sich auf das Sofa setzen? Das ist am bequemsten«, schlug Erics Mutter vor.

Es handelte sich um ein kleines rotes Küchensofa, das April neu erschien, jedenfalls hatte sie es in der alten Küche von Mrs. Walter nicht entdeckt. »Danke. Von hier aus hat man einen schönen Blick, finden Sie nicht?«

Mrs. Walter stellte sich neben April. Gemeinsam schauten sie aufs Meer, das in der Ferne blau schimmerte. Die fast verblühten Eriken auf den sich bräunlich verfärbenden Wiesen davor wirkten heute jedoch wie ein mit Zucker überzogenes Aquarell in transparenten Farben.

Wenn ich mehr Zeit habe, werde ich wieder einmal zum Malpinsel greifen, nahm sich April gerade vor, als Mrs. Walter sagte: »Man möchte sofort zum Pinsel greifen und loslegen, finden Sie nicht?«

»Ich hatte soeben den gleichen Gedanken.« April lachte.

»Ich liebe naturalistische Malerei, habe mich jedoch dem Abstrakten zugewandt, weil es mir jetzt am Anfang noch leichter fällt. Ich werde jedoch hier auf Mainland viel Zeit haben und bin auf der Suche nach einer Lehrerin, die mich unterrichten kann. Es gibt ja einige Künstler auf der Insel.«

»Seit wann malen Sie?«

»Seit einem Jahr – seit mein Mann verstarb«, antwortete Mrs. Walter leise. »Es war für mich wie eine Therapie. In meinem ganzen Leben hatte ich keinen Pinsel in der Hand gehalten. Doch eine befreundete Therapeutin schlug es mir vor. Ich hielt mich für absolut unbegabt.« Sie lächelte, »doch eine Lehrerin überzeugte mich davon, dass es das in der Malerei nicht gibt.«

»Und da hat sie absolut recht.« April nickte. »Ich finde es immer schade, dass die Leute sich nichts zutrauen, gerade auf kreativem Gebiet. Die meisten haben künstlerisches Potenzial.«

»Vor allem muss man es lieben und darf sich nicht unter Druck setzen. Keinen übertriebenen Ehrgeiz.«

»Finde ich auch«, stimmte April zu.

»Ja, die Malerei ist wahrlich das Beste, was mir in den letzten Jahren passiert ist«, Mrs. Walter wandte sich ab, um das Frühstück vorzubereiten.

»Ich arbeite mit Aquarellfarben. Aber in letzter Zeit habe ich keine Zeit für mein Hobby.«

»Diese Zeit sollte man sich aber immer nehmen. Nichts ist heilsamer als ein Hobby, das einen zufriedenstellt. Ich male mit Acryl, das fällt mir leichter für den Anfang. Beim Aquarellmalen muss man so schnell sein. Aber das lerne ich auch noch.«

»Das ist die richtige Einstellung.« Müßig schaute April der Älteren zu, wie sie das Kaffeewasser aufsetzte. »Kann ich Ihnen helfen, Mrs. Walter?«

»Oh, Liebes, nein. Ich weiß nämlich selbst noch nicht so genau, wo ich alles hingestellt habe. Setzen Sie sich einfach ans Fenster und genießen Sie es, ein wenig verwöhnt zu werden. Ich liebe die Ausblicke hier«, begeisterte sie sich.

»Und vor allem sieht man von hier aus nur unser Haus und nicht die große Scheune dahinter. Sie ist ja nicht gerade ein schöner Anblick«, bemerkte April schmunzelnd.

»Das Haus ist einfach wundervoll, mein Sohn hatte ganz recht.«

Das war das Stichwort für April. »Apropos, wo ist Eric denn hin? Ich sah ihn eben fortfahren.«

»Ach, er ist mal wieder auf dem Weg nach Dubai«, seufzte Mrs. Walter. »Mit einer neuen Kollektion. Die Leute dort sind ganz verrückt nach unseren Wollprodukten.«

»Also wird er heute gar nicht mehr zurückkommen?«

»Nein, leider nicht. Er wird voraussichtlich erst Samstagabend wieder hier sein«, Mrs. Walter seufzte. »Ich hoffe nur, dass es zwischenzeitlich nichts am Haus gibt, was ich eventuell richten muss.«

April merkte, dass die Dame tatsächlich ein wenig sorgenvoll war. »Machen Sie sich keine Gedanken, Mrs. Walter«, sagte sie spontan. »Das

Haus ist wirklich gut in Schuss. Außerdem bin ich die meiste Zeit des Tages zu Hause. Ich lasse Ihnen meine Telefonnummer da. Und auch die Handynummer, falls ich einmal außer Haus bin, was vor allem morgens schon einmal der Fall sein kann. Scheuen Sie sich also bitte nicht, mich anzurufen, wenn Sie jemanden brauchen, der Ihnen hilft. Aber normalerweise müssen Sie nur rasch die Straße überqueren, wenn etwas ist. Ich bin gar nicht so unbegabt, müssen Sie wissen. Schließlich habe ich vieles selbst renoviert. Ich arbeite gern mit den Händen, das hab ich von meinem Vater geerbt.«

Sie hielt inne und dachte liebevoll an den Mann, von dem sie eine ganze Weile angenommen hatte, dass er doch nicht ihr leiblicher Vater sei. Wie schön, dass ihre Mutter sich geirrt hatte. Und wie traurig – für sie, April. Sicherlich wäre ihre Mutter zärtlicher zu ihr gewesen, hätte sie dies gewusst. Nun war es zu spät. »Ab mittags finden Sie mich in der Scheune. Aber nicht nur in dem großen Raum mit dem Jacquard-Webstuhl, sondern oft in dem kleinen daneben. Hier fertige ich mit einer Freundin Decken für die Firma Ihres Bruders an.«

Sie bemerkte, wie Mrs. Walter errötete.

»Ach, wie nett«, antwortete sie mit etwas höherer Stimme als normal. »Dann haben Sie also den Auftrag für die Decken erhalten. Eric war ja da hinterher, aber der Schwiegersohn meines Bruders, Mr. McDermot, hat jemanden gesucht, der modernere Muster auf Lager hatte als Eric.

Und Eric wusste, dass Sie solche Muster im Angebot haben.«

Als April das hörte, freute sie sich. Also gab es doch etwas, das sie besser verstand als Eric. Sie wusste, dass ihre Stärke im Entwerfen außergewöhnlicher Muster lag. Dann ging ihr die Bedeutung der Worte erst richtig auf. »Heißt das, Eric hat mich Mr. McDermot vorgeschlagen?«

Mrs. Walter schüttelte den Kopf. »So würde ich das nicht nennen. Er rief nur meinen Neffen an und sagte, dass hier auf Orkney eine begabte Person säße, die wunderschöne Decken mit modernen Mustern herstelle und es sein könne, dass Sie sich aufgrund der Annonce vorstellen kämen.«

»Ja, ich las die Annonce und erhielt dann, wie Sie wissen, den Auftrag.« April beschloss, Erics Mutter nichts von dem zweiten Auftrag, den sie Eric vor die Füße geworfen hatte, zu erzählen. Sie wollte die gemütliche Plauderei mit ihr nicht zunichtemachen. »Aber die Zeit ist knapp«, fuhr sie fort. »Ich muss die komplette Kollektion bis Weihnachten fertighaben. Zum Glück hilft mir meine Freundin Sandy, sonst würde es schwierig werden. Ich arbeite so schon bis spät in die Nacht.«

Mrs. Walter stellte verschiedene Marmeladen und eine feine Leberwurst auf den Tisch, dazu Sahne und Zucker. Den Tee schenkte sie in hauchdünne Teetassen ein.

»Ihr Teeservice ist ja schön«, entfuhr es April. Sie liebte feines Geschirr und betrachtete mit Freude das gold umrandete, zarte Porzellan.

»Wie schön, dass Sie so etwas immer noch schätzen, das findet man ja bei den jungen Frauen nicht mehr so häufig«, antwortete Mrs. Walter erfreut und setzte sich zu April an den Tisch, bevor sie das Brot aufschnitt.

April gab auf die eine Hälfte der Brotscheibe ein wenig Leberwurst. Wie nett, auch in ihrem Essgeschmack ähnelte Erics Mutter ihren Gewohnheiten.

Mrs. Walter biss in ihr Scheibe, die noch ein wenig warm war. »Oh, wie köstlich«, rief sie aus. »Ich sehe, Sie mögen auch die Wurst auf dem süßen Brot. Wir scheinen viel gemeinsam zu haben.«

Oh ja, vor einigen Wochen sogar noch die Liebe zu Ihrem Sohn, dachte April melancholisch.

Da legte Mrs. Walter eine Hand auf die von April. »Sagen Sie, hätten Sie etwas dagegen, wenn wir das lästige Siezen wegließen? Ich heiße Hetty«, schlug sie vor.

»Und ich bin April. Ja, ich fände das wirklich viel gemütlicher.«

»Gut so«, sagte Hetty mit leuchtenden Augen.

Einen Moment aßen sie schweigend. »Weißt du, April, ich bin ganz unglücklich über den Zwist zwischen Eric und dir«, nahm Hetty das Gespräch wieder auf. »Du bist mir so sympathisch. Ich bin mir bewusst, ich rede jetzt wie eine typische Glucke. Aber wenn du ihn länger kennen würdest, könntest du vielleicht vieles, was er von sich gibt, verzeihen. Er hat in den letzten Jahren viel durchmachen müssen.«

»Ach ja«, gab April mit dünner Stimme zurück. »Der Knackpunkt ist gerade, dass er nicht zu viel, sondern zu wenig erzählt hat.«

»Ja, er ist wie die meisten Männer. Man muss ihnen die Würmer aus der Nase ziehen«, seufzte Hetty. »Ich hoffe doch sehr, er hat dir erzählt, dass er verheiratet war und meint, am Tod seiner Frau Schuld zu haben?«

April hätte sich beinahe am Brot verschluckt. Sie nahm einen raschen Schluck und verbrühte sich die Zunge am heißen Tee. »Nein, das hat er nicht.«

Hetty nickte wissend. »Dachte ich's mir doch.« Sie legte die Hände in den Schoß. Ihr Blick wanderte in die Ferne. »Das Unglück begann an einem stürmischen Samstag im Frühjahr vorigen Jahres. Eric hat immer viel gearbeitet und seine Frau wohl ein wenig vernachlässigt. Sie nahmen sich vor, an diesem Wochenende einen Segeltörn zu machen. Doch da das Wetter so schlecht war, sah Eric von diesem Ausflug ab. Es kam zum Streit deswegen. Ally, so hieß meine Schwiegertochter«, erklärte sie, »hörte nicht auf ihn, nahm das Boot, fuhr hinaus in den Sund – und kenterte. Ihre beste Freundin, die mit an Bord gewesen war, konnte gerettet werden, Ally nicht mehr. Zum Glück, muss ich sagen, waren Erics Schwiegereltern Zeugen der Auseinandersetzung. Sie gaben Eric daher keine Schuld, er hatte in ihren Augen alles getan, seine Frau von diesem Törn abzuhalten. Sie selbst hatten die beiden davor gewarnt. Dennoch ist die ganze Sache natürlich ganz furchtbar«, schloss sie.

Versonnen schaute sie hinaus auf die See, die ruhig wie ein Spiegel war. »Eric hatte vorher schon die Leitung der Weberei inne. Er hatte die Familie kennengelernt, als man ihn rief, um einen der modernen Webstühle zu reparieren. Dabei verliebte er sich in Ally. Er blieb, arbeitete sich in den Betrieb ein und fand Gefallen am Weben und an den alten Webstühlen. So kam es, dass er sie von seinen Schwiegereltern geschenkt bekam, als er sich entschied, hierher zurückzukommen, nachdem mein Mann bei dem Flugzeugabsturz umgekommen war. Die Schwiegereltern verkauften das Werk mit gutem Gewinn und vererbten Eric eine hohe Summe des Geldes und eben die zwei alten Jacquard-Webstühle mit allem Drum und Dran. Sie mochten ihn sehr. Auch mein Mann und ich verstanden uns gut mit ihnen«, endete sie versonnen.

»Wie traurig«, entfuhr es April. »Er hat mir kein Wort darüber gesagt.«

»Er kann ganz schön dumm sein. Vor allem gibt er sich wohl immer noch die Schuld an Allys Tod, der dumme Junge.«

April merkte, wie Erics Mutter kämpfte, um Fassung zu wahren. »Nun, hier kann er einen Neuanfang starten. Die Insel hat schon vielen Menschen geholfen, sich wieder zu fangen, wenn sie einmal den Halt verloren haben«, sagte sie heiterer, als ihr offensichtlich zumute war, und dachte dabei an sich selbst. Auch ihr war es besser gegangen, als sie sich nach ihrem »Ausflug« aufs Festland, wie sie es nannte, entschieden hatte, auf die Insel zurückzukehren.

»Er erzählt ja nicht viel. Aber er bemerkte einmal, dass er dir angeboten hatte, mit ihm eine Partnerschaft einzugehen – ich meine jetzt die geschäftliche«, fügte Hetty lächelnd hinzu.

April schüttelte heftig den Kopf. »Nein, das habe ich ihm gleich von Anfang an auszureden versucht.«

»Und warum, wenn ich fragen darf? – Nicht, dass es mich was anginge.«

April bedachte die Ältere mit einem freundschaftlichen Blick. »Es geht nicht gegen Eric persönlich …«, zumindest war es das nicht am Anfang gegangen, fügte sie insgeheim hinzu. »Es ist einfach so, dass ich etwas für mich allein haben möchte. Ich möchte selbst entscheiden, was gewebt wird, wie gewebt wird, und ich möchte mir die Kunden aussuchen.«

»Ja, aber das könntest du doch mit meinem Sohn vereinbaren«, rief Hetty aus. »Eine Partnerschaft bedeutet doch nicht, dass man sich selbst aufgibt. Ihr könntet die wesentlichen Punkte alle schriftlich in einem Vertrag festlegen.«

April zuckte wortlos die Schultern und schwieg hartnäckig, auch wenn sie Hettys prüfenden Blick spürte.

»Willst du mir nicht verraten, was zwischen euch vorgefallen ist?«, fragte da ihre neue Freundin, als die April sie beinahe schon betrachtete.

»Ach, ich weiß auch nicht … Die Sache ist irgendwie festgefahren.«

Und dann konnte April sich doch nicht zurückhalten und erzählte Erics Mutter, was sie an ihm geärgert hatte.

»Und jetzt, finde ich, müsste er wenigstens Zeichen zum Einlenken geben«, murrte sie schließlich.

»Warum? Du bist doch fortgelaufen, hast ihm die Freundschaft gekündigt«, sagte Hetty fast schon strafend.

April verzog den Mund. »Er hätte mich nicht so unwissend dastehen lassen dürfen. Ich kam mir vor wie eine Idiotin. Und dann die Sache mit dem Haus – das war auch nicht korrekt, finde ich.«

»Wieso, welche Sache mit dem Haus?« Hetty bekam kugelrunde Augen.

»Ach, das hat er auch verschwiegen? Typisch für ihn«, rief April. »Ich habe aus Wut über ihn den Vorvertrag gekündigt. Und er hatte eigentlich auch keine Lust mehr, hier herzuziehen.«

»Davon weiß ich ja gar nichts, also so was«, rief Hetty bekümmert.

April ärgerte sich über sich selbst, dass sie der neuen Nachbarin davon erzählt hatte, aber jetzt war es nicht zu ändern.

»Und du wolltest mich also eigentlich gar nicht hier einziehen lassen? Ja, mein Kind, das ist ja … wirklich nicht schön.«

April legte rasch ihre Hand auf den zarten Handrücken Hettys, auf dem sich schon einige Altersflecken zeigten. »Aber doch nicht wegen dir! Ich war nur anfangs böse und habe dabei gar nicht an dich gedacht … Ich will sagen, ich habe dich nicht damit gemeint, wenn du verstehst, was ich meine«, sagte sie betroffen. »Ich würde mich glücklich schätzen, wenn ich eine solche Mutter hätte.«

Hetty ergriff Aprils Hand. »Wie nett von dir«, sie lächelte. »Es tut mir leid, dass du so früh deine Mutter verloren hast.«

»Ich wollte allein Eric damit bestrafen, dass ich so gehandelt habe, nicht dich. Dich mag ich doch so gern. Und jetzt freue ich mich, dass du meine Nachbarin bist«, beeilte April sich, die Person zu beruhigen, die sie so schnell ins Herz geschlossen hatte.

»Na, da bin ich ja froh«, Hetty sah sie schelmisch an. »Aber vielleicht gibst du meinem Sohn doch zu verstehen, dass du dich auch über seine Anwesenheit freust. Du musst wissen, er ist furchtbar in dich verliebt, und es zerreißt mir das Herz, wenn ich sehe, wie er leidet«, gestand Erics Mutter traurig. »Nicht, dass es mich was anginge«, fügte sie der Form halber hinzu.

»Na, und wie *ich* erst leide!«, rief April aufgeregt. »Er hätte ja zwischenzeitlich schon ein paar Mal rüberkommen und sich entschuldigen können.«

»Ja, ich weiß, er ist manchmal ein fürchterlicher Ochse. Männer können wirklich kreuzdumm sein.«

»Da sind wir uns ja mal wieder einig.« April fühlte sich auf einmal viel besser. »Und jetzt, Hetty, muss ich wirklich gehen, meine Arbeit wartet. Ich muss noch kochen, denn meine

Freundin Sandy isst mittags immer mit mir mit. Vielen Dank für dein wirklich leckeres Frühstück.« Sie stand auf, auch Hetty erhob sich.

»Ich freue mich, dass ich so ausgesprochen nette Nachbarn habe. Und jetzt, liebe April, muss ich dich zum Abschied einfach umarmen.« Das tat Hetty dann auch. »Ich wünsche mir, dass mein Sohn und du doch noch zusammenkommen«, schloss sie freundlich. »Ich begleite dich hinaus, denn ich habe noch Sachen im Auto, die ich noch einräumen muss.«

Sie traten hinaus in den beinahe winterlichen Morgen. Das Eis glitzerte vor dem Eingang, wie April bemerkte. »Habt ihr Streusalz?«, fragte sie Hetty.

»Nein, nicht dass ich wüsste. In der Scheune liegt nichts.«

»Macht nichts. Ich bringe dir gleich ein wenig von unserem, damit du mir hier nicht ausrutschst«, bot April an, doch da war es auch schon geschehen: Hetty hatte bereits ein paar Schritte in Richtung Auto gemacht, und bevor April begriffen hatte, was geschah, war die alte Dame auch schon hingefallen.

»Au!« Mit schmerzverzerrtem Gesicht hielt sie sich die rechte Hand.

»Oh nein!« April half ihr auf. »Hätte ich doch gleich an das Streusalz gedacht, ich Kamel. Jetzt haben wir den Salat.«

»Ich glaube, es ist nichts gebrochen. Ich werde gleich nachsehen, ob ich einen Verband habe oder so was.«

»Nein, wir werden sofort zum Arzt fahren«, entschied April.

»Ja, aber deine Arbeit –«

»Sandy ist meine Freundin. Sie hat alle Zeit der Welt, sie wird so lange weitermachen, bis ich wieder zurück bin. Und wenn sie nicht kann, ist es auch nicht schlimm. Ich liege gut in der Zeit«, wandte April ein.

Die Tatsache, dass Hetty sich tatsächlich überzeugen ließ, gleich zum Arzt zu fahren, bewies April, welche Schmerzen Erics Mutter haben musste.

Nachdem sie mit Sandy vereinbart hatte, dass diese in der Zwischenzeit etwas zu essen herrichtete, machte April sich mit Hetty auf den Weg zum Arzt. Dort allerdings kamen sie nicht sogleich an die Reihe, sondern hatten fast zwei Stunden zu warten, bis der Arzt endlich Zeit für sie fand, denn im Gegensatz zu ihm hatte seine streichholzdürre Sprechstundenhilfe mit dem raspelkurzen roten Haar kein Mitleid mit Hetty gezeigt.

»Es ist schließlich nicht lebensbedrohlich«, hatte diese muffig erklärt, als April ihr den Zustand ihrer »Patientin« schilderte. Trotz aller Bemühungen war die Dame am Tresen nicht davon zu überzeugen, die beiden vorzulassen.

Zweieinhalb Stunden später erreichten sie wieder ihr Zuhause. »Ein Glück, dass wir so gut gefrühstückt haben«, seufzte April und half der Älteren aus dem Auto.

»Du sagst es. Ich bin ja so froh, dass wenigstens nichts gebrochen ist.«

»Nein. Aber kochen kannst du mit der Hand auch nicht. Du wirst ab sofort mit uns wenigstens mittags mitessen«, entschied April. »Du hast die Worte des Arztes gehört: Schonung ist angesagt.«

»Das ist wirklich furchtbar lieb von dir. Herzlichen Dank«, sagte Hetty, und April war froh, dass sie sogleich einverstanden war.

»Bitte geh doch schon voraus in die Küche, ich komme gleich. Ich will nur eben etwas Salz streuen.« April öffnete Hetty die Tür in den Flur, aus dem schon die köstlichsten Essensdüfte ihre Nasen kitzelten.

Hetty ging in die Küche, und wenig später folgte ihr April.

Drei Tage half sie Hetty, soweit es ging und sie Zeit fand. Sie hatte darauf bestanden, dass Erics Mutter, zumindest solange ihr Sohn noch nicht von seiner Reise zurückgekehrt war, mit ihnen sowohl zu Mittag aß als auch das Abendbrot bei ihnen einnahm. Und zusätzlich ging April zur Teezeit zu der Nachbarin hinüber, brachte ihr die Zeitungen oder die wenigen Einkäufe, die sie für sie erledigt hatte.

Erfreut spürte sie, wie sie einander immer näher kamen. Eigentlich war Hetty genau so, wie April sich stets eine Mutter gewünscht hatte, sinnierte sie manchmal: Sie war weichherzig, manchmal ging sie einem auf die Nerven, doch jedes

Mal, wenn sie sich sahen, war sie liebevoll. Wenn April das Gespräch vorsichtig auf Eric brachte, ging Hetty völlig darauf ein, und so lernte April alles über Erics Jugend, seine Eigenheiten und Gewohnheiten. Und je länger sie mit Hetty sprach, umso mehr wünschte sie sich, dass Eric endlich auftauchte.

In der Zwischenzeit arbeitete sie fast bis zum Umfallen, denn nun konnte sie endlich auch den Jacquard-Webstuhl in Gebrauch nehmen, um die Stoffe für die Modezaren herzustellen. Auch hier hatte sie sich beinahe in der Zeit vertan, denn wie sie nicht einkalkuliert hatte, benötigte sie allein zum Einrichten der Maschine zwei volle Tage, wobei ihr Sandy nicht helfen konnte, denn diese hatte nie mit einer solchen Maschine gearbeitet.

Am Samstagabend bestanden Fiona und Sean jedoch darauf, dass April ihre Arbeit früher als gewöhnlich beendete und mit ihnen in den angesagten neuen Pub ging, der vor wenigen Tagen geöffnet hatte und in den alle Freunde stürmten – Freunde, die April allerdings lange Zeit vernachlässigt hatte.

»Freundschaften muss man pflegen«, warnte Fiona, und April verdrehte die Augen.

»Das musst du gerade sagen«, grinste sie. »Du hast doch nur noch Augen und Zeit für Sean.«

»Und darum werde ich euch beiden Hübschen auch ausführen«, bestimmte dieser. »Die Band meiner Jugend spielt heute, und diesen Gig möchte ich auf keine Fall versäumen.«

Früher hatten sie Sean immer *Hau-Drauf* genannt – nicht, weil er ein Schläger gewesen wäre, sondern weil er mit Begeisterung Schlagzeug gespielt hatte, jedoch nie den Takt halten konnte. Was er irgendwann selbst einsah und das Schlagzeug dem überließ, der es meisterlich beherrschte: seinem Bruder, der auch heute in der Band mitspielte.

April hatte sich angeboten, das Auto zu fahren, denn sie machte sich nicht viel aus Alkohol und wollte ohnehin am Morgen fit sein. Als sie die Bar betraten, sah sie sofort, dass auch Nigel, ihr Exverlobter, anwesend war – mit einer neuen Flamme im Arm: Eileen, einer Verkäuferin aus dem Drogeriemarkt. Es musste die fünfte sein, mit der er anbändelte, und das waren nur jene, mit denen April ihn angetroffen hatte, wenn sie auf der Insel war. Die nicht mitgerechnet, wegen der er sie verlassen hatte, und auch nicht die unzähligen anderen, die sie nicht einmal vom Sehen kannte. Und obwohl sie sich alle Mühe gab, ihm den Rücken zuzukehren, erfuhr sie von Fiona, dass er sich stets in ihrer Nähe aufhielt.

Nach und nach begann April, sich zu entspannen und den Abend zu genießen. Sie wollte gerade die anderen zum Heimgehen bewegen, da es schon auf elf zuging und sie zum Umfallen müde war, da öffnete sich die Tür und herein trat Eric.

Aprils Herz blieb beinahe stehen. »Oh, hallo«, war alles, was sie hervorbrachte, als er prompt auf sie zusteuerte.

»Hallo, April. Lange nicht gesehen.«

Sie fand, dass er nie besser ausgesehen hatte – was möglicherweise an dem schmeichelnden Licht im Pub lag. Er war gut gebräunt und strahlte eine Energie und ein Selbstbewusstsein aus, das zeigte, dass er in Dubai erfolgreich gewesen sein musste.

Nachdem er auch Fiona und Sean begrüßt hatte, raunte er leise in Aprils Ohr: »Darf ich mich bei dir mit einem Cocktail dafür bedanken, dass du meiner Mutter in den letzten Tagen so nett zur Seite gestanden hast?«

Zuerst wollte April sofort ablehnen, doch dann sah sie Nigels stieren Blick, der wieder nur wenige Meter von ihr entfernt stand, sodass sie zustimmte.

»Na, April, endlich einen neuen Lover gefunden?«, fragte er, als Eric sich entfernte, um für den Cocktail zu sorgen.

»Das geht dich nichts an. Schau du nur zu, dass dir nicht gleich die Augen aus deinem gegelten Kopf fallen«, antwortete sie und warf Eileen einen bedauernden Blick zu. »Wenn du dir was Gutes tun willst, dann vergisst du den Kerl«, rief sie der hübschen Frau mit den roten Locken und der durchscheinend zarten Haut zu, die sie von der Schulzeit her kannte und eigentlich immer gemocht hatte.

Als sie später an dem süffigen Cocktail nippte, spürte April, wie sehr sie es genoss, als Eric wie nebenbei den Arm um sie legte. Und nicht Nigels gehässige Blicke waren der Grund dafür, dass sie wie auf Wolken schwebte.

»Ich wollte mich übrigens bei dir noch entschuldigen, dass ich mich so mies benommen habe.« Eric drückte sie noch ein wenig fester.

»Hat dir das deine Mutter mit auf den Weg gegeben?«

»Mein Privatleben auf die Reihe zu kriegen, das schaffe ich schon noch ganz allein«, antwortete er leicht gekränkt.

»Obwohl du von ihr noch Einiges lernen kannst.«

»Möglich«, entgegnete er kurz. Er zog sie am Arm mit sich und steuerte auf eine ruhigere Ecke am hinteren Ende des Pubs zu, als er bemerkte, dass Nigel ihnen immer dichter auf die Pelle rückte und scheinbar an jedem Wort interessiert war, das sie von sich gaben. »Ich habe alles falsch angefasst und bitte dich ernsthaft, mir noch einmal eine Chance zu geben. Und darauf bin ich ganz allein und ohne die Hilfe meiner Mutter gekommen – in den heißen Wüstennächten von Dubai«, fügte er grinsend hinzu.

»Wenn du willst, können wir es ja noch einmal miteinander versuchen«, hörte April sich sagen. Noch ehe sie die Worte zurücknehmen konnte, wurde sie stürmisch von ihrem Liebsten geküsst.

»Bitte verzeih mir! Ich bin manchmal einfach unmöglich. Ich werde es wiedergutmachen, ich versprech's«, murmelte Eric in ihr Ohr.

Einen Moment, ehe sie sich seinem Kuss hingab, durchzuckte sie der Gedanke, wie gut es doch gewesen war, dass sie sich ein neues Eau de Toilette geleistet hatte.

»Sag, womit ich dir eine Freude machen kann.«
»Da wird mir schon etwas einfallen.« April lächelte selig. »Aber jetzt muss ich nach Hause. Ich schlafe gleich im Stehen ein.«
»Ich fahre dich«, bestimmte er.
Sie schüttelte den Kopf. »Geht nicht. Ich bin mit dem Auto hier und muss die anderen mitnehmen.«
»Warte, das haben wir gleich.«
Kurze Zeit später kehrte Eric zurück. »Alles geklärt. Sean und Fiona nehmen ein Taxi, und ich fahre dich morgen früh hierher, damit du dein Auto abholen kannst.«

Als sie daheim ankamen, standen sie einen Moment unschlüssig und ein wenig verlegen vor Aprils Haustür. Der Schnee war nach einem nächtlichen Wärmeeinbruch geschmolzen, doch der Wind war immer noch sehr ungemütlich, und April fror in ihrem dünnen Kleid, über dem sie nur einen leichten Trenchcoat trug.
Er zog seine Jacke aus und legte sie ihr um die Schultern. Wie aufmerksam!
»Danke.«
Erneut küssten sie sich innig.
»Wärst du sehr böse, wenn ich heute in meinem Bett schlafen würde – allein?«, fragte April schließlich.
Eric lachte, offenbar erleichtert, auf und zog sie liebevoll an seine Brust. »Ich habe mich nicht getraut, dich dasselbe zu fragen – ich bin einfach hundemüde. Aber ich wollte dich unbedingt heute Abend noch sehen.«

»Dann schlaf schön in deinem neuen Haus. Morgen früh hätte ich Zeit, da könnten wir uns sehen. Ab nachmittags bin ich bis spät in die Nacht beschäftigt.«

»Ich weiß, meine Mutter hat es mir erzählt. Ich komme gern. Ich habe dir so vieles zu erzählen.«

»Das wäre dann ja mal etwas ganz Neues«, konnte sie sich nicht zurückhalten.

»Und dann werde ich dich mit meinen Angeboten bedrängen, dass dir die Luft wegbleibt und du nur zustimmen kannst.«

»Wir wollen doch jetzt wohl nicht über Geschäfte reden«, protestierte sie.

»Natürlich nicht. Ich sprach ja auch nicht über Geschäfte. Aber jetzt schlaf schön, Liebes. Und steh um Himmels willen nicht vor acht auf. Ich bin wirklich sehr, sehr müde.«

»Versprochen.«

Als sie später im Bett lag, konnte April vor lauter Glück lange nicht einschlafen. Nun war das eingetreten, wovon sie immer geträumt hatte: Eric und sie waren ein Paar, und beruflich stellten sich so nach und nach die ersten Erfolge ein.

Ich bin am Höhepunkt meines Lebens angekommen, dachte sie einen Moment flüchtig, eigentlich kann es jetzt nur noch bergab gehen. Doch dann verwarf sie rasch diesen Gedanken und schlief ein.

15

Dass dieser letzte Gedanke so abwegig nicht war, erfuhr April am folgenden Morgen, einem nasskalten Regentag, der nicht dazu da war, sein Bett vor Tag und Tau zu verlassen.

Zwar nicht um acht wie sonst immer, sondern um halb zehn betrat April die Scheune, um die Jacquard-Maschine anzuwerfen. Diese begann ihre Tätigkeit jedoch nicht brav wie ein Zirkuspferd, so, wie in den letzten Tagen, sondern blieb stumm. April stöhnte auf. Das gab es doch gar nicht! Also begann das Spiel erneut von vorne, und Magnus musste her, um wieder einmal auf Fehlersuche zu gehen.

Warum ihr Blick ausgerechnet heute auf das Regal fiel, in dem sich die uralten Karten mit den Hunderten von Mustern befanden, die bereits ihr Großvater entwickelt hatte, wusste sie später nicht zu sagen. Die Maschine arbeitete momentan mit ihren eigenen Karten, die sie selbst in den letzten Monaten entwickelt hatte, und so gab es eigentlich keinen Grund, etwas anderes zu planen.

Es dauerte einige Sekunden, ehe sie die Ungeheuerlichkeit bemerkte, was daran lag, dass sie erstens noch müde war, zweitens noch nicht gefrühstückt hatte und drittens viel zu geschockt war und mit dieser Möglichkeit nie gerechnet hätte. Die Katastrophe war eingetreten: Die Regale waren leer, sämtliche Karten waren gestohlen.

Sie stürzte zur Maschine und entdeckte, dass auch die neueste Lochkarte fehlte, die sie selbst entworfen hatte – der Grund, warum die Maschine nicht arbeitete. Einen Moment durchzuckte sie Erleichterung, doch dann schlug die Wut über ihr zusammen, und sie bekam kaum Luft. April lief zur Tür, die im gleichen Moment zur Seite geschoben wurde. Eric hielt die Arme auf, um sie aufzufangen, als sie so plötzlich vor ihm stand.

»Hey, Schatz, das ist aber eine stürmische Begrüßung«, lachte er.

Er sah immer noch wundervoll aus, ohne dunkle Schatten unter den Augen, so wie sie. Betäubt überließ sie sich seinen Armen.

»Ich nehme nicht an, dass du es warst«, schluchzte sie in die raue Wolle seines Pullovers.

»Was war ich nicht, Schätzchen?«, fragte er mit weicher Stimme und hob ihr Kinn sanft an, sodass er in ihre Augen schauen konnte.

»Du warst es nicht, der die Lochkarten gestohlen hat!«

Seine Pupillen weiteten sich. »Zum Teufel, nein!«, rief er aus. »Sag bloß, die Karten fehlen?«

Sie nickte.

»Seit wann?«

»Keine Ahnung. Es muss gestern zwischen sieben und heute Morgen geschehen sein.« Der Gedanke, dass Eric derjenige sein könnte, der die Karten gestohlen hatte, war fürchterlich. Doch eigentlich war er der Einzige, der einen Vorteil daraus ziehen konnte.

»Sag, dass du es nicht warst«, bat sie.

»Natürlich war ich es nicht! Und wenn du das glaubst, dann sind wir gleich wieder geschiedene Leute«, stieß er finster aus. »Ich wiederhole: *Ich war es nicht.* Gestern Abend um sieben habe ich die Maschine aus London verlassen und heute bis eben geschlafen. Ich bin sogar ohne Frühstück zu dir.« Seine schönen vollen Lippen wurden schmal. »Verdammt, wer kann dir denn so was angetan haben?«

»Wenn du's nicht warst – was ich auch nicht angenommen habe«, stieß sie rasch hervor, »dann ist mir das schleierhaft.« Sie löste sich von ihm. »Wir gehen rüber zu Fiona und Sean. Vielleicht haben die was gehört heute Nacht. Oder es ist ihnen etwas Merkwürdiges aufgefallen.«

Sean hatte das Haus bereits verlassen, weil er Notdienst hatte, eine Kuh auf der Nachbarinsel musste behandelt werden.

Doch auch Fiona hatte nichts bemerkt. »Wann seid ihr zurückgekommen?«, fragte sie.

»Das muss so gegen zwölf gewesen sein. Hier war alles dunkel, nur die Lampe über der Eingangstür brannte. Vor der Scheune war alles friedlich, nichts Ungewöhnliches«, erwiderte April mit Bestürzung in der Stimme. »Wir können gleich nur noch Sean fragen, ob der was bemerkt hat. Er müsste bald wieder zurück sein, wenn nicht noch ein Notfall eingetreten ist.«

April und Eric setzten sich an den Tisch, wo der Tee dampfte. Während Eric sich von dem Rührei mit Schinken bediente, brachte April keinen Bissen hinunter. Sean erschien eine halbe Stunde später, nachdem sie alle Möglichkeiten durchgegangen waren, wer April schaden könnte oder wollte.

»Da fällt mir nur noch Nigel ein«, murmelte April erschöpft. Und natürlich Eric, dachte sie, doch das erwähnte niemand von ihnen. Zu unglaublich schien es, dass dieser Mann, der so unübersehbar in April verliebt war, ihr schaden würde. Und außerdem wäre er sicher auch nicht so dumm. Es gab nur eine Person, die so blöde sein könnte, doch wie sollte man Nigel irgendetwas beweisen?

»Also, ich fahre jetzt zu Nick und frage ihn, ob er weiß, wann Nigel gestern den Pub verlassen hat.«

April schüttelte den Kopf. »Ach, Schatz, wie sollte Nick in dem Gewühle irgendjemanden im Auge behalten haben? Und außerdem – was nützt es, wenn wir wissen, wann Nigel den Pub verlassen hat?«

»Da weiß ich was Besseres«, sagte Sean. Alle Augen ruhten nun auf ihm. »Wir knöpfen uns den Kerl einfach mal vor. Leider hab ich erst heute Abend Zeit. Obwohl es jetzt viel besser wäre. Aber wie ich meinen Beruf kenne, kommt uns gerade, wenn er gestehen will, irgendeine Kuh oder ein Schaf dazwischen.«

»Dann übernehme ich solange deinen Notdienst«, schlug Fiona energisch vor.

In diesem Moment klopfte es an der Tür. April stand auf und ging in den Flur, um zu öffnen.

»Oh, hallo, Eileen«, begrüßte sie das junge Mädchen vom vergangenen Abend. »Das ist ja eine Überraschung! Komm doch herein.«

Eileen trat ein. »Komm in die Küche, wir sitzen alle noch zusammen beim Frühstück«, lud April die schüchterne junge Frau ein.

»Es ist was Wichtiges, was ich dir sagen muss, April«, begann Eileen.

»Hat es etwas mit Nigel zu tun?«

»Ja.«

»Das ist gut, wir haben gerade über ihn gesprochen.«

April führte Eileen in die Küche, man begrüßte sich, und Eileen setzte sich auf den Rand eines Stuhls, während April ein weiteres Gedeck auflegte.

»Oh, bitte, für mich nichts, ich habe schon gefrühstückt«, lehnte Eileen ab.

»Wenigstens eine Tasse Tee«, bat April, denn die junge Frau war so zerbrechlich, dass sie ihr nicht glauben konnte, dass sie morgens frühstückte. »Mit Sahne oder Zitrone?«

»Gern mit Sahne.«

Ungeduldig hielt April sich mit Fragen zurück. Auch die anderen sprachen nicht. Sean aß mit hungrigen, ruhigen Bewegungen seine Würstchen mit Tomate, Eric hatte die Arme verschränkt und schaute April zu, und Fiona spielte mit den Fransen der verwaschenen Tischdecke.

»Schieß los, Eileen«, bat April, nachdem sie den Tee in die Tasse gegossen und Sahne und Zucker vor Eileen gestellt hatte.

»Also, ihr, das heißt du und er –«, Eileen wies auf Eric.

»Mein Freund, Eric Walter«, klärte April Eileen auf.

»Also ihr beiden«, setzte Eileen fort, »seid doch gestern gegen elf nach Hause gefahren.«

April wunderte sich, dass Eileen dies so genau beobachtet hatte, doch dann fiel ihr ein, dass Nigel sich ja auch ständig in ihrer Nähe herumgetrieben hatte.

»Und als ihr raus wart aus dem Pub, da legte Nigel so richtig los. Er hatte schon einiges getrunken und zog über dich her, April. Du weißt ja, wie er sein kann, wenn er zu viel intus hat.«

»Und ob«, April nickte, und ihre Augen verengten sich.

»Irgendwann sagte er, er wüsste, wie er dir einen Denkzettel verpassen könnte – so, wie du ihn früher behandelt hättest.«

»Wie soll ich ihn denn früher behandelt haben?« April war wie vom Donner gerührt. »Ich habe ihm die Füße geküsst, ich Idiotin!«

»Er sagte, du seiest neurotisch und verklemmt und ... und jetzt seiest du völlig übergeschnappt mit deiner Schnapsidee vom Selbstständigmachen mit deiner blöden Weberei und –«

»Das reicht«, unterbrach Eric sie scharf, und Eileen brach erschrocken ab.

April ballte die Fäuste. Sie legte eine Hand auf den dünnen Arm Eileens. »Nein, weiter, was hat er noch von sich gegeben, dein feiner Freund, den du sofort in den Wind schießen solltest?«

»Jedenfalls sagte er, er wüsste, wie man dir am besten schaden könnte.«

»Indem man mir die Lochkarten stiehlt«, brach es aus April heraus.

»Genau. Und … ich finde, man sollte dich warnen«, sagte Eileen mit zitternder Stimme. »Du solltest in Zukunft wenigstens die Türen dort abschließen, wo du diese Dinger aufbewahrst. Deswegen bin ich gekommen.« Eileen stieß einen tiefen Seufzer aus. Sie schien sehr erleichtert, dass sie den Mut gefunden hatte, April zu warnen und nahm ihren ersten Schluck vom Tee, den sie mit zwei Löffeln Zucker gesüßt hatte.

»Das ist lieb von dir. Leider ist dir Nigel tatsächlich schon zuvorgekommen. Die Lochkarten sind weg.« April wagte kaum, Eric anzusehen. Hoffentlich hatte er nicht gemerkt, dass sie ein klein wenig an ihm gezweifelt hatte. Aber wie auch nicht? Er war schließlich augenscheinlich der Einzige, der einen Nutzen aus diesem Diebstahl hätte ziehen können. Wer dachte denn da an einen Menschen wie Nigel?

»So ein Mist«, hauchte Eileen. »Das tut mir jetzt aber wirklich leid. Ich muss ganz ehrlich sagen, dass ich ihm so was anfangs wirklich nicht zugetraut hätte. Er ist doch eigentlich so süß.«

April hatte Mühe, ihre Gesichtsmuskeln zu beherrschen. War sie vor ein paar Jahren auch so dumm gewesen? Heute wurde ihr übel, wenn sie Nigels weiche Gesichtszüge auch nur von der Ferne sah. Natürlich war das Verlogene seines Wesens von Anfang an in seinen Augen zu erkennen gewesen und hatte sie stutzig gemacht, noch bevor er es durch sein Verhalten bewies. Sicher, das Lächerlichmachen Schwächerer hatte sie unangenehm berührt, und sie hatte ihm ihre Meinung darüber gesagt – was ihn nicht im Mindesten davon abgehalten hatte, weiter zu lästern, wann immer sich die Gelegenheit bot. In Momenten, in denen er sich unbeobachtet gefühlt hatte, hätte jeder in seinen Gesichtszügen die Wahrheit über seinen Charakter lesen können. Doch sie hatte ihre Augen verschlossen, die Attraktivität, die in seinen jungen Jahren vielleicht noch vorhanden gewesen war, hatte ihr geschmeichelt. Er war ihr erster Freund, und sie war damals stolz, überhaupt einen Mann abbekommen zu haben, denn sie war immer der Meinung gewesen, sie sei viel zu hässlich, als dass irgendein männliches Wesen sie auch nur wahrnahm. Eileen schien es ähnlich zu gehen. Doch sie hatte mit ihrer Warnung bewiesen, dass seine Macht über sie nicht so groß war, dass sie nicht mehr klar denken konnte.

»Trotzdem, Eileen, es ist eine große Hilfe, dass du hergekommen bist. So verdächtigt man keine Unschuldigen«, sagte April herzlich und vermied es weiter, Eric anzuschauen. Nur aus den Augenwinkeln erkannte sie ein leichtes Grinsen.

»Das bestätigt doch meinen Verdacht«, sagte Sean undeutlich, schluckte den Rest der Rühreier hinunter und wischte sich über den Mund. »Eric … ich darf dich als zukünftigen Schwager doch sicher so nennen?«

»Aber sicher doch.« Eric lächelte.

»Nun, so weit waren wir noch nicht«, warf April der Ordnung halber ein.

»Also, Eric, wir beide sind zwei große starke Männer, ich würde vorschlagen, wir unternehmen eine kurze Spritztour zu diesem Ekel Nigel. Und dann wollen wir doch mal sehen, ob wir nicht die Wahrheit aus ihm rauskitzeln. Du, Fiona, nimmst mein Handy und rührst dich nicht vom Fleck, falls bei McLarens das Schaf wieder Probleme bereitet. Ich hab ihm ausnahmsweise meine Handynummer gegeben.«

Fiona nickte. »Und du nimmst meins, falls du unsere Hilfe brauchst.«

»Oder die der Polizei«, mischte April sich ein, die im Grunde ihres Herzens ein Hasenfuß war.

»Aber … aber ihr tut ihm doch nicht weh?« Eileens Stimme kiekste in den höchsten Tönen.

»Nicht, wenn es zu vermeiden ist«, knurrte Sean.

»Aber das können wir nicht versprechen«, zischte Eric.

April legte rasch den Arm um Eileen, die den Tränen nahe war. »Keine Sorge, die Jungs sind zivilisierte Menschen. Sie werden Nigel höflich bitten, die Karten wieder herauszurücken.«

»Oder so«, sagte Sean leise und mit einem bösen Grinsen im Gesicht.

»Aber, bitte, ihr müsst mir versprechen … Ich meine, er wird doch sofort wissen, dass ich diejenige war, die ihn verraten hat«, piepste Eileen. In ihren blauen Augen schwammen Tränen.

»Schatz, vor diesem Mistkerl musst du keine Angst mehr haben, wenn wir ihn einmal in der Mangel hatten.«

»Sean, jetzt halt die Klappe«, fuhr Fiona ihren Liebsten an, der seinen Arm fürsorglich um den Engel mit den roten Locken gelegt hatte und sie anstrahlte, als wollte er sie auf der Stelle verschlingen.

April verkniff sich ein Grinsen. Holla, Fiona, da geht es gerade aber nicht um Eileen, sondern du bist eifersüchtig, sie kannte doch ihre Schwester! Ja, Sean war schon immer ein Frauenversteher gewesen. Sie war froh, dass nicht sie in ihn verliebt war.

Sean verstand und nahm den Arm herunter.

»Du siehst doch, dass ihr Eileen mit eurem blöden Gerede nur Angst macht.« Fiona wandte sich an die junge Frau. »Eileen, ich verspreche dir, sie werden sich benehmen.«

»Ich glaube, es ist besser, wenn ich mitkomme.« Eileens Stimme, die eben noch an die eines Kindes erinnert hatte, hatte eindeutig an Festigkeit gewonnen. Sie hob den Kopf und schaute zu Sean hoch. »Ich finde, ich sollte dabei sein.«

April hatte Mühe, ihr Erstaunen zu verbergen. Diese verschüchterte Kleine schien auf einmal ganz groß.

»Damit er keine Ausflüchte machen kann. Und wenn er den Diebstahl abstreiten sollte, könnte ich als Zeugin auftreten.«

Sean nickte und tätschelte ihre Wange. »So ist es recht, Kleine.«

Fiona versprühte Funken, doch sie hielt den Mund. April tat sie einen Moment leid. Ja, Fiona hatte immer schon mit Eifersucht zu kämpfen gehabt und würde sich an Sean möglicherweise die Zähne ausbeißen. Sean war kein Mann, der nur eine Frau haben konnte.

Eric stand auf. »Dann lasst uns fahren. Je eher wir den Kerl in die Finger kriegen desto besser.«

April stand ebenfalls auf. »Mach's gut, Schatz. Und pass auf dich auf. Nigel kann hinterhältig sein.«

»Na, und ich erst«, zischte er.

Sean stand auf und küsste Fiona. »Bis gleich, mein Engel. Halte du hier die Stellung.«

»Keine Sorge, wenn ein Notruf kommt, mache ich mich auf den Weg.«

»Du kannst ja meinen Wagen nehmen.«

»Wir fahren mit meinem Porsche. Der ist schneller.«

April umarmte Eileen. »Und danke, dass du sofort gekommen bist. Ich wünsche euch Glück.«

»Wir werden ihm die Karten abnehmen, und dann bekommt er einen Tritt von mir in sein Hinterteil«, sagte Eileen, und April erkannte, dass sie die junge Frau falsch eingeschätzt hatte: In ihr steckte eine echte Kämpferin!

Keine Stunde später standen zwei sichtlich entspannte Männer vor der Tür. Fiona und April waren ihnen schon entgegengelaufen, noch ehe die beiden das Haus betreten hatten.

Erics Frisur war ordentlich – so, wie er sie zuvor getragen hatte. Seans Haarschopf war unordentlich wie immer, was überhaupt nichts besagte.

»Und?«

»Wir haben ihn zusammengeschlagen und dann hat er endlich gestanden.« Eric grinste.

»Du lügst«, rief April energisch, doch ein wenig schneller ging ihr Herzschlag schon.

»Und habt ihr nun die Karten mitgebracht oder nicht?«, fragte Fiona sachlich.

Seans Stimme war ganz dunkel, als er schulterzuckend sagte: »Sie sind noch ein wenig blutig, doch ja, wir haben sie dabei.«

Fiona gab ihm einen Klaps auf den Kopf. »Spinner.«

Eric ging zum Kofferraum des Porsches und holte die Kästen mit den wertvollen Karten heraus.

April umarmte ihn stürmisch. »Ihr seid doch wahre Helden«, lachte sie. »Und was ist mit Eileen?«

»Die hat ihm verbal tatsächlich in den Hintern getreten.« Eric schien zufrieden.

»Und ich bin sicher, dass er sie nie wieder behelligt, er gab uns sein Wort darauf. Ich habe mich bloß gefragt, wie man sich in so einen Schleimscheißer nur verlieben kann.« Sean zwinkerte frech in Aprils Richtung.

»Ja, das frage ich mich auch«, lachte sie.

Sehr viel später, nachdem sie bei Erics Mutter alle zusammen Mittag gegessen hatten, um das sich jedoch vor allem April und Fiona gekümmert hatten, lag April gemeinsam mit Eric auf dessen riesigem Doppelbett. Es war von ihm eigenhändig um einige Zentimeter erhöht worden, sodass man nun im Liegen aufs Meer schauen konnte.

»Liebling«, wandte er sich ihr mit ernstem Gesicht zu. »Jetzt möchte ich aber doch die Gelegenheit ergreifen, um mit dir über das Geschäft zu sprechen. Und ich verspreche dir, wenn du diesmal Nein sagst, werde ich dich nie wieder mit meiner Frage belästigen.«

April seufzte innerlich. Sie hatte es doch gewusst – Eric gab nie auf.

»Also, Schatz, du siehst doch hoffentlich ein, dass du diese Weberei unmöglich allein aufziehen und schon gar nicht über die Jahre hinweg erfolgreich halten kannst.«

»Nein, das sehe ich durchaus nicht ein.« April klang beinahe beleidigt.

»Das heute hat doch bewiesen, dass du manchmal männliche Hilfe ganz gut gebrauchen kannst.«

»Männliche Hilfe, die ich bezahlen könnte, ohne mich in die Hände eines Mannes begeben zu müssen.«

»Schatz, rede keinen Unsinn«, befahl er streng, während er damit beschäftigt war, eine ihrer Locken durch seine Finger gleiten zu lassen. »Schau, ich hab in den letzten Tagen ja nicht die Hände in den Schoß gelegt. Ich bin auf Kundenfang gegangen, und ich darf mit Fug und Recht behaupten: Ich bin stolz auf mich.«

Aprils Lippen verzogen sich spöttisch. »Sieh an, unter mangelndem Selbstbewusstsein hast du ja noch nie gelitten.«

»Also bitte: Ich habe uns Kunden in Kanada gesichert und in den Vereinigten Emiraten. Ich war in Dubai und in Deutschland. Mit anderen Worten, ich habe so viel Arbeit, dass ich die unmöglich mit nur zwei Jacquard-Webstühlen schaffen kann. Ich brauche einfach deine Hilfe.«

April lachte laut auf. »Auch ich, mein Lieber, habe Kunden an Land gezogen.«

»Ach ja?«, fragte er mit so viel Verwunderung in der Stimme, dass April trotz der herrlichen Stunde, die sie gemeinsam soeben in dem prächtigen Doppelbett verbracht hatten, Mühe hatte, nicht ärgerlich zu werden.

»Ja, stell dir vor. Die bedeutendsten Modeschöpfer Englands rissen sich um meine Kreationen.«

»Na, siehst du!«, rief er. »Das ist doch der Punkt: Du bist ein Genie im Entwerfen, und ich eins im Kundenfang.«

»Auch darin stelle ich mich durchaus nicht dumm an.«

»April, im Ernst. Ich frage dich jetzt zum letzten Mal: Willst du meine Partnerin werden?«

»Privat oder geschäftlich?«

»Na, privat ist doch wohl klar«, antwortete er selbstsicher.

»Gut. Also privat.«

»Einverstanden. Geschäftlich also nicht.«

Er wirkte extrem enttäuscht, und April hatte Mühe, nicht laut herauszulachen.

»Obwohl wir aus deiner Scheune eine wundervolle Ausstellungshalle machen könnten.«

»Ach ja? Wie das?«

Er erholte sich rasch von seiner Niedergeschlagenheit, und seine Stimme war noch klangvoller in seiner Begeisterung, wie April angetan registrierte, als er ihren Gedanken weiterdachte: »Wir würden die Wände mit Leichtbauwänden auskleiden, wunderbare Beleuchtung anbringen und –«

»Aber ich würde die alleinige Entscheidung über die Muster treffen.«

»Logisch, darin bist du ja schließlich ein Ass.«

»Und die Handweberei wird allein mein Ding. Damit hast du nichts zu tun.«

»Die Handweberei interessiert mich nicht«, sagte er fast schon abfällig. »Bis du eine von den Decke fertig hast, habe ich zehn auf den Jacquard-Webstühlen hergestellt.«

»Und ansonsten gilt: Fifty-Fifty in allem. Jeder Gewinn wird auf den Penny geteilt.«

»Und jeder Verlust«, nickte er.

»Gut also, dann sollte einer Verbindung zwischen uns beiden nichts mehr im Wege stehen.«

Er stützte sich auf die Arme und drehte sich ihr zu. »Das ist jetzt kein Scherz, April. Ich meine … Sehe ich das richtig, wir beide sind ab jetzt …? Und ich hoffe doch, für immer ein Paar?«

»Du hast es erfasst«, lachte April glücklich.

»Und dazu auch noch geschäftliche Partner?«, fragte er so, als könne er es nicht glauben.

»Ja, einschließlich Verträgen und allem Drum und Dran.«

»Da kann ich nur sagen: Ich freu mich!«

»Und ich mich erst.«

In inniger Umarmung besiegelten sie den mündlichen Vertrag mit einem leidenschaftlichen Kuss.